INITIUM ET FINIS
(PRINCIPIO Y FIN)

ALAN MONCISVAIS CORONA

INITIVM ET FINIS I

Principio y Fin

Información de la imprenta disponible en la última página.

Fecha de revisión: 10/22/2015

Para realizar pedidos de este libro, contacte con:
Palibrio
1663 Liberty Drive
Suite 200
Bloomington, IN 47403
Gratis desde EE. UU. al 877.407.5847
Gratis desde México al 01.800.288.2243
Gratis desde España al 900.866.949
Desde otro país al +1.812.671.9757
Fax: 01.812.355.1576
ventas@palibrio.com
712895

Índice

1 Ella 1

2 Confusión 13

3 Keter 21

4 Musas 31

5 Máquinas 41

6 Asamblea 55

7 Viaje 68

8 Disputa 82

9 Decisión 101

10 Parálisis 113

11 Amantes 123

12 Conspiración 144

13 Paciencia 154

14 Momento 164

15 Inculpados 173

16 Huida 183

17 Fugitivos 195

18 Paz 212

19 Hoy 224

20 Plan 239

21 ¿Verdad? 257

A Dios;
a mis seres queridos;
a todos quienes leen estas palabras;
a mí mismo.

Sapere aude

(Ten el valor de servirte de tu propia razón)

PRÓLOGO

Igual y semejante a los Dioses, los humanos somos: *"orgullosos, celosos, vanidosos, autodestructivos, cínicos, egoístas, desvergonzados y seguros de sí mismos"*; así como los más grandes seguidores de la verdad y lo que ello Implica, es verdad, es nuestra innegable naturaleza; pero, así como toda máquina que se descompone tiene reparación y todo problema solución, los humanos tenemos evolución.

La historia se sitúa en un futuro y es contada por diversos personajes *(los cuales existen, por obvias razones llevan otro nombre en la narrativa)*; por lo que se encontrarán distintos puntos de vista de un mismo evento, diferentes estilos de narración, diversas expresiones, razonamientos y personalidades según la edad del personaje y que irán modificándose conforme avanza la historia.

Consideren presente la hora, la fecha y el lugar. Tratando de mantener el ritmo del cambio del personaje narrador, que puede acelerarse y complicarse por momentos.

La trama inicia en México *(el ombligo de la luna); un 7 de Agosto*, en cualquier momento en el Futuro.

La novela narra sobre: *"una guerra que se venía encima y en cualquier momento todo comenzaría; o terminaría como decían muchos… las tensiones entre algunas naciones seguían al rojo vivo y una pequeña chispa despistada incendiaria al planeta".*

La participación de la juventud, así como la experiencia con logros, que van adquiriendo los personajes, con sus vivencias en el desarrollo de la misma, la convierten en una lucha épica, apasionada y heroica en la búsqueda de la evolución de la humanidad, en ocasiones confundidos ante los compromisos obligados en que se van confrontando y formando los acontecimientos de la historia, esta, de alguna forma muy similar a la evolución del ser humano en el planeta tierra, invocando y convocando a los Dioses, así como a los diversos y diferentes ángeles en la encontrada necesidad de seguir evolucionando por mandato Divino sin dejar de seguir siendo humanos, compartiendo los sentimientos que movieron a los seres de la presente obra a provocar los sucesos para enfrentarse con sus consecuencias en la epopeya de cada día en que nos renovamos con aires celestes y compromisos humanos.

Verano del MMXV
Carlos Francisco Arévalo Lezama
Laus Deo.

1

7 de Agosto. Ciudad de México.

11:55am

ELLA

«Un lejano tamborileo retumbaba en mi piel, un suave aroma a tierra húmeda inundaba mi nariz, una potente luz anaranjada cegaba mi vista; colándose por un agujero gigantesco en el techo de piedra caliza, atravesando las partículas de polvo reluciendo a sus espaldas, surgió un enorme hombre que flotaba en el aire cuyas alas color dorado pálido resplandecían con furor. El gigante se acercó más y más descendiendo con grotesco gesto victorioso. Alrededor, el lugar parecía un inmenso manantial en ruinas. Cuando el hombre alado estuvo suficientemente cerca habló:

—Y ahora… la raza humana perecerá como el sol al atardecer…

Su brazo se tornó líquido y color rojo rutilante como la sangre que convergía en su mano donde formaba un oscuro fulgor amenazante, apuntó su bestial cañón directo hacia mí y un instante después con un infernal estruendo liberó un gran…»

∞

Un gran trueno rugió e hizo vibrar tanto a las ventanas del salón de clases como a mi mente, despertándome del ensueño.

Llovía bajo el cielo nublado, estábamos en la nueva clase que apenas se había implementado, la más aburrida, fastidiosa y pesada materia de todas: Conocimiento y Desarrollo Mental (CDM). Así es, aunque no lo crean, y miles de críticas habían surgido sobre esta asignatura con cariz religioso que era obligatoria:

—… Sus pensamientos son el origen y la raíz de sus ideas, su imaginación es la diversidad y el "límite", las emociones su fuerza, y la voluntad la solidez con las que serán creadas. Pero todo esto estará condicionado al estado mental, el cual… —decía la maestra inspirada sobre quién sabe qué.

El salón a cortina cerrada, las luces atenuadas, con aquella extraña mujer al centro del salón haciendo anotaciones en su proyección holográfica; los de la última fila dormidos, los del otro lado hablaban bajo prestando atención disimulada y, sentado hasta adelante, el típico *nerd* que escribía todo lo que podía como buena secretaria de lo que la maestra decía y apuntaba. Por suerte hacía tiempo que dejaron de usarse los cuadernos de hojas y ahora todo era digital, escribimos con apuntadores, así no se gasta ni en tinta ni en papel. Este y muchos otros cambios surgieron y se aplicaron cuando el deterioro ambiental estaba en niveles tan altos que durante una época el planeta fue azotado por sorprendentes desastres naturales que atemorizaron al espíritu humano.

Claro, como en toda historia había dos teorías: los naturalistas y meteorólogos contra los escépticos que negaban todo, de mente tan cerrada que decían que eran artificiales; quizá necesitan que les caiga un meteoro en la cabeza, que los océanos se tornen rojos o que el cielo de pronto ennegreciera.

"Aun así encontrarán la respuesta más sencilla, la que sus diminutos cerebros puedan aceptar. Pero tú, hijo, debes mantener la mente abierta", decía mi madre.

De todas formas el planeta por una u otra razón siempre estaba al borde de la destrucción ya que, aun en estos tiempos tan diferentes, la raza dominante sigue siendo la misma.

—… La armonía con ustedes mismos es la mejor manera de encontrar… —parloteó la maestra, a pesar de que sus imágenes eran llamativas ella estaba siempre indiferente a captar nuestra atención.

La mayoría nos la vivíamos distraídos, con la vista perdida, desganados, aburridos y con el pensamiento en todo y nada a la vez, lo que últimamente era normal. De entre todos, una persona parecía estar atenta a la clase: Ella, muy hermosa, atractiva, de cabello castaño oscuro, lacio y sedoso, largo y un poco desgreñado que caía por debajo de sus hombros y cubría gran parte de su cara; de nariz respingada, labios finos y curvados que incitan a besar; y qué decir de su piel fina y perfecta color moreno claro que resalta sus preciosísimos ojos bicolores verde-azulado relucientes, tan increíbles que hipnotizan, con una mirada tan fuerte que paraliza y tan misteriosa que seduce.

Nadie sabía mucho de ella pues ni padres ni hermanos, ni siquiera su apellido, eran conocidos. Era "La Chica Misteriosa" de la escuela. De aparente personalidad fuerte pero voluble; impetuosa como el fuego pero sin dejar de ser delicada como una rosa, introvertida, casi silenciosa, quien decía todo con la profundidad de su mirar. A pesar de eso y ser la nueva en el colegio, se distinguía en todos lados.

Nunca había podido hablar con ella cara a cara aunque lo había intentado varias veces. Me sentía intimidado pues la sabía fuera de mi alcance y la fuerza de sus ojos me ponía muy nervioso; más bien su simple presencia me aturdía y mi mente se bloqueaba. La única persona con quien ella más o menos convivía era con mi mejor amigo quien impulsado por su gran ego y su reputación de donjuán se había lanzado en la misión de también seducirla.

Yo sabía cómo lo haría. Me pedía opiniones y consejos, algo que jamás hacía, lo que no podía más que significar que iba en serio. Traté de disuadirlo discretamente, pero al final me contó con lujo de detalle su plan perfecto. Él nunca fallaba en sus conquistas y el dilema en que me metía ahora me devoraba por dentro: ¿Permitir que la engañara y jugara como hace con todas? O advertirle a la chica y quedar como un pobre imbécil celoso ante sus bellos ojos además de como traidor ante la persona que consideraba un hermano. O mejor aún: sentarme como un cobarde a esperar lo peor, no hacer nada más que desear con todas mis fuerzas que fallara aunque fuera mi mejor amigo, que engatusara a todas las chicas del colegio pero no a ella, ella era mía, mía al menos en sueños.

Al final no salió del todo como él deseaba puesto que simplemente no cayó, pero para mi mala suerte una tímida amistad surgió entre ellos, desde entonces se hablan bien y pasan bastante tiempo juntos. ¿Y yo?... el pobre imbécil celoso.

Pero algo no iba bien: se mostraba reservado en cuanto a ella cuando de todas sus demás conquistas siempre alardeaba, lo que me hacía pensar que quizá a él, Andrés, también le empezaba a gustar en un plan serio. Pero... ¿y a quién no? Ella también era muy inteligente, un genio, participaba en tantos clubes de la escuela como podía —por desgracia ninguno donde su cuerpo luciera— por ejemplo en el de matemáticas o ajedrez y era tan competitiva y sigilosa que a veces daba la impresión de estar en dos lugares a la vez. ¿¡Cómo alguien puede hacer tantas cosas!?

Había además algo extraño en ella: entre los chavos la conocíamos porque a pesar de tener incontables admiradores, entre ellos yo, ignoraba a todos. Ella, la Chica Misteriosa, casi siempre estaba sola a pesar de ser tan bella, envidiada por las mujeres, deseada por los hombres y uno de los principales temas de plática en la escuela, iba siempre con la cabeza gacha. Se vestía casual con mucha ropa grande y holgada, no usaba nada de maquillaje y parecía que no le importaba mucho su cabello que tapaba gran parte de su cara, es decir, no dejaba lucir ni su cuerpo ni su rostro ni sus ojos. Parecía desear esconder algo, quizá algo que le avergonzara.

Me preguntaba, al igual que todos, porqué asistir a clases en tiempos tan tensos; una guerra se venía encima y en cualquier momento todo comenzaría, o terminaría como decían muchos.

Lo único que queríamos era regresar a casa, en mi caso a jugar videojuegos que, por raro que parezca, eran de guerra. Pero lo bueno es que los ánimos se calmaron un tiempo atrás gracias a la formación de "La Orden", pues diversos tratados, pactos, organizaciones mundiales y demás, fallaron en controlar el repentino y enorme desarrollo militar en el mundo que vino acompañado de numerosas amenazas de guerra entre diversas naciones que hundieron al planeta en pánico. Esta alianza que surgió de la nada tranquilizó las cosas un poco pero a pesar de todo las tensiones entre algunas naciones seguían al rojo vivo y una pequeña chispa podía incendiar al planeta. Todos sabemos que pasará, se siente en el aire.

Quizá dentro de nuestro pequeño mundo teníamos la esperanza de que La Orden aún tuviera suficiente fuerza y poder para evitarlo o controlarlo, o de que no nos tocara vivirlo. Pero un par de meses atrás un masivo movimiento marcial en Norteamérica despertó sospechas e inquietó de nuevo al mundo. Naciones enteras se sintieron ofendidas y amenazadas como si ese movimiento fuera un reto o una provocación que generó intensos reclamos y múltiples advertencias fueron lanzadas entre naciones como cubetazos de agua hirviente. Todos, hasta los que no tenían nada que ver, se sentían víctimas. Nunca entenderé esa paranoica forma de pensar.

El mundo entero se sumergió en el caos.

De regreso al colegio, era uno de esos elegantes y reconocidos a nivel internacional de gran prestigio, localizado en una zona alta de la ciudad. La construcción estaba conformada por cuatro gigantescas torres circulares de cinco pisos conectadas entre sí por grandes corredores entre torre y torre en cada planta dispuestas de tal forma que quedaba un patio cuadrangular en el centro de las cuatro, el resto de las instalaciones se repartían alrededor.

Desde el campus podíamos ver la capital: la modernísima megalópolis con sus lujosos rascacielos coronados por los platillos y globos flotantes que funcionaban como protectores (antimisiles, anti radiaciones, etcétera) y otras cosas (celdas solares, aerogeneradores, pararrayos, antenas, emisión satelital, para meteorología, geología, astronomía y hasta limpieza del aire) a todo lo largo y ancho del hermoso valle que destacaba al fondo una vista panorámica de los volcanes.

Había mucho tráfico en la zona y por detrás de la escuela había un viejo desnivel cuyo intento de moderar la circulación parecía un fracaso. Nosotros, desde el salón en el quinto piso, podíamos ver la causa: a lo lejos un hospital en construcción con máquinas y obreros en plena labor reducían el número de carriles. Pero ese día casi no transitaban y la obra estaba en suspensión temporal; un silencio desconcertante reinó salvo por la lejana voz de la maestra.

Perdido en mis pensamientos como siempre con la mirada fija en la Chica Misteriosa al otro extremo del

salón «ojalá pudiera verla a los ojos de cerca y hablarle...
salir con ella... besarla... ¡todos me envidiarían!» sonreí
para mis adentros.

De pronto dio un respingo como si algo, un sonido
extraño, llamara su atención. Las luces y el proyector
parpadearon por un instante. Yo no escuché nada fuera
de los brumosos enunciados que la maestra, apacible
pero con enigmática mirada entornada, emitía. Largos
momentos pareció la Chica distraída en busca del origen
de aquel inexistente sonido. Alzó su mochila sobre sus
piernas buscando algo que luego de unos instantes
encontró: su celular. Lo miró con atención. Luego se
levantó como un resorte y salió sin hacer ruido alguno,
como hacía siempre; pero esta vez su gesto evidenció
preocupación.

El salón amplio, de forma circular con tarimas en
anillo siendo la de atrás la más alta y la de adelante la
más baja abría un espacio en el centro donde un extraño
mueble que combinaba un estrado con un pupitre y un
lugar reducido para sentarse emitía la presentación donde
el maestro ponía su proyección la cual era una ilusión,
ya que del pequeño aparato salía una luz divergente
hacia arriba y la imagen se veía igual por todos lados sin
importar desde dónde lo miráramos y sobre la misma
hacía sus anotaciones con un apuntador especial.

Escuché pasos en los pasillos y tenues murmullos
se colaron agitados a través de una de las puertas.
Aumentaron poco a poco. De súbito el barullo estalló
tras un portazo que sobresaltó a la maestra, despertó al
grupo y captó la atención de todos al instante. Apareció
el director en la puerta sudoroso con su viejísimo celular
en la mano y con una cara espantosa en la que angustia
combinaba preocupación.

—Maestra, jóvenes, te-tenemos que salir de aquí
de-de inmediato —anunció en un ansioso tartamudeo.

—¿Qué sucede señor? —preguntó la maestra sin perder su típica conducta elegante.

—¡No hay tiempo para explicaciones, debemos salir todos de aquí ahora mismo!

Un relámpago destelló por detrás del director y resonó con potencia en el aire. Al instante las luces menguaron y los gritos que no se hicieron esperar retumbaron haciendo eco por los muros de salones y pasillos lejanos.

Un par de compañeros cerca de la puerta se levantaron y sin pensarlo dos veces salieron a paso veloz; los demás un tanto asustados pero sin mucha prisa aún expectantes, especulativos, los seguimos. Bajamos hasta el círculo central donde la maestra todavía se molestó en apagar el proyector con toda calma.

En eso varios aviones y helicópteros militares cruzaron el cielo lluvioso a gran velocidad y con el poderoso rugido de sus motores las ventanas se agitaron y el piso estremecido retumbó bajo nuestros pies. Hubo un momento de tranquilidad y alerta. La extrañeza de la situación nos detuvo a todos. Miramos hacia ningún lugar con ojos entornados y los sentidos agudizados a la espera de alguna señal que nos indicara qué pasaba. Nada: lejanos truenos y el repiquetear de la lluvia contra las ventanas.

Andrés tomó la iniciativa y salió adelante, algunos lo siguieron. De pronto se escuchó un zumbido escalofriante; paralizados intentamos identificar aquel ruido. Nadie respiraba. Prevaleció un silencio corto que se hizo eterno y después una fulminante explosión cimbró el lugar con un cegador destello cuya fuerza arrojó a todos por los aires. Los alaridos no se hicieron esperar. Un segundo después empezó a temblar. A lo lejos el potente tremor de los volcanes acompañaba a los silbidos y truenos al azotar la tierra.

Se escucharon gritos, todo se agitaba, se deslizaba y se caía; más zumbidos y detonaciones resonaron por doquier. Las luces parpadearon. Un momento después un vigoroso estruendo ahogó mis oídos como si una torre hubiera sido alcanzada por un misil. Tambaleantes y aturdidos corrieron todos fuera del salón.

Ofuscado por la curiosidad y el ajetreo, regresé escaleras arriba hacia la ventana para ver qué era lo que pasaba: una lluvia de pequeñas luces titilantes al perforar las nubes espesas descendía sobre la ciudad: estaban bombardeando.

Los misiles y las rocas en llamas lanzadas por el volcán dejaban una estela de humo negro a su paso.

Las bombas perforaban, sobrevolaban e impactaban la ciudad atestada por estallidos contra globos, platillos, calles, monumentos, construcciones y desafortunados aviones comerciales; edificios, agitados como gelatina, se desmoronaban por el terremoto; naves militares alcanzadas en pleno vuelo y, al fondo, el volcán en erupción; todo en conjunto generaba un aterrador panorama apocalíptico.

Alguien jaló mi mano y salimos del salón hacia el corredor con los casilleros tambaleantes, como nosotros, precipitándose fuera de control en donde las ventanas altas filtraban los destellos provenientes de misiles y relámpagos que continuaban su azote. De pronto las luces se apagaron dejándonos en la oscuridad total, iluminada por los ocasionales rayos y explosiones.

Ya cerca de las escaleras vimos el lugar abarrotado por gente en su vano intento de bajar. Tardaríamos mucho en llegar hasta las escaleras, que estaban entre torre y torre a mitad del pasillo. La maestra, quien me había jalado en el salón, se agregó a la multitud.

Miré hacia atrás, no había nadie, «quizá la otra escalera esté más libre», pensé. Un segundo después un misil golpeó la torre frente a mí.

Caí al suelo ensordecido y aturdido, percibía el zumbido desorientador de la muerte enmascarada de numerosos compañeros. Segundos después con oídos recuperados sentí el impacto de llantos desesperanzados coreados por el retumbar de lejanos truenos y bombazos. Mi corazón latía tan rápido que dolía, casi no podía ver ni respirar por la densa nube de polvo oscilante y la única luz presente eran los continuos fulgores explosivos que se confundían con los relámpagos difundiéndose a través de la polvareda.

Me levanté, alguien de entre la multitud abrumada que apenas se recuperaba apareció con dirección hacia el salón y evadió los casilleros que bloqueaban el camino al caer. Lo seguí a toda prisa mientras el zumbido en mis oídos desaparecía. Entró y poco después yo detrás. Adentro, la persona bajaba las tarimas con su mochila en mano y echó a correr de nuevo por el otro pasillo sin notar mi presencia. Un fugaz destello alumbró el lugar y su figura lo suficiente para reconocer quién era. Crucé el salón a toda velocidad en un intento por alcanzarla pero para sorpresa mía era muy rápida, no la alcanzaría; no quería quedarme atrás, ni solo.

— ¡Tara! —le grité. El pasillo estaba vacío.

Ella se detuvo de golpe y volteó.

— ¡Corre! ¡Apúrate! —respondió haciéndome señas.

La alcancé y corrimos desde el quinto piso escaleras abajo. Llegamos hasta la planta baja pero la puerta para salir que daba al patio central estaba bloqueada por un sin fin de casilleros que se habían venido abajo por el terremoto el cual ya había terminado al igual que el bombardeo. Se escuchó un estruendo a lo lejos: otra torre se derrumbó, alaridos resonaron sofocados por el choque entre las pesadas rocas.

Me tomó de la mano:

—Esto no aguantará mucho en pie… ¡Corre!

Regresamos escaleras arriba al primer piso y cruzamos el corredor hacia la última torre en pie, atravesamos el salón a toda prisa y por el otro pasillo hasta llegar a la escalera. Apresurados en medio de la oscuridad no advertimos el callejón sin salida que repentinamente fue iluminado por el chispazo de un relámpago en lo profundo que delineó las piedras del contorno del pasillo partido por la mitad, apenas unos pasos frente a mí. Tara, que de inmediato comprendió el peligro, frenó en seco y tiró de mí justo antes de que cayera al precipicio.

Otro rayo reveló esparcidos por el patio los escombros; algunos manifestaban atroces cadáveres abigarrados.

—No podremos bajar por aquí —dijo al asomarse por el borde en busca de una forma de escapar, como si pensara en saltar. Paralizado por el miedo retrocedí.

—No hay salida —tirité asustado; le temía a las alturas y la terrorífica muerte de los compañeros y maestros me provocó intensas náuseas.

—Ven.

Regresamos al salón del primer piso de la única torre en pie. Entramos, subimos a la última plataforma y sacó su cabeza por la ventana.

—Mala idea, muy mala idea —le dije con voz temblorosa y cedí de nuevo ante mi temor—. Está muy alto... muy alto... muy... —susurré estremecido.

—De qué hablas, es sólo un piso —contestó mientras aventaba su mochila, se salió por la ventana de un salto intrépido y quedó colgada. Se soltó y cayó de pie sin ningún problema.

—¡Ahora tú, rápido!

—No... no me aventaré.

—¡Supongo que prefieres morir aplastado!

—O sea que no importa qué haga de todas formas moriré.

—¡Salta ya, no me obligues a subir por ti! —gritó comenzando a desesperarse.

—Bueno va... está bien, está bien... voy a morir —murmuré.

Crucé la ventana con cuidado, tembloroso, muy tenso y atento a cada uno de mis entorpecidos movimientos.

—¡No mires abajo! —se burló.

Ya casi estaba del otro lado cuando mi pie resbaló en la roca humedecida. Me golpeé la cabeza en el borde de la ventana con los brazos agitados en la vana búsqueda de algo en dónde sujetarme y caí por suerte de pie y logré amortiguar un poco la caída abalanzado sobre Tara que absorbió la inercia, me sujetó y rodamos por el piso. Conmocionado me levanté aturdido y lento apoyado en mis manos con Tara debajo. Con la frente ensangrentada contemplé por primera vez los espectaculares ojos de la Chica Misteriosa que me miraban intensos y profundos. Algo me resultó extrañamente familiar. Luego, la sangre goteó sobre su frente y la placidez del momento cesó.

—¿Estás bien? —preguntó ejerciendo presión en mi herida con delicadeza.

—Qué... hermosa... *eru*... —musité desvaneciéndome sobre ella.

2

7 de Agosto. Ciudad de México.
2:00pm

CONFUSIÓN

Me desperté en un cuarto de gran tamaño iluminado apenas por unas tenues luces rojizas que entraban a través de la puerta y ventanas cercanas.
—Diego... ¿estás bien? ¿Cómo te sientes? — preguntó ella, una chica arrodillada a mi lado con las manos sobre sus piernas.

Tenía la piel clara; de cabello largo, negro y semiondulado; ojos de color castaño claro; nariz recta y labios finos y perfectos con una sonrisa angelical, la más increíble y hermosa sonrisa del planeta. Ella era muy bella, muy atractiva y le gustaba a casi todos en la escuela. Es la mujer más inteligente e ingeniosa que he conocido hasta ahora, muy centrada y curiosa, de mente abierta, siempre con una sed insaciable por saber y aprender; muy fina, suave, dulce y tan delicada como una perla. Con un único defecto: su orgullo podía cegarla.

Nos conocíamos hacía mucho tiempo y la consideraba mi mejor amiga. Ella era la otra cara de la moneda en el colegio; a diferencia de Tara se preocupaba mucho por su apariencia y era muy sociable y, al igual que ella, era otro de los temas centrales de conversación; igual de conocida, igual de envidiada, igual de deseada e igual de difícil pues también rechazaba a todo mundo, sobre todo a Andrés.

—Estoy bien Jessica, ¿dónde estamos? —le pregunté mientras me sentaba.

—En la cafetería.

—¿Y Tara?

—Está afuera en el patio, con Andrés.

«Que raro», pensé con ironía.

Me sentía mareado y confundido con un dolor punzante en la frente cerca de la sien a orillas de donde empezaba mi cabello, donde había un pedazo cortado de alguna tela sobre la herida. Algunas preguntas me venían a la cabeza: ¿Cómo nos habían encontrado a Tara y a mí? ¿Había alguien más a parte de nosotros? Y sobre todo, ¿qué es lo que había pasado? Pero ella sólo me miraba sin decir nada.

—Y… ¿sabes qué pasó?

—Todavía no sabemos nada, ni los celulares ni nada funciona. Creo que Tara pudo hablar con su papá con ese aparato que tiene, pero no nos quiso decir nada hasta que despertaras —contestó con hombros encogidos.

Parecía estar en la misma situación confusa que yo.

Como si me leyera la mente, aclaró:

—Has estado dormido por casi dos horas…

—…y de aquí no se ha movido para nada —intervino Tara al cruzar por la puerta.

—Dijo que había que cuidarte así que se quedó aquí. Y mira que es buena enfermera eh güey; rompió su suéter para hacerte ese parche y taparte, temblabas como un marica —concluyó Andrés burlándose de manera sarcástica y sugestiva.

Jessica bajó la mirada y pareció sonrojarse un poco.

—Es que… te veías muy mal, temblabas y sangrabas y…

—Bueno ya, ya, olvídalo… eso no importa Tara, lo que importa es que ahora por fin vas a decirnos qué es lo que sabes —interrumpió Andrés y tendió la mano para ayudarme a levantar.

—Hermano, creo que Tara está celosa de Jessica —me susurró al oído con una risita dándome algunos codazos en el costado— ¿puedes creerlo güey? ¡tienes suerte de que la Chica Misteriosa se fije en ti güey! ¡no mames! —agregó con tono irónico pero acompañado de un claro disgusto en su mirar. No me importó. ¡Le gustaba! No pude evitar sentirme halagado, complacido y en extremo contento. La posibilidad de que le gustara a Tara hacía que mi mente se dispersara y volara libre entre una infinidad de fantasías que se acumularon de nuevo en mi cabeza.

—Debes tener hambre —sugirió Jessica.

—La verdad no, nada más tengo mucha…

—Entonces vamos afuera —interrumpió Tara, dio media vuelta y se dirigió hacia la puerta.

Salimos al patio central. Dos torres de la escuela habían sido destruidas por completo, otra estaba medio derrumbada y la otra (de la que acabábamos de salir) era la única aún en pie. Había carros que de alguna forma llegaron ahí, ladrillos y rocas por todos lados, casilleros, escritorios, trozos de las tarimas, pedazos de asfalto y hasta una porción del desnivel que también había caído en la escuela; pero no había nadie vivo ahí, sólo nosotros cuatro rodeados por una escena espeluznante con hedor a muerte.

Era una atmósfera lúgubre, el reloj de la cafetería decía que eran las dos de la tarde con siete minutos pero estaba oscuro, las nubes condensadas en extremo no dejaban pasar ningún rayo luminoso y seguía lloviendo a ritmo lento, ésta se mezcló con la ceniza formando una lluvia cenicienta que produjo en el piso una pesada pasta como el cemento fresco.

Nos refugiamos bajo el árbol y nos sentamos en la fuente que estaba construida alrededor de él, ya encharcado con ese líquido espeso. Tara, de pie frente a nosotros, que parecía estar muy molesta, dijo:

—Bueno. Hablé con mi padre, envió ya a alguien por nosotros. Tenemos que esperar aquí un rato hasta que lleguen —se dio media vuelta y clavó los ojos en algo que parecía un radio, sencillo, pero daba la impresión de ser muy avanzado.

Los demás nos miramos.

«En serio… ¿eso es todo?».

Pensé que diría algo más informativo y con más sentido; para decir eso no habría sido necesario esperar a que despertara. Eso sólo generó más dudas y alimentó el desconcierto.

—¿¡Tanto esperar nada más para eso!? —se levantó Jessica muy enojada.

—¿¡Oh, perdón, qué quería la princesita, un informe completo y detallado!? —respondió Tara. Ambas cada vez más molestas.

—¡Eso que dijiste no nos sirve de nada! Mira a Diego, ¡está más confundido ahora que cuando despertó! —Jessica se paralizó después de decir esto, ruborizada como si hubiera dicho una verdad que no debiera. Ella tenía razón, pero fue inoportuno decirlo frente a los demás.

—¡Pues si tanto te preocupa entonces explícale tú todo! —contestó Tara, tontamente.

Al escuchar esto Jessica hizo ademanes desesperados, abría y cerraba la boca fuera de control sin articular palabra alguna y agitó la cabeza en un dejo de cólera contenida.

—Pero… cómo demonios esperas que… ¡AH! —gritó con intermitencia, ahogada por su furia. No podíamos creer que Tara dijera eso— ¡Eres tú quien sabe qué sucede! Por Dios ¡Qué tonta eres, por eso nadie te quiere! —. Eso último pareció afectar a Tara en lo profundo; ofendida bajó y desvió la cabeza. La cara de Jessica se pintó de arrepentimiento y apenada llevó sus manos a su boca.

Andrés parecía tan divertido con la discusión que dibujó una gran sonrisa de satisfacción.

—Las traemos bien pendejas hermano.

Tara y Jessica de pronto voltearon a verme.

«¿Y ahora qué? ¿Por qué me ven? Yo no dije nada».

En los ojos de Tara pude leer: "Tú qué me ves", mientras que la de Jessica tenía un letrero que decía: "Qué vergüenza". No tenía idea de qué decir así que sólo les sonreí nervioso.

Tara se volvió hacia Jessica y lanzó una mirada mortal, una mirada de desprecio, una mirada despectiva que indicó un indiferente: "hagan lo que quieran", se limitó a darnos la espalda y se alejó un par de pasos. Jessica ni se inmutó.

—Tara… ¿quién eres? Y… ¿quién es tu padre? —pregunté sin pensar. Tara, que volteó la cara, abrió la boca como si fuera a contestar de inmediato, pero la volvió a cerrar con ceño fruncido. Ahora la observábamos todos a ella, de pronto dio la impresión de estar apenada o intimidada. Tardó un momento en contestar.

—Eso no les importa.

—Sí importa. Dijiste que él enviaría a alguien, y por cómo está este lugar, o más bien la ciudad entera, debería ser un helicóptero especial…

—O un pinche todoterreno güey —intervino Andrés; todos hicimos caso omiso de su comentario.

—…para poder sacarnos de aquí. Además, tienes el único aparato que funciona.

Pareció molestarse de nuevo y clavó sus ojos en mí, sofocándome.

—Es la primera vez que me hablas tanto, ¿acaso la presencia de ella te da confianza para hablarme? — enjaretó con frialdad, la conversación tomó un giro.

No sabía qué contestar; tenía razón. Esperaba que Andrés o Jessica dijeran algo para apoyarme o liberarme pero al contrario, Andrés esperaba una respuesta y parecía que pensaba: "Hermano, Tara te tiene contra la pared, responde güey ¿Te gusta Jessica?". Y ella, un tanto ruborizada, esperaba también lo mismo con ojos fijos en el piso.

—No, no, no cambies de tema —pude decir por fin en defensa propia.

—Cierto, dinos quién es tu *jefe* y después arreglamos lo de estos dos… de todas formas tenemos que esperar a que vengan por nosotros, nos sobra tiempo.

—Cállate, no me ayudes güey —ataqué a Andrés entre dientes con un fuerte codazo en el brazo.

Tara fingió no escuchar. Nadie dijo nada y todos volteamos hacia distintos lados con el lejano tañido del volcán en erupción en nuestros oídos. Estábamos mojados, cansados, sin saber qué sucedía y ellas parecían estar en un duelo a muerte como siempre.

Andrés se levantó, pasó un brazo por los hombros a Tara y se fueron hacia la cafetería. Parecían ser tan buenos amigos, como Jessica y yo.

«¿Acaso se gustarán? O… como Jessica y yo».

A pesar de estar bajo el frondoso árbol nos caían gotas de la pasta que escurría entre las hojas.

Ella se sentó junto a mí y se quedó callada; contemplaba el oscuro cielo. Mojada y un tanto sucia se veía muy hermosa de perfil, un perfil perfecto; después de todo creo que me gustaba un poco. Era quien mejor me conocía y yo a ella. Hablábamos mucho, pasábamos las tardes acompañados uno del otro e íbamos a comer o al cine y su familia, ahora desmembrada, me quería mucho.

Su padre casi nunca estaba, su madre era adorable, pero murió hacía casi un año.

Perdido en mis recuerdos no me di cuenta de que me quedé viéndola por mucho tiempo; ella ya lo había notado.

—¿Qué pasa? —indagó con una sonrisa hermosa y tímida, acomodó un mechón húmedo detrás de su oreja.

—Nada —contesté sobresaltado, rápidamente agité la cabeza y alejé la vista de ella.

—Dime.

—No, no... nada.

—Anda ya, dime ¿Por qué me mirabas? ¿Acaso no te gusta la ceniza en mi cara?

—Es que... no me gusta ni la ceniza ni tu cara.

—Eres un idiota —rió y golpeó mi hombro.

—Bueno ya, ya... la verdad es... que te ves muy bien de lado —le dije sonriendo con sutileza, un tanto apenado.

Ella se acercó un poco más, su pierna rozó la mía.

—¿Tú crees? —preguntó mientras se ponía en la misma posición que antes; sólo que ahora sonreía. Era absolutamente hermosa.

—Bien, pero sin la sonrisa —le dije en broma.

—¡Cállate! ¡Eres un tonto! —exclamó con sonriente en su intento de darme una bofetada traviesa. Sujeté sus muñecas, evité y desvié sus inútiles empeños por golpearme en el divertido forcejeo que cedió al poco tiempo.

Tras el jugueteo llegó la calma. Quedamos muy cerca el uno del otro. Los tenues destellos rojizos resaltaban sus finas facciones bisecadas y hacían resaltar sus ojos de un brillo increíble, de una hermosura indescriptible. Liberé sus manos, permanecimos inmóviles unos segundos, ninguno retrocedió, ambos pasivos a la espera de que el otro diera el primer paso, expectantes intercambiando miradas furtivas, ella acarició el cabello tras mi oído, deslizó con delicadeza su mano hacia mi nuca y, acercándose muy despacio, me besó.

Mi estómago estalló de emoción y gozo. Sus dulces y tersos labios acariciaban con asombrosa y deliciosa sensualidad los míos, por un momento me olvidé de todo: la aburrida escuela, su destrucción —algo que todos en algún momento habíamos imaginado—, el terremoto, del volcán en erupción, de la grumosa lluvia con ceniza y hasta de la Chica Misteriosa.

«Tara».

Me separé de ella confundido entre el contento y el desconcierto.

—¡Tara…! —exclamó Jessica en un susurro aún muy cerca de mí con la vista fija más allá por sobre mi hombro.

3

7 de Agosto. Ciudad de México.

2:17pm

KETER

Tara salía de la cafetería en la base de la torre que no se derrumbó. Me levanté rápido girando hacia ella. No sabía qué hacer ni qué decir, estaba tan confundido. Comencé a caminar a paso indeciso, tan veloz como la confusión de la situación me permitió. Estaba cerca de ella cuando de pronto un helicóptero plateado, de los silenciosos y más veloces, apareció sobre nosotros; el aire y la lluvia agitados formaron un irritado torbellino alrededor. Me acerqué más a ella hasta que alcancé a distinguir sus ojos: emitían una tristeza profunda y no pude ver ese hermoso resplandor que los caracteriza.

—Tara, yo... —titubeé aún en camino hacia ella, avancé lento, paso a paso atemorizado ante cualquier posible reacción. Su mirada directa y sin parpadear con ojos apocados me congeló; si no había podido hablarle antes, ahora menos.

La posibilidad de acercarme a ella, la Chica Misteriosa y de mis sueños, desaparecía a cuentagotas, como el brillo de sus ojos.

Un eterno e incómodo momento irrumpió en el patio. Después desvió la vista hacia el helicóptero que ya estaba en tierra junto al árbol cerca de Jessica, que permaneció pasmada abrazándose intentando cubrirse del poderoso viento. Tara avanzó hacia el helicóptero a paso firme y me empujó en su camino con tanta fuerza que me hizo retroceder varios pasos.

Andrés salió, echó un vistazo a la situación y entendió que algo andaba mal con Tara, corrió tras ella y al colocar su mano en su hombro ella lo rechazó tajante.

—¿¡Qué ocurre!? —le preguntó alzando la voz.

Tara, en su ingreso al helicóptero, giró un poco y me miró indiferente por sobre su hombro.

—Nada.

No la escuché, pero en sus labios lo pude leer.

Entró a la nave seguida por Andrés que aprovechó para lanzarme un gesto que juraría fue de regocijo. El piloto ya hacía funcionar de nuevo los motores y me hizo una seña para que subiera. Corrí hacia Jessica que estaba aún estática junto a la fuente, la tomé del brazo y corrimos hacia el helicóptero. Andrés y Tara ya estaban sentados muy juntos de un lado, Jessica y yo nos sentamos en el otro. Apenas cupimos los cuatro.

Pensé que podría hablar con ella, pero se conectó los auriculares de inmediato para hablar con el piloto. Hice lo mismo y también Jessica y Andrés. Los auriculares se encontraban en una pequeña caja en el centro que sobresalía del techo. Era más bien un auricular largo en forma de óvalo. Al colocarlo en el oído surgieron muchas fibras en forma de cuerda que entrelazadas se acomodaron y amoldaron a la cabeza mientras otras formaron el micrófono en la boca.

—Ya despegue por favor —habló Tara.

—De inmediato, señorita.

El helicóptero se elevó a gran velocidad sin ruido y sin mucho esfuerzo. Sabía que Tara oiría si hablaba, pero no sabía qué decir; además de que el resto de los conectados también escucharía. Busqué la mirada de Tara, pero se limitó a asomarse por la ventanilla sin siquiera parpadear. Jessica, que estaba a mi lado, me agarró de pronto del brazo, volteé y señaló hacia afuera.

—Mira —dijo en voz baja.

Mientras ascendíamos pudimos ver la ciudad, o lo que quedó de ella: completamente en ruinas, los edificios destruidos, dañados, derrumbados y hasta desaparecidos; había incendios por todos lados; tierra, ceniza y agua la cubrían: un caos total, pero ninguna sirena de bomberos o ambulancia sonaba. Se veía poca gente en las calles, la gran mayoría tendida, inmóvil, resaltaban los automóviles ennegrecidos por las llamas, los edificios vencidos por el peso de la lluvia que se desmoronaban, los platillos y los globos caídos a lo largo y ancho del valle, los cráteres provocados por los misiles al estallar se encontraban a medio llenar por la pasta de ceniza, las enormes rocas volcánicas estaban incrustadas en las calles y construcciones, se formaban columnas de humo tan altas que se fusionaban con las nubes y había desperdigados varios aviones comerciales que habían caído en medio de la ciudad arruinada. El bombardeo, el terremoto y la erupción habían acabado por completo con ella.

—¡No mames! ¿Pero qué chingados pasó aquí? —susurró Andrés, sorprendido y extrañado.

—El volcán hizo erupción —contesté lo primero que se me vino a la mente.

—Eso ya lo sabemos —dijo Tara.

—Y nos atacaron —continué.

—¿Cómo sabes? —preguntó Jessica.

—Vi el bombardeo antes de salir del salón. Además me dirás que no era bastante obvio con tanta explosión por todos lados.

—¡Eso explica el chingado ruido y los cráteres! —concluyó Andrés, inexplicablemente animado.

«Brillante».

Después nadie habló, todos miramos por las ventanillas en silencio.

Con el helicóptero aún en ascenso me invadió de pronto la terrible pregunta que había pasado por alto: ¿Dónde estarían mis padres, mi hermana? Me sentí tan avergonzado y culpable por irme sin saber de ellos. Pero ya no había forma de volver atrás. Estaba seguro de que Jessica se preguntaba lo mismo de su padre, pero en ese momento nadie podía hacer nada. Sólo Tara podía, pero no estaba en el mejor humor.

Volamos sobre la ciudad por unos minutos. Se encontraba en penumbra, iluminada por algunos relámpagos que recorrían las nubes y ligeros destellos anaranjados del volcán que arrojaba algunas piedras incandescentes, escupía y escurría lava. Era la primera vez que lo veía activo y a pesar de que había formado parte de la destrucción de la ciudad, se veía majestuoso.

—¿A dónde vamos? —preguntó Jessica.

—Nos dirigimos a… —respondía el piloto cuando Tara lo interrumpió con voz tenue y mirada melancólica.

—Lejos de aquí.

El piloto no dijo más.

La nave hizo unos ruidos a sus costados al acomodar y encender unos propulsores y así, al acelerar a gran velocidad, nos alejamos de lo que quedaba de la megalópolis en un instante. De lejos se veía cubierta por una oscuridad resplandeciente; la nube relampagueante se alzaba en los cielos como un sombrío velo envolvente.

Andrés se quedó dormido al poco tiempo y luego Jessica, recargada en mi hombro. Tara oteaba por la ventanilla: era el momento de hablar con ella, pero justo cuando abrí la boca, cerró sus ojos. Mi oportunidad con la Chica Misteriosa se desvaneció.

∞

Un par de horas después desperté. Aún viajábamos. Por los cristales sólo se veía océano.

«Creí que iríamos con el papá de Tara a otra ciudad… Tal vez esté en otro país… ¿que requiera cruzar un océano?».

—Disculpe —dije acomodándome el auricular. Me sentía raro pues todos los demás dormían y parecía que hablaba solo.

—Sí ¿diga? —escuché la voz del piloto.

— ¿A dónde vamos?

—A donde se encuentra el *Keter*, en Roma, llegaremos en un par de horas.

—De acuerdo, gracias —contesté envuelto por una súbita aura de confusión.

«¡No *ma*! ¿Tara habló con el Keter? Será que su padre es… No… no, imposible, alguien lo habría notado…». Luego caí en la cuenta de algo curioso: «¿Un viaje a Roma en cuatro horas?».

Por las ventanas no se veía nada más que agua por todas partes.

«Son como diez mil kilómetros a Roma… no puede hacerse el viaje en cuatro horas».

—Disculpe, ¿a qué velocidad vamos? —pregunté incrédulo, al piloto.

—Mach 2 señor, dos veces la velocidad del sonido.

«¡Ah, no mames! ¡Eso es casi… dos mil quinientos kilómetros por hora!».

Se sentía normal, como si estuviéramos en un avión comercial sólo que en realidad íbamos mucho, mucho más rápido.

«No hay duda: Tara es la hija del *Keter*. ¿Pero por qué lo esconde?».

∞

Luego de dos horas vimos tierra. Habíamos llegado a Europa en tan solo cuatro horas. Me quité el micrófono. Estaba oscuro. Atravesamos una porción de tierra a toda velocidad y después el helicóptero comenzó a bajar la velocidad.

—Jess... Jess, mira, despierta, ya llegamos —le susurré. Aún dormida acurrucada y sobre mis piernas, despertó despacio.

—¿Qué pasa? —preguntó con voz ronca tallándose un ojo.

—Mira: Roma.

—Qué dices, cómo que Roma. ¿Qué hora es? —inquirió adormilada.

—Debe ser como la una de la madrugada. Mira, asómate y verás.

La ciudad iluminada se veía grandiosa, era la primera vez en mi vida que viajaba a otro país.

—En serio... ¿dónde estamos? —preguntó sin creer lo que le decía mientras se asomó por la ventanilla.

—Pues no conozco mucho de Roma pero podría jurar que esa es la Basílica de San Pedro —contesté con ironía mientras cruzábamos la ciudad.

—Guau... Qué padre ¿pero qué hacemos aquí? ¿Cómo llegamos aquí? ¿Cuánto tiempo pasó? —me acerqué a ella.

—El padre de Tara es el *Keter* de México, y está aquí, en Roma —le dije al oído en voz baja. Ella no pareció muy sorprendida.

Tara despertó mientras el helicóptero descendía. Aterrizó sobre el helipuerto de un edificio grande de arquitectura moderna cubierto casi por completo de vegetación y había personas a la espera de nuestro descenso. Abrieron las compuertas, lo que despertó por un momento a Andrés que estaba recargado, y nos ayudaron a bajar. Podía verse la Basílica de San Pedro, el castillo de Sant'Angelo y el río Tíber desde ahí.

—Bienvenida señorita Tara —dijo el que la ayudó a salir.

—Gracias Tom.

Este hombre que nos daba la bienvenida, de cabello castaño rizado y ojos verdes, de pronto me pareció conocido de alguna parte, pero mi mente estaba en otro lado; enterarme de quién era ese hombre era lo que menos me importaba.

Caminamos escaleras abajo rodeados por la gente que nos recibió.

Jessica parecía asustada y no soltaba mi mano, a la que estrangulaba. Tara caminó enfrente del grupo con decisión; ella sabía a dónde íbamos. Entramos por una puerta hacia un pasillo amplio de paredes color azul y plateadas adornadas con algunos cuadros y lámparas de gusto antiguo, una alfombra increíble que parecía agua natural con raras florecillas blancas flotando en la superficie, las bases de las paredes estaban talladas con forma de pequeñas cascadas. Cruzamos frente a un par de elevadores y más adelante a cada lado del pasillo había varias portezuelas de madera decoradas con llamativos relieves, pero ninguna como la del fondo.

Era mucho más grande, de doble puerta abatible, parecía muy antigua ornamentada con un elegante y muy fino labrado del águila real, emblema de México, resaltada con brillantes incrustaciones de figurillas que parecían ser de plata y oro que, al abrirse, se dividía en dos. Dentro, la habitación, con forma de medio círculo, era muy grande de dos pisos con las bases de las escaleras a ambos lados de la puerta y estaba casi a oscuras. En el fondo un ventanal y frente a éste una silla de piel y un hombre sentado en ella que escribía a gran velocidad sobre un teclado y una pantalla similar a la de las presentaciones de la maestra que iluminaba el lugar con luz tenue. Al vernos entrar, con un movimiento de su mano hizo a un lado la pantalla.

— ¡Hija, qué gusto verte! —saludó el hombre con marcada vehemencia poniéndose de pie, sonriente y con brazos abiertos. El inevitable sentimiento de emoción me invadió, como cuando se conoce a un famoso o a alguien admirado y lo primero que uno piensa es en tomarse una foto y pedirle su autógrafo.

ೞ∞

Ese hombre y sus antepasados tomaron parte en la formación de La Orden y lograron numerosos cambios que llevaron al país a un crecimiento asombroso. Uno de ellos fue la forma de gobernar del desgastado y decadente "presidente" por la del "Keter". Numerosas transformaciones a la constitución y su modo de aplicación se le adjudicaban a ese hombre y su familia.

ೞ∞

—Me sorprende que estés escribiendo en vez de hablando —dijo Tara con aspereza en vez de saludar con delicadeza.

—Es mejor no hablar de más en voz alta hija, las paredes oyen y los techos miran. Además, escribir me hace más consciente de lo que estoy haciendo y me permite rectificar mis errores —contestó el hombre.

—Y qué es lo que haces ¿se puede saber?

—Todo a su tiempo pequeña. Dime, ¿quiénes son? —preguntó y caminó hacia nosotros. Jessica estaba a mi lado todavía con mi mano aprisionada entre las suyas; Andrés, que estaba adormilado atrás de nosotros, aún tenía los ojos cerrados con su cabeza recargada en mí.

—Son mis amigos de la escuela —contestó sin mirarnos.

—¡Enhorabuena! ¡Sean todos bienvenidos! —exclamó enérgico, lo que me pareció un poco extraño ya que el hombre era muy serio, pero mi admiración por él era tal que no me importaba y le perdonaría cualquier cosa.

—Un gusto conocerlos jóvenes, yo soy Víctor Quirarte, Keter de México —anunció mientras nos saludaba con fervor.

ঙ৪৫০

Keter significa "Corona" en hebreo, y en el Árbol de la Vida cabalístico simboliza al génesis en acción. De pronto las clases de CDM funcionaron para los jóvenes.

ঙ৪৫০

—Un placer señor, mi nombre es Diego —contesté tan emocionado como nunca y sonreía tanto que las mejillas me dolieron.

—Un honor señor, yo me llamo Jessica —dijo ella con acostumbrada cordialidad.

—Que hermosa sonrisa señorita, el honor es todo mío —replicó besándole la mano con elegante caballerosidad.

—Y él se llama Andrés, está un poco... —me apresuré a decir.

—Un poco despierto, ya lo veo —término la frase con humor, aún sonriente—. Deberían ir a descansar, ha sido un día pesado —continuó.

«Solamente fuimos bombardeados, hubo un terremoto, el volcán hizo una gran erupción, la ciudad fue devastada, no sabemos nada de nuestros familiares y viajamos cinco horas a dos veces la velocidad del sonido hasta aquí... pudo ser peor», pensé con sonrisa irónica dibujada en mis labios.

—Llévenlos a sus cuartos, mañana podremos hablar —ordenó a los hombres que nos recibieron en el techo.

—No creo que quieran descansar, en México apenas serían las siete treinta de la tarde —gruñó una mujer con voz chillona que entraba por la puerta detrás de nosotros. Tara se notó muy estresada al momento de escucharla. Escondida entre las sombras, la mujer cruzó la sala y desapareció subiendo por una de las escaleras.

4

8 de Agosto. Roma.

MUSAS

Diego

Despertamos en la mañana, o tarde, no tenía idea de qué hora era pero ya era de día. Andrés seguía dormido en la litera de abajo, parecía que nunca despertaría.

Me levanté y la cama de inmediato se dobló hacia arriba y se metió en el hueco que había en la pared.

Nuestra habitación era ovalada, acogedora y más grande que la mía en México que seguro ahora estaba en ruinas. Muy alta, las paredes eran de color blanco arriba y café oscuro abajo con unos tallados en los bordes superiores e inferiores de color negro delineados con color plata, el suelo era de alfombra y en el centro ovalado de la habitación el piso era marmolado de color marrón claro y el techo, blanco de textura áspera, parecía estar hecho como de tierra con algunas formas irregulares que sobresalían. La habitación estaba dividida en tres partes: la parte central que era ovalada con puertas a los costados donde se conectaban las otras dos partes rectangulares más pequeñas. En uno estaban las camas y en la otra el cuarto de baño. En el centro del óvalo había una mesa redonda de cristal templado con base de cantera. Una gran ventana daba vista hacia un bello jardín detrás del edificio. A los lados de ésta dos elegantes sillones, entre ellos una mesa de granito por debajo a lo largo de toda la ventana y a un costado de la puerta un sofá moderno de color blanco. Al parecer no había pantallas, pero el lugar era cómodo, grande y lujoso.

Abrí la puerta y me fijé a ambos lados del pasillo: desértico. Regresé a la habitación y me senté en el sofá mirando las formas en el techo.

«Esa parece una bota», pensé examinando una "porción de tierra" de las que sobresalían.

—¡Déjame ya, carajo!

—¡A dónde crees que vas! ¡Te estoy hablando hija de la…!

Escuché sus voces apagadas a lo lejos a través del pasillo. Me levanté y apenas entreabrí la puerta Jessica la empujó abriéndola de par en par, entró deprisa y cerró la puerta tras ella de golpe, quedándose recargada en ella.

—Hola —saludó con una sonrisa tierna y pícara.

—¡Ábreme! —gritaba Tara que golpeaba el otro lado de la puerta.

—¿Ahora qué le hiciste? —pregunté.

—Nada —contestó rápido sin inmutarse, empezando a caminar por la habitación y a mirar por todos lados.

—Esta habitación es mucho mejor que la nuestra —continuó.

—Pensé que eran iguales.

—Sí, lo son.

—¿Entonces por qué dices que ésta es mejor?

—Porque aquí estás tú —sonrió ruborizada, desvió la mirada y agregó con premura—, y… y porque Tara no está aquí adentro.

—No sé porqué no se pueden llevar bien —cambié el tema sentándome en uno de los sillones.

—Es culpa de ella...

Tocaron la puerta, esta vez con jovialidad.

—Jóvenes, voy a entrar.

Sonó un corto tintineo y la puerta se abrió.

—Buenos días —saludó Víctor con cortesía. Andrés apareció en la puerta que daba hacia la recamara recargado en la pared, adormilado.

—¿Dónde estamos? —preguntó en un bostezo.

—Vamos... síganme, por favor —indicó Víctor y se alejó por el pasillo.

Salimos los tres de la habitación, Tara estaba recargada en la pared con los brazos cruzados esperando a su padre. Lo seguimos hacia los elevadores cuya mitad superior estaba hecha de vidrio y dejaba ver la ciudad; entramos en uno y bajamos. El edificio tenía doce pisos y dos sótanos los cuales tenían nombres en lugar de números, para el primer sótano decía "Estadía 13". Víctor pulsó el del segundo. Un momento después, las puertas se abrieron.

—Esperen aquí —bajó y caminó hacia una puerta de cristal sobre el cual lucía un anuncio que decía "Estedía 13".

—"Víctor Quirarte" —rezó una voz cuando se acercó. La puerta se abrió y el anuncio quedó partido en dos.

«"Este día 13"», repasé en mi mente.

Entró y pulsó algo en la pared del fondo, regresó al ascensor y subimos al primer sótano. Se abrió la puerta y salimos tras él.

En el lugar, una cabina hecha de concreto, había tres gruesas puertas metálicas: una a cada lado y una enfrente. Víctor introdujo su dedo en un pequeño círculo que parecía gelatina de color morado en la puerta de adelante, se abrió y pasamos a la siguiente cabina que estaba completamente a oscuras. Al entrar se encendió la luz e iluminó el cuarto que era todo negro con unos ventanales muy gruesos y polarizados los cuales dejaban ver imágenes veladas de lo que había del otro lado: algo parecido a un almacén gigantesco y un enorme robot humanoide que se movía con gran agilidad. Los retumbos provocaban la vibración del piso a cada paso que daba. El tamaño del robot reducía mientras se acercaba hacia el ventanal frente a nosotros. Disminuía más y más al atravesar la ventana hasta que se perdió de vista a un lado tras el muro y una puerta que daba hacia el almacén. Víctor la abrió, pero tras ella sólo estaba una mujer, joven y bella, y un hombre que se aproximaba a ella desde el fondo del almacén; el robot había desaparecido.

—Listo —dijo en alemán la chica con la ropa llena de agujeros—. Bien hecho Bruno son perfectos. Sólo que la ropa se quema en los puntos donde entra y lastima un poco, y el cabello a veces se atora, es molesto —decía ella con una mueca en su gesto mientras entregaba algo color plata al sujeto que vestía una bata de doctor pero color negro.

—Así es señorita, necesitará ropa ajustada o… o cuanta menos ropa mejor —bromeó el tal Bruno, también en alemán.

— ¡Eso quisieras!

—El robot se amoldará a su cuerpo y la ropa puede estorbar al principio. Con respecto al cabello, bastará con que use unos pequeños sujetadores —dijo el científico avanzando junto con ella hacia nosotros.

—Llámame Katla, te lo he dicho muchas veces. Cambiaré de ropa las veces que sea necesario, no importa si se quema cada vez, no me verás desnuda para usar tus robots —le dijo con un guiño. Bruno hizo un mohín de fingida decepción—. Y dime, cuántos tenemos, ¿los que te pedí?

—Por supuesto señorita... Katla, usted ya sabe lo difícil que es construirlos y el tiempo que lleva, pero lo logramos —contestó sonriente.

—Buen trabajo Bruno —dijo regalándole una sonrisa brillante.

—Gracias Katla.

Dio media vuelta y desapareció en la inmensidad del almacén.

La joven alemana entró por la puerta que Víctor mantenía abierta y le susurró algo al oído al pasar frente a él. Ella asintió y caminaron hacia nosotros.

—Creo que sobra decir que no pueden mencionar nada de lo que aquí verán —dijo Víctor— ¿Queda claro? —. Todos asentimos. Era triste, pero ni siquiera teníamos a quien contarle.

—Bien, bueno les presento a Katla Von Unger, hija del Keter alemán.

Era muy joven y muy bella, un poco mayor a nosotros quizá. De cabello café oscuro despeinado, nariz fina, piel clara, labios sensuales, de ojos claros color almendra y de aire seductor. Era evidente que tenía un carácter fuerte en contraste con su baja estatura.

—No mames güey, ¿ya la viste?... ella está muy, está tan... —me susurraba Andrés al oído al verla de cerca.

—Preciosa —completé en un murmullo apenas audible. Pude notar de reojo que Andrés asentía como bobo con la boca entreabierta.

—Bienvenidos —habló Katla en español con excelente acento mientras nos daba la mano a Andrés, a Jessica y luego a mí. Entrecerró los ojos entornando un poco su cabeza y me examinó como si ya me hubiese visto antes. A Tara sólo le hizo un ademán con la mano; al parecer ya se conocían—. Espero les hayan explicado ya un poco sobre... todo —continuó con una sonrisa tierna en los labios agitando las manos.

No teníamos idea de nada.

—Katla acaban de llegar —intervino Víctor.

—Sé que acaban de llegar —replicó un tanto severa.

—Sólo quería ver si alguien aquí es un poco inteligente e intuitivo y *algo* podía deducir. Vamos, si están aquí es por algo y no les debe ser tan difícil —continuó. Nos examinaba con una sonrisa de superioridad que a Tara y a Jessica les disgustaba tanto como el comentario, y Andrés la miraba enamorado; nadie le dio importancia a la pregunta.

—Destruyeron la ciudad, así que la guerra está por empezar si no es que ya lo hizo. Y lo que estaba ahí dentro era algo como un robot... para la guerra supongo —contesté lo primero que me vino a la mente.

—En efecto, las principales ciudades de su país fueron atacadas y los pequeños poblados fueron desaparecidos. Y eso que "estaba ahí" —señaló con su pulgar hacia el almacén a través del cristal— sí es algo como un robot; y no, la guerra no ha comenzado —afirmó.

Hablaba muy fluido y claro.

—Aunque tengas muchos de esos parece que no hay mucha gente que pueda manejarlos aparte de ti, ¿o sí? ¿No crees que eso será inútil cuando empiece la guerra? —interrogué.

—¿Por qué lo dices? —preguntó intrigada con una ceja levantada.

—Porque eras la única ahí adentro con uno —contesté. No tenía otro argumento. Ella me sonrió con ternura.

—Víctor, vamos a probar —dijo—, vayan a darse un baño y desayunen algo. Nos vemos aquí dentro de una hora —habló sin dejar de mirarme sonriente. Ella entró de nuevo al lugar donde había estado el robot quitándose la agujerada playera. Andrés y yo nos quedamos pasmados mirando esa espalda sensual, boquiabiertos, siguiéndola con la mirada tanto como nuestros cuellos nos dejaron.

—Ya, ya, vamos —nos dijo Víctor dándonos empujones para sacarnos del lugar.

Jessica me tomó de la mano otra vez; su gesto me hacía sentir incómodo con Tara tan cerca, pero así, tomados de la mano, subimos de nuevo por los elevadores y entramos a nuestros cuartos.

—Les traeré ropa limpia —dijo Víctor riendo un poco; aún teníamos ceniza en el cabello y en la ropa.

—Tara, tú y Jessica ya sabes en dónde —les dijo. Ella asintió y se alejaron.

La playera era ajustada, odiaba la ropa ajustada, pero era cómoda y tenía buena vista con un cuello "V" entrecruzado en la garganta, el resto era liso de color negro con una franja plateada atravesada en el pecho. Por suerte el pantalón era un poco menos ajustado también de color negro y tela ligera. Los zapatos eran ajustados, cómodos, deportivos y muy livianos. Estábamos vestidos casi como gimnastas.

Comimos a toda prisa y regresamos ansiosos a la cabina donde vimos al robot. Las chicas ya estaban ahí: Tara y Jessica vestían un *top* color blanco de tirantes delgados ajustados a su figura, unos mallones de licra muy modernos también de color blanco que llegaban por arriba de la rodilla con calzado muy ligero que apenas cubría el dorso de los pies amarrados al tobillo. El pelo lo tenían como de costumbre pero ahora limpio y con unos coloridos y brillantes adornos que dan muy buena imagen a las chicas.

Era la primera vez que veíamos a Tara sin tanta ropa y arreglada quien, para sorpresa de Andrés y mía, escondía nada más y nada menos que un escultural cuerpo y una cara de ángel, libre de la habitual capa de cabello. Al verla mi mente fue noqueada, se puso en blanco, mi corazón latió con gran fuerza y me sudaron las manos. No supe si fue mejor o peor cuando Katla apareció ante nosotros.

Ella había cambiado de ropa también y traía la misma que Tara y Jessica pero color gris. Se había peinado con un fleco abierto en la frente que dejaba caer un par de mechones por los bordes de su rostro y el resto lo echó hacia atrás con unas pinzas pequeñas sujetado a nivel de la nuca con un broche. Andrés ni parpadeaba perdido en sus fantasías, para él, y también para mí, esto era incluso mejor que el paraíso.

«¡Ah no mames! qué… ¡Qué pinche buena está esta vieja! ¡Ahora amo la ropa ajustada!»

No podía evitar mirar a Katla. Mi incompetente vista trataba inútilmente de percibir todo al mismo tiempo. Entendí que hay belleza que requiere más que sólo un par de ojos para ser percibida por completo. En este caso ellas tres, las tres musas; podía sentirlas: tan hermosas que dolían. Katla se dio cuenta de que la miraba y apartó el flequillo de su cara con una sonrisa tímida esbozada en su rostro sonrojado que desvió hacia el suelo.

La ropa y los zapatos, tanto de hombre como de mujer, eran termodinámicos, modernos y muy costosos, capaces de retener el calor corporal cuando el ambiente era frío y de liberarlo si hacía calor equilibrándose según el clima. Los adornos que usaban en el cabello les ayudaban a mantenerlo limpio por mucho tiempo, daban porte y elegancia además de, claro, darle una muy buena vista al peinado al poder sujetarlo de muchas maneras.

Tara parecía molesta e incómoda mientras qué Jessica sonreía halagada.

El lugar se hundió en un profundo silencio de cariz sensual durante un rato.

Tara

Estos puercos nos comían con los ojos.

— ¿¡Les gusta lo que ven idiotas!? —repliqué molesta e incómoda. Movieron la boca y agitaron estúpidos la cabeza pero sin decir nada, sin quitarnos de encima su mirada asquerosa. Ni siquiera parpadeaban.

—Bruno dijo que mientras menos ropa mejor — justifiqué fastidiada, nerviosa, cohibida.

Estaba segura de que usaríamos el robot.

Jessica

«A mí me gusta. Es muy cómoda y no tengo que preocuparme por pasar calor ni frío. Además, Diego no me quita los ojos de encima», sonreí orgullosa de mí.

Diego

—Andando —dijo Katla y rompió la tensión. Abrió la puerta que daba hacia el desértico almacén y entramos deteniéndonos en el centro.

—Bien… los "robots" son un poco difíciles de manejar. Se necesita buen control propio ya que captan, leen y traducen las ondas cerebrales y por ende sus impulsos y movimientos, a lo que ellos responderán. Esto es lo que lo complica, pero con un poco de práctica se vuelve más sencillo —explicó.

«No puedo creer lo buena que está…».

Jessica me dio un fuerte codazo en el costado.

—Claro… sí, sí —salí de mi trance aclarándome la garganta. Katla lanzó una mirada despectiva como diciendo "a este qué le pasa".

—Cabe mencionar que no cualquiera tiene permitido usarlos —continuó.

«Vaya. Qué suerte tenemos».

Caminó hacia una pequeña mesa pegada a la pared, tomó unas cosas sobre ella y regresó. Nos dio unas a cada quien: un par de relucientes placas cromadas no muy grandes, delgadas de figura semejante a una "V" cuya parte central era un poco más gruesa que el resto, con un brazo ligeramente más largo que el otro de un color plateado oscuro, unidas y superpuestas entre sí por magnetismo. Su peso contrastaba con su reducido tamaño y eran completamente lisas, sin botones ni interruptores.

—Harán lo mismo que yo —indicó.

—¿Estas que hacen? —pregunté decepcionado. Ella contestó con una sonrisa jactanciosa:

—*Estas* son el robot.

Se colocó las placas en las sienes, cada ojo quedó bordeado por la parte interna de la V. Dio un ligero apretón en el centro y éstas se pegaron a su piel como ventosas y a su alrededor se liberaron unos relámpagos por debajo de la piel. Se alejó luego varios pasos.

—Comencemos —dijo sonriente con voz firme.

5

---

8 de Agosto. Roma.

MÁQUINAS

Diego

Una luz azulada brotó de las orillas en contacto con
la piel. De la V empezaron a salir unas cuerdas muy
brillantes de luminiscencia azul hacia arriba y hacia atrás
juntándose en la coronilla y por detrás de la cabeza. De
la unión en la coronilla nació otra hasta la frente y otra
que bajó hacia atrás, cruzó la unión tras la cabeza y siguió
hacia abajo por la nuca y a lo largo de toda la espalda;
un poco después desprendió siete destellos de abajo hacia
arriba: en la parte más baja de la espalda, en el hueso
sacro, en la zona lumbar, en el tórax a nivel del corazón,
en la nuca, en la frente y por último en la coronilla. Al
centellear aparecían los mismos relámpagos por debajo de
la piel que habían aparecido bajo las placas, después todas
las cuerdas comenzaron a engrosarse poco a poco.

Al alcanzar cierto volumen, unos cordeles más
pequeños comenzaron a salir por todas partes a ambos
lados y a lo largo de la cuerda principal del dorso. Estos
lazos empezaron a crecer y a refulgir. Dos corrieron
hacia su brazo, lo rodearon como una serpiente,

crecieron y divergieron en un sin fin de pequeños ramajes resplandeciendo a todo lo largo hasta las manos y la punta de los dedos; de igual forma dos más avanzaron a lo largo de sus piernas hasta los pies. Katla estaba ahora envuelta en cuerdillas rutilantes en una expresión sobrenatural de magia.

Los destellos se detuvieron. Katla tenía estos hilos luminiscentes por todas partes, luego se formó una especie de malla entre ellas que tapizó todo su cuerpo como si lo escaneara, lo reconociera. Parecía revestida por una capa de plástico ajustada a su figura que después desapareció rápidamente absorbida por su piel. Entonces de las placas comenzó a salir una sustancia parecida al mercurio que siguió el mismo camino que las cuerdas y las recubría en su camino para luego engrosarse y extenderse a gran velocidad por toda su superficie corporal.

Katla estaba forrada por una capa de ese líquido argentado que se hacía más grueso mientras se solidificaba y tornaba de color negro metálico.

Pasó un rato y nada nuevo ocurrió.

«El robot que vimos hace rato era mucho, mucho más fregón».

—¿Eso es todo? —pregunté frustrado.

—No, espera un poco, ya verás —contestó Tara.

—¿Qué está haciendo?

—La máquina está reconociendo a Katla y ella a la máquina. Sólo pasa las primeras veces, ya después se acelera el proceso.

—No mames, no entiendo nada —dijo Andrés.

—Estas máquinas son extremadamente complejas… verás, para funcionar necesitan estar conectadas al sistema nervioso con el cual forma un enlace a través del cual intercambiarán datos, señales, información, comandos… de todo en realidad.

—Sigo sin entender.

—El funcionamiento de estos aparatos está ligada de un modo directo al funcionamiento de tu mente puesto que lee los impulsos y su capacidad es directamente proporcional a la capacidad y la calidad física, emocional, mental y espiritual de cada quien.

—O sea, que para que funcione necesita estar conectada a tu mente… —aclaró Jessica a Andrés que seguía incrédulo y dudoso —, lo que tampoco entendí fue eso de la "calidad".

—Tampoco sé muy bien pero, por lo que entiendo, hay ciertos sentimientos y emociones que perturban y modifican el estado de ánimo personal y altera la mente, como el miedo y la vergüenza, lo que condiciona la capacidad para controlar esta máquina —explicó.

ରଙ୍ଗ

La extraña sensación de haber escuchado ya antes esa explicación cruzó la mente de Diego. Trató de recordar, de hacer memoria, cuando de pronto vino a su mente la voz de la maestra y su aburrida clase. De nuevo CDM tomaba sentido.

ରଙ୍ଗ

—¿Quiere decir que tengo que ser un robot… para controlar al pinche robot? Si son las emociones las que no me dejan controlarlo entonces… —preguntaba Andrés hecho un nudo.

—No, sólo hay que equilibrarlas y armonizarlas—opiné.

—Claro… también hay buenas emociones —dijo Jessica sonriente, mirándome de reojo.

De la figura de Katla, recubierta por aquella cosa metálica, empezaron a salir enormes troncos hacia arriba, abajo y los lados que formaron un gran esqueleto; emitía un sonido extraordinario como de madera quebrándose en combinación de uno eléctrico y magnético.

Adjuntas con esos gruesos troncos salían una especie de mangueras, cada una formada por un paquete de cuatro tubos que serpenteaban entrelazadas hacia todas direcciones como simulación de las venas, arterias y nervios, y al mismo tiempo unas masas estriadas se formaron desde los troncos que los unían a modo de músculos. En lugar de ojos aparecieron unos estilizados y estremecedores agujeros por los que emergieron una serie de cristales superpuestos iluminados desde el fondo donde nació un imponente resplandor plateado.

Una brillante y colosal figura humana en formación se alzaba ante nosotros con Katla en el pecho de ésta, unos metros por encima del piso. Un momento después el gigantesco humanoide estaba casi terminado: de color negro reluciente y de pie frente a nosotros encorvado hacia adelante respiraba expidiendo vapor por todas partes.

Andrés, Jessica y yo quedamos más que atónitos.

Después lo que sería la piel empezó a brotar de forma aleatoria poco a poco como manchas por todo el robot, lo revistió y lo dotó de los detalles más finos como empalmes, dobleces, elegantes relieves y labrados, articulaciones, unas ventilas bajo la mandíbula que vibraban al circular el aire, unas fositas a lo largo de las clavículas, de los omóplatos y de los muslos por donde salía el vapor y, finalmente, lo pintó de un elegante tono plateado opaco. Mis ojos no daban crédito a lo que veían.

—Imposible… —murmuró Jessica con la mirada hacia lo alto.

—Increíble… —la corrigió Andrés.

—Divino —ratificó Tara.

—Entonces… ¿Qué tal? ¿Cómo me veo? —habló el colosal androide.

Tara se sujetó el cabello como Katla y se colocó las placas en las sienes. Jessica se hizo una cola de caballo a toda prisa y se puso las placas, Andrés y yo las seguimos.

—Pero… tarda mucho en formarse ¿no? —pregunté.

—Sí, la primera vez siempre será más tardada — contestó Katla.

Presioné las placas en mi cabeza y sentí los relámpagos recorrer hasta lo más profundo de mi mente y un escalofrío me estremeció.

—Comenzar —Tara activó sus placas.

—Comenzar —Andrés, Jessica y yo lo activamos al unísono.

Nuestros robots empezaron a formarse. Las cuerdas y la lava color plata se sentían tibios conforme avanzaban y cada destello se sentía como un pequeño chispazo que quemaba una pequeña parte de la ropa pero que dejaba la piel casi intacta. Un rato después mi robot estaba formado. Me sentía muy raro: era demasiado alto, mi visión tenía más rango, mis brazos y piernas eran gráciles, ágiles y eran recorridos por pequeños rayos y a pesar del gran tamaño me sentía tan ligero como una pluma. Era como si mi cuerpo ahora fuera metálico, más fuerte, más diligente, más competente y más inteligente.

«¡Esto es increíble!».

Estaba muy ocupado adaptándome a "mi nuevo cuerpo"; oía que Katla decía algo, pero no le presté atención. Unos segundos después noté que Andrés y Jessica aún estaban "en formación" e incluso Tara no había terminado.

—¿Por qué acabé antes que ellos? —pregunté curioso a Katla, que se acercaba.

—Porque cada quien se conecta y acopla de forma diferente a su androide.

—Por eso al principio es más tardado.

—Así es.

—Entonces seguro que se puede hacer cada vez más rápido.

—Sí, depende de cuán bien se adapten tanto tú, como la máquina.

Los demás terminaron, Jessica, Andres y por último Tara.

Ella se acercó sin problemas mientras que Jessica tambaleaba y Andrés se caía de espaldas.

—¡No mames Diego, mira! ¡Respiro por el cuello! —reía y apuntaba las ventilas bajo su mandíbula— ¡Esto está cabrón, soy un pinche gigante y echo humo por todos lados! —agregó sumamente emocionado, sentado en el piso.

—¡Diego esto es genial! ¡Míranos enormes y...! ¡Estamos como dentro de otro cuerpo! —exclamó Jessica conmocionada también, con algunos problemas para equilibrarse, iba y venía de un lado a otro dando trompicones.

—Son perfectos —dijo Tara feliz pero no tan exaltada como Andrés y Jessica.

Era un tanto gracioso: poderosos y gigantescos robots vacilaban y tambaleaban como borrachos.

—Deben saber algunas cosas básicas —anunció Katla al tiempo que desarmaba su androide. Tomamos sus palabras como si fuera una orden y la imitamos, desmontamos los androides y nos reunimos junto a la mesita.

—Estos androides aprenden, almacenan, reproducen y descubren algunos recuerdos. Incluso también pueden llegar a actuar por sí mismos en algunas ocasiones. Detectan sus emociones, sus deseos y sus necesidades, sus instintos... en fin. Se alimentan de nosotros.

—¿No es eso peligroso? Es decir: leen nuestros pensamientos, aprenden y actúan, sienten lo que nosotros, son prácticamente personas. Podrían lastimarnos mientras estamos conectados a ellos ¿no? —observé.

—Podría ser... normalmente así sería, pero no. Son peligrosos, pero desde otro punto de vista —el silencio inundó el lugar por unos momentos—. Estos androides... no son realmente máquinas... —habló Katla—, ellos están conectados a ustedes, toman sus propiedades y no hará nada que ustedes no consientan. Son, por así decirlo, ustedes mismos expresados en ellos.

»Los humanos somos productores de energía por excelencia —continuó—. Nuestro organismo produce y utiliza energía en todo momento a lo largo de nuestra vida y el androide toma de esa energía, la multiplica e incluso dicen que puede llegar a transformarla en otra forma de energía; nunca he visto que alguien lo haga. Cuando dije que actuaban por sí mismos me refería a que por ejemplo se desactivan cuando estamos débiles o cansados para no agotarnos más, o al contrario, a llenarnos con la energía que él almacena para reanimarnos ya que también toma energía del sol, del viento, del movimiento... de todas partes, pues todo es energía. ¿Se imaginan cuánta consumen? Abastecerlos por mucho tiempo parece imposible.

—No explicaste la parte sobre el peligro —recordó Jessica.

—Cada persona se adapta de forma diferente a su androide —dijo lanzándome una mirada de complicidad—, y el androide a su conectado. Se convierten en una unidad. Y les repito: el androide toma las propiedades de su persona. Se alimentan el uno al otro, comparten toda clase de información.

—Sigo sin entender porqué son tan peligrosos —dijo Andrés confuso, apresurándola. Katla se recargó en la mesita.

—Por ejemplo, si el conectado es dominado por la pereza, el androide responderá con lentitud; si cae preso de la gula, absorberá más energía y fallará; del miedo, no responderá o titubeará; de la ira, atacará de manera violenta sin contemplaciones; de la soberbia, no obedecerá; de la avaricia, agotará con celeridad al conectado...

—De la lujuria... —intervino Andrés con mirada lasciva.

—¡Así es! Ya captaste la idea... —lo atajó Jessica. Katla se limitó a sonreír con amabilidad.

—Y no es tanto que "fallara" o actuara por cuenta propia, puesto que eso es lo que él capta de la persona y simplemente lo traduce. Y así, como todo eso nos afecta a nosotros física y mentalmente, también afecta al androide, que según la falla del individuo podría después alterarse y causar una especie de corto circuito que lo impulsaría a atacarse a sí mismo, como los humanos al suicidarse, o a dañar al conectado volviéndolo loco o quién sabe qué sería capaz de hacerle... Es complicado. Cada quien es enemigo de sí mismo, pero si logras un buen acoplamiento, es difícil saber las maravillas de que son capaces estos androides —dijo pensativa.

—Y dices que eso es lo básico... no imagino que será lo avanzado e importante —dije.

—Lo básico es lo más importante, y será tan complicado como tú te lo hagas —afirmó.

—Son tan perfectos, todos unos cabrones —opinó Andrés después de un rato en silencio que todos usamos para digerir la información. Katla levantó la mirada.

—Tan perfectos como nosotros mismos.

El almacén se ahogó en una profunda y solemne calma atestada de expectativas, temores, incertidumbre y asombro.

—No cualquiera es capaz de usarlos —Katla volvió los ojos hacia mí—. Ustedes son un caso especial, Víctor me lo pidió. Así que espero que no terminen dementes o muertos y lo hagan quedar mal —afirmó con picardía sombría después de un rato.

— ¿Hacer quedar mal a quién? —preguntó Víctor que entraba en ese instante.

—A nadie... sólo les explicaba más o menos el funcionamiento de... estas cosas —dijo Katla señalándose las sienes —... son muy buenos.

—Lo sé. Y me parece estupendo, entonces pueden ayudarnos ¿no crees?

—Sí, lo creo.

«De qué rayos hablan».

—Bien, pero por ahora debemos irnos, tenemos que hablar —se dirigió a nosotros.

Subimos a su despacho que esta vez estaba iluminado y tenía varios asientos frente a su escritorio. Él se colocó en su elegante silla:

—Por favor... —indicó con un gesto los lugares; temerosos y angustiados, nos sentamos. Katla se quedó de pie detrás de nosotros.

—Jóvenes, les diré las cosas como son y sin rodeos: hasta hace poco recibí la información sobre la Ciudad de México. La mayor parte de la ciudad, del país, fue destruida. Las pérdidas humanas son incalculables. No quiero darles información falsa. Son pocos, muy pocos, los que lograron sobrevivir. Ordené que investigaran y me mandaran reportes de cada una de sus familias —sacó una carpeta delgada de piel roja de un cajón en su escritorio.

—Andrés —comenzó—, encontramos a tus padrastros en un edificio de oficinas en ruinas, no sobrevivieron —dijo con cara de póker. Sus manos repasaron la carpeta.

«¡Qué *culero*! ¡Se lo soltó así como si nada!».

Sin embargo, Andrés no pareció muy afectado. Sus padres biológicos fueron asesinados frente a él cuando tenía apenas siete años, nunca hablaba de ello.

—Jessica... —ella ya tenía lágrimas en los ojos, su madre había muerto un tiempo atrás y su padre es (o era) piloto— ... el avión de tu padre despegó segundos antes de que el ataque comenzara. El aeropuerto fue destruido casi en su totalidad y no hay sobrevivientes registrados — Jessica se cubrió la cara con las manos y echó a llorar. La abracé tratando de consolarla dentro de lo inminente de mi propia desolación.

—Sin embargo... te aseguro que él está bien —dijo con tono suave, cariñoso y un tanto paternal.

En sus ojos se veía completa seguridad de lo que decía.

«Qué extraño ¿cómo es que...?».

—Diego, sobre tus padres... —el tiempo se detuvo, no sabía si en realidad deseaba escuchar. Si estaban vivos me sentiría aliviado, pero si no... preferiría no saberlo. Sólo tenía esas dos opciones y aunque no quisiera la moneda ya estaba en el aire— la región donde vivían y trabajaban fueron de las más castigadas, todo está en ruinas, no sabemos nada de ellos.

Resulta así que la ignorancia es a veces la mejor panacea, aunque de la responsabilidad no nos exenta.

La tristeza me invadió con la furia de un relámpago que atizó mis ofuscados pensamientos. Mi corazón se paró por un momento, apocado; un inmenso vacío llenó mi ser de pies a cabeza, vacío que fue ocupado por la aberrante verdad a la que tanto temía: estaba solo.

—Pero encontramos a tu hermana. Está bien y ya ordené que la trajesen —Víctor lo dijo con afán de reanimarme, pero tenía mucho tiempo de no verla. Entre ella y yo se había abierto una gran brecha y no nos llevábamos muy bien.

—Pasando a otras cosas, les explicaré lo que sucede —continuó.

—Creo que deberías darles un momento —interfirió Katla.

—No... está bien, quiero saber qué pasa —aclaró Jessica con firmeza secándose las lágrimas. Siempre me había parecido muy delicada y sensible pero comenzaba a darme cuenta de que era mucho más fuerte e indescifrable de lo que yo creía.

—De acuerdo. Lo que sucede es que en realidad no sabemos bien qué o quién fue. El tipo de misiles que se utilizaron son nuevos y los escudos contra misiles fueron inactivados poco antes de la agresión, lanzados desde bases militares espaciales que no han sido reconocidas por ninguna nación hasta ahora; es más, ni siquiera las hemos detectado.

»Conjuntamente se generó un terremoto combinado, oscilatorio y trepidatorio, de nueve grados que duró cerca de cinco minutos (en Chile fue de diez y duró casi ocho) y agreguemos la erupción volcánica que fue de una magnitud muy considerable. Todo esto fue simultáneo, lo que nos hace pensar en la posibilidad de que estaba todo programado y perfectamente coordinado.

»Por supuesto ningún gobierno ha declarado nada, ni a favor ni en contra. No se ha hecho ni dicho algo al respecto, ni siquiera en los medios. Al parecer todo el mundo está asustado —terminó de decir con cierto humor. Esperaba que su rostro emitiera desconcierto, impotencia, ira o miedo siquiera, pero más bien era impaciencia.

— ¿Cómo que programado? —preguntó Jessica.

—Todo estaba coordinado de una manera magistral, impecable, perfecto. Se detectaron un raro tipo de ondas o señales que corrieron por todo el planeta y desactivaron los escudos en todas partes, mismas que nadie reconoce y que tampoco han podido ser descifradas. Momentos después de que estas se captaran, comenzó el ataque.

—¿Alguien destruyó el maldito país y no saben quién chingados lo hizo? —preguntó Andrés, molesto.

—Así es —contestó convincente, pero no convencido. Mentía.

—Convoqué a una Asamblea por parte de La Orden de las Siete Naciones en la que serán invitados todos aquellos países que deseen asistir. Discutiremos de lo que ha sucedido y espero que lleguemos a un acuerdo sobre la forma de proceder. Por el momento no les puedo decir más.

ᖇᖇᕉ

La Orden se creó tiempo atrás luego del fracaso de diversas Organizaciones internacionales en su intento por contener a las naciones que las conformaban en su abyecta creación y prueba de armamento.

¿Cómo pasó? Se dice que en algún momento y en algún lugar, no se sabe bien, se descubrió un arsenal de armamento y aparatos militares cuyo enorme poder destructivo alarmó al planeta entero. Vino entonces un momento al que llamaron: "El Efecto Dominó", el cual consistió en que tal descubrimiento obligó a que las Instituciones mundiales como la OTAN y la ONU iniciaran una investigación exhaustiva.

Lo que descubrieron desató una reacción en cadena de pánico que provocó a su vez la toma de decisiones equivocadas en todas partes: el planeta cedió ante el terror de una Tercera Guerra Mundial que marcaría el final de la civilización como la conocían entonces.

De manera impulsiva reaccionó cada nación e iniciaron su propio programa de energías (no sólo nuclear) y desarrollo de armamento militar de tipos y formas inimaginables principiando así una carrera armamentista sin igual; a este tiempo se le llamó "El Plazo Negro".

Después los países miembros de las distintas Organizaciones y Corporaciones internacionales retiraron sus tropas del comando de éstas para conformar cada uno su propia armada, su defensa individual e independiente; aumentaron la actividad de armas y movilizaron ejércitos enteros. Una inminente invasión se cernía y el fin del Plazo Negro se acercaba.

Toda Institución quedó obsoleta e inútil, abandonadas y disueltas ante la rebeldía de los viejos gobernantes ávidos de poder y guerra sin sentido, para el final del Efecto Dominó ya nadie recordaba ni cómo había comenzado.

La formación incontrolable de armas en el mundo, la movilización militar masiva y la proximidad de la guerra eran inevitables; el Plazo Negro se terminaba y la última ficha del Dominó estaba por caer.

Pero entonces algunos reaccionaron ante la inminente catástrofe. Se construyeron millones de búnkeres en todo el planeta al mismo tiempo que estos países, principalmente Alemania, Inglaterra y el creciente poderío mexicano, llamaron a toda potencia mundial a formar parte de una nueva federación, una que tenía como objetivo principal unificar naciones por el bien universal y evitar el conflicto armado que destruiría a todos por igual.

Sólo cuatro países más fueron integrados.

Siete poderosas naciones conformaron la llamada: "Orden de las Siete Naciones". Poco tiempo después se reguló la creación de equipamientos bélicos mediante diálogos, diversos tratados, convenios, acuerdos y pactos, así como la instauración de normatividades para el posterior desmantelamiento del mismo y disolución de los ejércitos.

La imperante estabilidad de La Orden le permitió mantenerse así durante mucho tiempo sin problemas, sin integrar más miembros. Su aceptación fue tanta que múltiples gobiernos respetaron su predominio; todas deseaban formar parte de ella.

Más allá de los Androides, estos jóvenes están a punto de descubrir lo que esta poderosa Organización ocultaba.

CR80

6

15 de Agosto. Roma.

ASAMBLEA

Diego

Durante los siguientes tres días llegaron los representantes de cada una de las naciones que pertenecían a La Orden. Para sorpresa de todos los participantes de la asamblea se habían multiplicado, llegaron cerca de veinte gobernantes de todo el mundo para el segundo día y para el tercero eran cerca de cincuenta, cuando al principio serían sólo las siete principales y cinco adjuntos. Muchísimos respondieron al mensaje de Víctor.

No cabían todos en el edificio, las habitaciones no eran suficientes así que Víctor mandó a nuestro grupo, incluida Katla, a un mismo cuarto. También Sofía (mi hermana) llegó, así que estábamos apretados en el mismo lugar donde a dos nos tocaba dormir en el suelo que, por supuesto, teníamos que ser Andrés y yo; salvo algunas veces que me dormía con Jessica y Andrés con Tara con el puro afán de hacerme sentir miserable.

Mientras todos llegaban, Andrés, Tara, Jessica, Katla que era la representante de Alemania y yo, ejercitábamos el enlace con los androides. Habíamos progresado mucho en poco tiempo, nos era fácil controlarlos, movernos y ya nos habíamos adaptado muy bien. Y tal como Katla había dicho, el robot obtenía ciertas cualidades propias del individuo: Tara era la más rápida; Jessica, la más ágil y flexible además de ser la que parecía que más rápido se adecuaba al androide; Andrés, el más torpe pero muy fuerte, mientras que Katla y yo no teníamos una cualidad específica, o aún no la descubríamos.

Por otro lado, convivíamos cada vez más entre nosotros. Tara parecía ya no estar enojada conmigo y hablábamos algunas veces, pocas veces. Nos contó que había trabajado desde pequeña con los androides obligada por su madre y por eso era que sabía mucho de ellos. Pero era una labor continua ya que su tecnología, nueva y muy avanzada, sufría modificaciones y reajustes con regularidad. ¿Y por qué usaban niños? Porque su mente aún está abierta, la cual resulta vital para su manejo y disminuir el riesgo de sufrir los desastrosos daños colaterales. Entonces ella no podía, o no la dejaban, tener una vida libre, como por ejemplo el no ir a la escuela durante más de quince años.

—A veces tomaba clases por internet o con profesores particulares, pero lo odiaba. Yo quería una vida normal: ir a la escuela, conocer a gente que no vistiera batas, tener amigos… un novio.

Deseaba tanto una vida propia y no tener que ir a todos lados con mis padres —explicó con voz tenue—. La gente me trataba muy diferente. Ser hija de Víctor, la última descendiente de los Quirarte, tornó mi vida en la sombra de unos antepasados que nunca conocí. No soportaba la presión que después de la muerte de mi hermano recayó sobre mí.

»Así que le hice frente a mis padres y exigí que me dejaran vivir mi propia vida. Mi madre se volvió loca pero

Víctor aceptó con la condición de que nadie debía saber quién era yo. Esto no sería difícil pues casi nadie en el mundo sabía siquiera que yo existía —nos dijo una noche. Es por eso que escondía su apellido y su aspecto puesto que tenía cierto parecido con su padre.

Jessica se vio obligada a mantener cierta distancia conmigo desde la llegada de Sofía, ya que no se soportaban y mi hermana siempre la alejaba. Es probable que ni ellas sepan la causa de su antipatía.

También conocí más a Katla. No hablaba de sí misma con los demás puesto que entre Tara, Jessica y ella se traían un desmadre y desarrollaron una extraña rivalidad, a Andrés le gustaba ella por lo que se comportaba como un idiota en su presencia y la molestaba e importunaba siempre con la intensión de chingársela, por lo que se volvió másególatra, incluso peor que en el colegio.

Pero ella y yo habíamos encajado muy bien. Un día me explicó que su padre había sido un general de muy alto rango en Alemania que conoció desde joven a Víctor. Ambos hombres tomaron parte en experiencias que marcaron su ascenso al poder y, además de lograr que las dos naciones permanecieran dentro de La Orden, fomentaron una gran amistad entre ellos y se mantuvieron siempre cercanos. Así fue como Tara y ella se conocieron desde pequeñas, siempre envueltas en pleitos alimentados por los experimentos con los androides.

—Mi padre fue muy tierno conmigo a pesar de todo. Siempre viajábamos juntos. Él decía que eran misiones secretas muy complicadas y que no podía hacerlo sin mi ayuda, me hacía sentir especial. Algunas veces íbamos a lugares muy lejanos y extraños donde él tenía reuniones a las que no podía entrar, sólo él, Víctor y otros que nunca conocí. Yo me quedaba en algún pueblo cercano jugando con los niños del lugar. Así fue como aprendí varios idiomas y a cuidarme sola. En cuanto a mi madre...

creo que nunca me quiso, desaparecía siempre y hasta la fecha no sé dónde está —contó esa mañana mientras caminábamos por un parque.

Me fui dado cuenta de que Katla era sólida y de carácter impetuoso, pero también era muy tranquila y amable, sensible y cariñosa. Se llevaba muy bien con Sofía a quien trataba como a una hermana. Tenía gran tacto humano y delicadeza femenina sin dejar de lado su rudeza; era alegre, ecuánime e inmutable, la calma en medio de la tempestad, una luz con sombra, tierna y mimosa como una niña, pero fuerte y seca como una roca, un dulce ángel con su lado rebelde y amargo, sin mencionar que ella era muy hermosa: una mujer perfecta.

Llegó la tarde.

—Hora de irnos —dijo Katla y desactivó su androide que se desplegó mientras caminaba hacia la puerta. Los demás la seguimos sin reproches. Entramos al ascensor y subimos a uno de los últimos pisos. Se abrió la puerta y caminamos por un corto corredor; al fondo, una gran puerta.

—Katla Von Unger —dijo frente al enorme portón con su recio y sensual acento alemán. La puerta hizo un corto pitido y se abrió de golpe.

Dentro era un auditorio bien iluminado semejante a mi salón de clases en la escuela con la diferencia de que el centro no tenía ningún escritorio. Había mucha gente ahí. Enfrente de cada persona flotaba sobre la mesa un círculo luminoso en el que estaba escrito de qué nación era. Todos dentro estaban inquietos. El ambiente estaba tan lleno de ansiedad y tensión que podía sentirse calar hasta los huesos.

Nos sentamos en un espacio de los más cercanos al centro y junto a nosotros Katla tomó plaza. Tara dijo al aire: "México", y delante de nosotros, de un pequeño cristal oscuro de forma triangular, salió una luz que dibujó un círculo holográfico que giraba despacio y repetía varias veces la indicación de Tara en letras luminiscentes.

—Pónganse los traductores —dijo Katla desde la mesa de junto. Tara oprimió un rectángulo en la mesa cerca del cristal que levantó con suavidad una cavidad donde había cinco de los pequeños óvalos como los del helicóptero y cada quien tomó uno.

Esperamos unos instantes a que la conferencia diera inicio.

No podía imaginar qué temas se trataran en estas reuniones, bajo estas circunstancias y con tantos personajes cuyas decisiones hacían girar al planeta. Tampoco podía creer que mis amigos y yo estuviéramos aquí dentro junto a estas personas y a nadie pareciera importarle en lo más mínimo.

De pronto se apagaron las luces, el silencio se hizo absoluto. Del centro del auditorio, desde el piso, salió un humo violáceo que se acumuló en el centro del aula. Un momento después hizo una pequeña explosión que esparció el humo y funcionó como señal para que aparecieran desde el techo unos rayos de luz como las del proyector de clases: unas pantallas holográficas proyectadas hacia cada una de las mesas expuso imágenes frente a cada individuo. La imagen frente a nosotros se encendió y mostró el emblema de La Orden: un elegante número siete estilizado color dorado de margen bicolor en negro y plata, de textura brillante con pequeñas figuras de flores de loto y serpientes zigzagueantes.

Víctor, que apareció de la nada en el centro, habló:

—Sean todos bienvenidos. Antes que nada quiero mencionar que La Orden de las Siete Naciones y sus adjuntos estamos agradecidos por la gran asistencia que obtuvo esta Asamblea.

»Espero que no les incomode la presencia de mis invitados… —señaló hacia nuestra mesa—, pero son ellos sobrevivientes del ataque, los representantes más dignos que cargan sobre sus hombros el nombre de mi amada nación. Estos jóvenes son los oídos y las voces de México y están en su derecho de saber, como todos nosotros, qué es lo que ocurre y ocurrirá en un futuro próximo —todos nos miraban con semblantes, unos de lástima, otros de indiferencia—. Lo que nos lleva a entrar en tema: estamos consternados por el suceso que nos reúne hoy aquí y, de la misma forma que ustedes, tememos por futuras agresiones. Quisiéramos ajusticiar al responsable. Sin embargo, por la falta de evidencias que puedan comprobar la autoría de este embate y debido a la magnitud del mismo, decidimos iniciar el diálogo mediante la invitación a todos ustedes a esta Asamblea —empezó a moverse por el escenario y luego prosiguió:

—Lo que menos necesitamos ahora es la barbarie y división entre naciones. El diálogo es crucial en este momento ya que la mayoría de las naciones aquí presentes aumentaron notoriamente su actividad militar. Espero sea como una simple reacción, normal dadas las circunstancias, y sin motivo ni sentido bélico más allá de sus propias fronteras. Sé que la inquietud nos aqueja a todos, me incluyo, y es por eso mi deseo de compartir con ustedes los datos que a continuación les serán expuestos —tras una pequeña pausa continuó:

—La intensión de esta Asamblea es determinar la causa y el origen de la agresión directa contra los países de Colombia, Chile, Brasil y México que causó además severos daños a todos los países aledaños y, de ser posible, actuar conforme la Ley nos dicta. Este ataque destruyó del noventaicinco al cien por ciento de las principales ciudades de dichos países, causó daños materiales incuantificables y acabó con la vida del total de su población debido a lo sorpresivo del mismo. No hubo tiempo para detectar la actividad de los proyectiles que además no fueron la única fuerza de agresión: se registró actividad sísmica de gran fuerza en casi todas las placas de Centro y Sudamérica: un sismo de entre nueve y diez grados de duraciones variables —mientras hablaba firme y con fuerza imágenes y datos aparecían frente a nosotros en la pantalla; a cada representante le aparecía en su respectivo idioma.

—Se utilizaron misiles balísticos de última generación con características variadas. Los escudos no los detectaron pues éstos fueron desactivados momentos antes del bombardeo y al parecer no fueron enviados desde ningún otro punto sobre la Tierra, es decir, fueron enviados desde bases militares espaciales aún no identificadas con una trayectoria, objetivo y tarea fija debido a la forma en que se llevó a cabo el asedio.

»Cabe mencionar que algunos de esos proyectiles únicamente portaban un extraño gas cuyo fin era el de abatir a la gente en zonas ilesas y a probables sobrevivientes —asombrados por la última declaración Jessica, Sofía, Andrés, Tara y yo compartimos miradas confusas y perplejas.

En las imágenes que iban y venían en la pantalla podían verse algunos edificios derrumbados de manera extraña tirados hacia cierto lado dando la impresión de que si caían no debían dañar a otras estructuras cercanas que permanecieron intactas, algunos otros aparecían atravesados con enormes huecos en ellos, otros habían perdido sólo alguna parte de su configuración, otros desmoronados como si fueran de polvo, otros demolidos dejaron montañas de escombros y por último imágenes en las que el edificio había desaparecido dejando atrás la desolación de un inmenso cráter. En México zonas grandes de vegetación y monumentos o construcciones muy antiguas permanecieron completas e intactas en medio de zonas devastadas. Los globos y platillos flotantes, incluso los desafortunados aviones comerciales y militares y hasta las rocas volcánicas, habían caído en lugares donde no dañaban aquellas zonas específicas. Tal precisión parecía inconcebible.

Recordé el tormentoso panorama de la ciudad en ruinas vista desde lo alto en el helicóptero, reviví el caos que reinaba en ella, pero nunca me percaté de la armonía con que esto había ocurrido. La destrucción era perfecta. En todos esos países la semejanza de la agresión era aterradora y evidentemente organizada. ¿Qué o quién sería capaz de hacer algo así?

—Sabemos que justo antes del ataque un tipo señal, misma que alteró el funcionamiento de todo tipo de aparato o máquina y que aún no puede ser decodificada, fue detectada en su recorrido por todo el planeta. Tanto el lugar de origen como el de destino son desconocidos. Esto me hace sospechar que todo estaba coordinado y programado a la perfección en lugar, fecha, tiempo e incluso en espacio.

»Por lo anterior, y aunado a los intentos por determinar la naturaleza de la Señal Global, pensamos que ésta no es más que parte de una táctica, un método por alguien manipulado que controla todo mediante alguna especie de sistema muy avanzado que le proporciona toda la información que requiera para ejecutar los embistes y que, una vez iniciados, no hay forma de detenerlos —hizo una pausa solemne para luego continuar con la siguiente declaración—: Esto podría indicar que no será el último ataque.

La sala estalló en una afligida marea de murmullos. La angustia desfiguró los rostros de los presentes.

—Y siendo así… si esto realmente es así, significaría entonces que ninguna nación en particular fue la responsable de este asalto debido a que, hasta donde sabemos, todos en el mundo desconocemos tanto la Señal que activa los misiles y desactiva los escudos como el origen y destino final de las mismas... Esto evita que sepamos si habrá otro asedio y, de ser así, cuál será el siguiente blanco —fue interrumpido por una nueva oleada de intensos barullos producidos por un maremágnum de hombres y mujeres asustados cuyos susurros articulados en diversos idiomas hacían manifiestos sus pensamientos discordantes.

— ¡Tenemos que encontrar al responsable! —gritó de pronto el canadiense.

— ¡Sí, eso es, encontrémoslo y pagará caro lo que está haciendo! —lo acompañaron otros, y otros más, todos en expresa aprobación de encontrar y ejecutar al responsable.

«Qué bobos, nos están diciendo que nadie sabe».

Katla estaba calmada viendo las imágenes que pasaban frente a ella en su pantalla.

— ¡Son terroristas!

— ¡Calla idiota, eres tú quién financia al terrorismo! —acusó otro. La multitud enardeció.

Empezaron a gritar insultos en todo tipo de idiomas. Algunos se levantaron furiosos y algunos otros permanecieron sentados, paralizados por la angustia. La tensión y el miedo en el ambiente crecían a cada instante. Parecía que si no se retomaba el control pronto iba a reventar la sala en golpes y, claro, en guerra.

«"Los humanos nos tornamos débiles, impertinentes y peligrosamente impredecibles cuando el miedo y la ira llaman a nuestra puerta"», recordé las palabras de la maestra de CDM al ver aquella escena. Los hombres más poderosos del planeta, aquellos capaces de volverlo cenizas en cualquier instante, supuestos conocedores cualificados para guiar a la humanidad, todos abrumados y perturbados, usaban su poder como amenaza contra otros; no es un ejemplo que un joven debiera recibir, de ellos menos.

—Bueno, ahora sabemos que ninguna potencia es responsable del asedio a tu país —aseguró Katla en voz baja inclinándose hacia mí.

— ¿Cómo lo sabes?

—¡Míralos! Todos aquí están tensos, nerviosos y con miedo. Ningún país, ni siquiera La Orden, tiene la fuerza económica, militar ni tecnológica y siendo honestos tampoco la inteligencia para crear algo tan grande, avanzado y perfecto...

«Me conecto diario a un mega androide que lee mis pensamientos y emociones... ¿segura que nadie?... Pero de todas formas La Orden no atacaría México».

—... un ataque así a escala global requiere mucho más que simple ingenio humano. Además, nadie puede poner en órbita tal cantidad de satélites ni bases militares y armar esa cantidad y calidad de misiles sin ser descubierto. Lo que de verdad me impresiona es que aún no encontremos nada. Por eso la guerra no ha comenzado, todos tienen miedo de enfrentarse a esto y ser los siguientes... y no los culpo. Sería como querer enfrentarse a un fantasma, él puede verte, puede hacerte daño si quiere y tú no podrías ni verlo venir. Estamos indefensos, abatidos, solos, y lo peor, divididos.

Escuchar eso me contagió el miedo de los mandatarios. El simple hecho de pensar que no había lugar seguro en el planeta me ponía la piel de gallina. No había nada que pudiéramos hacer. La pregunta de nuevo intoxicó mi mente: ¿Quién haría esto, cómo y por qué?

—De hecho... espero que no encontremos al responsable —dijo afligida y retomó su lugar. Extrañado, fruncí el ceño guardándome la pregunta obvia.

El auditorio se mantuvo ruidoso durante unos minutos más. Mirar alrededor a aquellos personajes discutir me hizo notar algo que llamó mi atención: mientras la mayoría se debatía a gritos en diferentes lenguas y señas, otros se mantenían serenos, sólo siete: los miembros de La Orden. Tan ecuánimes y serenos, reflexivos y diligentes. Ellos sí eran las personas más poderosas del planeta y permanecían pensativos, conscientes, reflexivos, intentando solucionar el problema.

«De grande seré como ellos», pensé admirado y muy entusiasmado.

— ¿Qué piensas que debemos hacer entonces? —preguntó uno de los que permanecían calmos, una despampanante rubia de ojos azules con voz recia y firme representante de los Estados Unidos. Intrigados todos guardaron silencio y giraron la mirada.

— No lo sé —contestó Víctor, bajó un poco la cabeza y seleccionó sus siguientes palabras con evidente cuidado—. Estamos ante una amenaza contra la que nadie está preparado, para la que no hay protocolos de seguridad y contra la que no podemos hacer absolutamente nada —continuó en voz más baja. Su actitud ante la pregunta me desanimaba.

— Podríamos evacuar las ciudades principales cuando se detecte de nuevo la Señal —opinó la representante de China, un tanto incrédula pero confiada. El barullo volvió al instante.

— Es muy drástico… evacuar esa cantidad de personas es querer evacuar al planeta entero; se generaría un enorme caos. El evacuar un pueblo pequeño es difícil, toda ciudad capital y no capital suena imposible. Además, adónde serían evacuadas ¿al bosque, al campo? El gas se esparce. Todo es asediado por igual —rebatió Víctor.

—Si supiéramos hacia dónde se dirige la próxima Señal, sin necesidad de decodificarla, probablemente así podríamos saber qué lugar será el siguiente en ser atacado y entonces evacuarlo —opinó Katla.

—La Señal ocurrió siete días antes del ataque y se repitió segundos antes de que cayera. Cambia y rebota aleatoriamente alrededor del globo durante ese lapso. Es imposible —contestó el gobernante mexicano.

—¿Por qué una señal doble? —le susurré a Tara. Se limitó a encogerse de hombros sin molestarse en mirarme.

—Basta con saber que la primera Señal ha corrido por el planeta para poder actuar —dijo un hombre alto y bien parecido: el italiano.

—Es verdad. No necesitamos conocer ni su origen ni su destino —concedió Katla—. Miren, por ahora no hay forma de saber nada sobre ella. La realidad es que el mundo está amenazado por una fuerza más allá de lo que conocemos —continuó la hermosa chica mientras se levantaba. Caminó y se puso al lado de Víctor en el centro—. No podemos hacer nada a escala global salvo guardar la calma y mantenernos en constante comunicación.

»En cuanto a lo individual —continuó—, cada uno de ustedes determinará qué es lo mejor que se puede hacer a favor de sus propios países con base en lo que ahora sabemos, en lo que han visto hoy. Del mismo modo, debemos todos trabajar en conjunto para intentar leer el significado de la Señal, intentar descifrar cualquier información que nos pueda indicar de dónde viene, hacia dónde va, cuál es el siguiente objetivo y de ser posible quién la crea.

»Les repito, debido a las circunstancias que se nos han presentado es preciso que todos guardemos la calma y nos mantengamos comunicados. Sus naciones dependen de ustedes y ustedes de ellas —concluyó. La Asamblea se dio por terminada. Las pantallas se apagaron y las luces se encendieron.

☙❧

Al ver que tantos países se habían reunido debido a los asedios Diego pensó que no habría guerra y que después de todo no sería necesario utilizar los androides. Estaba muy equivocado pues no sabía quién o qué había invadido: en lo físico, algunas ciudades; psicológicamente, al planeta entero.

☙❧

Todos se levantaron y salieron del auditorio; unos, nerviosos dando órdenes a sus secretarios; otros, murmurando temerosos y otros, los de La Orden, inexpresivos.

7

1 de Septiembre. Roma.

VIAJE

Katla

Pasaron quince días. Algunos de los asistentes a la Asamblea se quedaron en el edificio a ayudarnos a Víctor y a mí, que ya desde el día de la invasión a México habíamos comenzado a investigar. Por desgracia todo en lo que nos basábamos eran especulaciones, no teníamos evidencia de nada, así que ahora nos centrábamos en identificar algún dato, algún rasgo, alguna información en la Señal que nos permitiera tener un punto de partida. Pero nada lográbamos a pesar de tener en ello al mejor equipo de investigación de las ocho naciones que nos quedamos con Víctor.

Además, por todo el edificio cundió el pánico. Las señales que corrieron por todo el planeta antes de la invasión a México y Sudamérica se detectaron el primero de agosto. Muchos creían que se repetiría.

Durante esos días Diego, los demás y yo continuamos el ejercicio con los androides. Sofía ya se había unido al grupo. Tenía catorce años, era de mi estatura y me decidí pronto a ofrecerle su propio androide al cual, aunque

Diego no estaba muy de acuerdo, aceptó sin titubear. Quizá Diego tenía razón, pero hice caso omiso.

Llegó septiembre y logramos lo mismo que el resto de las naciones: nada.

Salí de dejarle a Víctor en su oficina los nuevos reportes del rotundo fracaso de la investigación, él había ido a México unos días y regresaría esta misma tarde.

Caminaba de regreso a la habitación en donde estaban los demás vistiéndose para bajar al desayuno y practicar con los androides, lo que se había convertido más en un juego que en significar una gran responsabilidad. La puerta se abrió de golpe, la habitación los escupió con gracia y corrieron riendo liderados por Andrés, el más glotón, hacia el ascensor; en su andar tropezaron unos con otros varias veces y soltaron sendas risotadas antes de lograr llegar.

— ¡Oigan esperen… me!

Sofía salió al último.

— ¡Apúrate Katla o se comerán todo! —rió y caminó unos pasos hacia mí mientras agitaba los brazos.

—No te apures, a nosotras nos servirán lo que pidamos… —le dije al alcanzarla, pasándole el brazo sobre los hombros— es la ventaja de ser la hija del Keter —sonreímos.

Cuando pasamos frente a la habitación noté que un pequeño foco de mi *tablet* parpadeaba sobre la mesa del centro.

— ¿Quién la encendió? —le pregunté al detenerme confundida y sorprendida señalando el aparato.

—Nadie… Lleva así desde que saliste.

La miré a los ojos.

—Bueno, bueno… fui yo… ¡pero sólo la conecté y se prendió! ¡No hice nada, ni siquiera la toqué! Creí que habías dicho que ya no servía —se justificó.

—Así era. No te preocupes —extrañada volteé hacia la maquinita.

«Qué raro, en verdad pensé que ya no funcionaba».

Entré a la habitación hecha un desmadre; parecía que un tornado había arrasado la zona. No me quedó más que agachar los hombros con un corto suspiro desesperanzado. Tomé la tableta electrónica, aventé a un lado el bulto de ropa que había en un sillón haciéndome espacio, me senté y la activé. De la pantalla holográfica salió un pequeño hilo de un color morado oscuro que serpenteó hacia el techo. Unos segundos después, se detuvo en un punto en el aire donde comenzó a tomar diferentes colores y a formar un extraño símbolo: un ojo. Un ojo de serpiente dentro de una pirámide resplandeciente, bordeada por dos frases en latín: *Deo Favente y Novus Ordo Universi*[1]. Los colores, las texturas y hasta el brillo parecían reales. Era embelesador, de una belleza mágica.

«Me parece familiar, en alguna parte lo he visto, estoy segura».

—Qué bonito, pero ¿qué es eso? —preguntó Sofía cerrando la puerta tras ella.

—Quién sabe, parece un emblema.

—Parece real.

El humo que formaba la insignia hizo una especie de explosión tras la cual dejó sólo nubes y el efluvio de un humo morado que se veía muy hermoso. Las pequeñas aglomeraciones se movían muy armoniosas en el aire hasta detenerse en el centro y esbozar una frase:

*"Que ata: en el panque esta la mira
pide te flotan; rap y el higo."*

---

[1]   Deo Favente: Con el Favor de Dios. Novus Ordo Universi: El Nuevo Orden del Universo.

Debajo de la absurda frase permaneció el emblema de antes pero más pequeño.

—Ve por tu hermano y los demás por favor —le ordené a Sofía quien corrió fuera; en lugar de asustada parecía encantada.

«¿Qué demonios significa esto?».

Sofía

Corrí lo más rápido que pude hacia las escaleras, bajé con saltos de varios escalones a la vez y entré en la cocina a toda prisa. Ahí estaban todos con los platos medio llenos.

—¡Diego, rápido, Katla los necesita, es urgente! —exclamé jadeante.

—No le hagan caso. Seguro es un truco para quitarnos nuestra comida —respondió el idiota de Andrés con la boca llena. Sentí la ira subiéndoseme a la cabeza. Furiosa por su estúpida suposición estaba por contestarle cuando Diego intervino.

—No, habla en serio, hay que ir.

Se levantaron y corrimos de regreso a la habitación.

Katla

Volvieron unos minutos después.

—¿Qué pasa? —preguntó Jessica al entrar.

—Interrumpiste el maldito desayuno —protestó Andrés que con un manotazo azotó la puerta.

—¿Qué es eso? —preguntaron al unísono Diego y Tara al ver el holograma que salía de la máquina.

—No sé, por eso los llame. Esta cosa, que supuestamente no funcionaba, se prendió, y cuando la activé apareció ese símbolo pero en grande y después esto —expliqué dejando la *tablet* en la mesa central de la habitación.

—Quien lo escribió es un idiota, no tiene ningún sentido —refunfuñó Andrés con voz ronca tumbándose con la voluntad de un costal de papas en el sofá.

—Te equivocas. Es muy fácil, sólo hay que acomodar las letras y palabras. Es como un acertijo— dijo Tara.

—O adivinanza —agregué.

La repasamos varias veces.

—¿Alguna idea? —preguntó Jessica.

Todos negamos con la cabeza y pasamos unos minutos en silencio mientras pensábamos.

Luego, inesperadamente, alguien tocó a la puerta.

—Señorita Katla —era Bruno.

—¿Qué pasa? —pregunté al abrir la puerta, suficiente apenas para asomar un ojo.

—Es la señal… detectamos otra hace unos minutos — tartamudeó y tragó saliva. Sentí un nudo en el estómago.

«Víctor tenía razón: habrá más ataques…».

Mi corazón dio un vuelco, mi respiración se aceleró y sentí un súbito calor en mi frente que ya causaba un ligero sudor.

—¿Estás seguro?

—Los demás la esperan… en el auditorio —susurró y asintió.

—Espérame un minuto en el ascensor, iré enseguida.

—¿Qué pasa? —preguntó Tara a mis espaldas.

—Debo ir arriba, ustedes intenten… lo que sea. Vuelvo enseguida —anuncié y traté de disimular mi tribulación.

En el auditorio estaban todos los gobernantes de las naciones pertenecientes a La Orden: Varick Collingwood, de Inglaterra; Henry Munieve, de Francia; Xia Kai-shek, de China; Kara Bender, de los Estados Unidos; el nuevo miembro, Jean Carlo Rottoli, de Italia y yo, como representante de Alemania. Sólo faltaba Víctor. Estaban inquietos y hablaban unos con otros.

—Katla, una nueva Señal, habrá un nuevo ataque — se acercó Henry sobresaltado.

—¿Qué haremos? No tenemos ninguna pista. ¡En siete días otros países serán destruidos! —musitó Varick con preocupación.

—Cálmense todos —contesté—, de nada sirve que se pongan así —me contagiaban su desesperación.

—Todos los demás países nos han enviado mensajes de alerta, también detectaron la Señal —informó Kara, la más tranquila de todos.

—Entiendo.

—No podemos hacer nada. Poner a salvo a la mayor cantidad de personas que podamos es la mejor opción que tenemos —de pronto Víctor entró por la puerta.

«¡Víctor! Me has salvado».

Al verlo sentí cómo disminuía la presión en mi pecho.

—Pero no sabemos dónde será el ataque, qué tal si movemos gente a un lugar que es el próximo —dijo Henry.

—No hay lugar seguro en la Tierra —continuó Xia con su tradicional acento altivo.

—Hablo de llevar a esa gente arriba —aclaró Víctor.

—Eso es. No hay forma de que mueran si los mandamos al espacio, llevarlos mientras la invasión ocurre —se entusiasmó Varick.

Era buen plan. Previo a la formación de La Orden se habían construido millones de búnkeres a lo largo y ancho de la mayoría de las ciudades que tenían propulsores y resultaban ser unas pequeñas naves. Sin embargo, no se salvaría toda la gente.

—Sé que no se puede salvar a todos. Deberán sortearse los lugares —dictó Víctor con gran frialdad en su voz.

Todos callaron. Aunque fuera duro parecía ser la mejor opción. Sólo algunas personas serían informadas de la localización de los refugios.

—Tienen siete días —decretó Víctor y dándose la vuelta caminó hacia la puerta.

—¡Nosotros qué haremos? —le pregunté.

—A qué te refieres —cuestionó y giró apenas la cabeza con la barbilla escondida en su hombro.

—Yo me quedaré aquí contigo ¿qué haremos?

—Esperar salir sorteados —dictaminó con prudencia, sonriente y con un jadeo sardónico para luego irse del auditorio sin decir nada más. No esperaba esa respuesta. Sin embargo, la acepté.

—Ahm… ustedes, ya saben qué hacer —tartamudeé dirigiéndome al resto de los miembros y caminé hacia la puerta.

—Yo también me quedaré —aseguró Kara.

—Organizaré el sorteo y el viaje al espacio de mi país desde aquí —agregó.

—Yo también —concordó Varick, ya más confiado. Los demás pensaron igual. Sabía que La Orden era unida, pero no a tal grado. Ver que nos mantendríamos juntos me reanimó.

—Bien, avisaré a mi padre —dije, les regalé una sonrisa y salí del auditorio.

Bajé a la habitación donde estaban los demás.

«Espero que ellos tengan buenas noticias».

Abrieron la puerta de golpe y me jalaron del brazo como si ya supieran que estaba parada frente a la puerta. Tara estaba ahí; ellos aún no sabían nada.

—¡Katla, tenemos algunas ideas! —exclamó Sofía muy entusiasmada.

—¿Qué ideas?

Todos alrededor de la mesa del centro con la maquinita proyectando el holograma de la deshilvanada frase.

—¿Qué te sucede? —preguntó Diego al acercárseme.
—No, nada —contesté. Me pareció tierno que notara mi inquietud, pero no podía decirle nada, no frente a los demás.

—Creo que es un anagrama —dijo Tara.

—Sí, sólo hay que modificar el orden de las letras para formar otra oración con sentido —dijo Sofía todavía muy animada—. Pero hay muchas combinaciones —continuó y perdió el tono animoso—. ¡Pero tenemos algunas buenas! —volvió a emocionarse. Sus cambios repentinos de ánimo me parecían muy graciosos, a diferencia de su hermano que era siempre tranquilo y equilibrado.

—Qué te parece: En el panqué te flotan esta la mide pira que ata —propuso Andrés.

«Está peor que la original».

—Es mucho mejor que la primera que dijo —me susurró Diego al oído con una risa disimulada—. Sé que algo anda mal, dímelo, confía en mí —insistió en voz baja al apartarme de la mesa y entrar al cuarto de camas.

Desde que llegó noté que Diego era muy perceptivo y observador, no se le escapaba casi nada.

—Hay una nueva Señal, pero no digas nada… por ahora centrémonos en esa frase, después se los diremos.

Asintió con ojos comprensivos y volvimos con los demás a la mesa.

—Es mejor: Mira flotante en el té que ata, al pan que este pide —continuó Jessica.

—Tiene más orden, pero no sentido —recalcó Tara.

—No mamen, hay muchas posibilidades, jamás vamos a dar con la buena —suspiró Andrés apoltronándose todavía más en el sofá.

—¿Tú qué piensas Katla? —me preguntó Sofía.

—Ataque en…

—¡Eso es! ¡Así empieza! —exclamó Diego—. Tiene sentido y relación con todo esto.

Me sobresalté. Aunque lo había dicho sin pensar parecía que así empezaba la frase corregida. Quizá influida por la situación fue eso lo primero que vino a mi mente. Pero aún falta mucho de la frase por completar: ¿A caso nos dirá qué lugares serán atacados? Parece probable, pues apareció apenas minutos antes de que Bruno me informara sobre la Señal y las primeras palabras aludían a la circunstancia desesperante con que el mundo tropezaba. Una nueva esperanza nació en mi corazón que me hizo sentir tan inspirada como intrigada.

—Eso puede significar que no están muy separadas entre sí las palabras reales —supuso Tara—. Entonces "*el panque*" sería la siguiente —continuó.

—Bien pensado —concedí emocionada.

—panel que —opinó Sofía.

—El panqué —dijo Andrés. Al unísono volteamos todos para lanzarle una mirada despectiva.

—Andrés, ¿puedes traernos algo de comer? —le pidió Tara, cálida y cortés como toda una dama.

—¡Con gusto! —salió sonriente de la habitación a paso decidido.

—"Ataque en...", la siguiente parte debe ser algún lugar —retomó Jessica.

Hubo entonces un largo silencio que inundó la habitación con entusiasta solemnidad.

«¿¡Será el lugar que atacarán!?», me estallaban las entrañas, era demasiada la exaltación.

Pero no se nos ocurría nada.

—Palenque —sugirió Diego finalmente.

—¡Eso es hermano!

—¡Bien! "Ataque: En Palenque..." —mi corazón se aceleraba más y más y disparó mi mente con las posibilidades para completar la frase.

—Pero... ¿Atacarán Palenque? Si ya está destruido —advirtió Sofía.

—No… entonces ese no puede ser —se lamentó Diego.

—*"Ataque: En Palenque está la pirámide flotante"* — completó Jessica casi toda la frase en un chispazo de inspiración cristalina, concentrada, mirando la oración entre el humo que no dejaba de danzar. Todos le miramos impresionados por un instante. Era una chica muy inteligente y vivaz.

«Ahora entiendo porqué a Diego le gusta tanto».

Un nuevo golpe de agitación me invadió el pecho, estaba casi segura de que esa era la frase. Pensé que algo sucedería; que habría un cambio, que se modificaría o apagaría la proyección, pero nada pasó.

—Debemos ir a Palenque —decidí entonces.

—Pero falta la última parte… —objetaba Diego.

—No es necesario, sabemos a dónde ir —concluí.

Desactivé la *tablet* y la aventé sobre una cama mientras los demás se cambiaban de ropa a toda prisa y sacaban sus placas. Salimos al pasillo donde nos encontramos con Andrés que regresaba con la comida.

— ¡Deja eso, vámonos ya! —lo jaló Tara y tiró la charola repleta de alimentos. Siempre usaba la misma ropa así que no tuvimos que esperar a que se cambiara y sus placas las traía en el pantalón.

Bajamos al primer sótano y entramos al almacén. Me apresuré en mi vieja habitación, me cambié de ropa lo más rápido posible por una completamente nueva, tomé mis placas, unas píldoras de *maná* (nutrientes encapsulados) y salí corriendo.

—Usaremos uno de los aviones —les dije al alcanzarlos en el almacén mientras me arreglaba el cabello para colocarme las placas.

— ¿Sabes manejarlos? —vaciló Diego, incrédulo.

— ¡Pues claro! ¡Con quién crees que hablas! — aseguré divertida por su pregunta y lo empujé en broma con la cadera. Salimos a la cabina de concreto, entramos a la puerta de la derecha, donde estaban las aeronaves bien acomodadas en dos filas no muy largas, y nos detuvimos junto a la primera de ellas.

—No cabremos todos —apuntó Tara.

—¿Tú no sabes manejarlos Tara? —preguntó Sofía en tono esperanzado.

—No.

—¿Si vamos en un helicóptero? —ofreció Diego otra opción.

—Es más lento —le respondí. Él entendió a qué me refería.

—¡A huevo cabemos! —soltó Andrés con sorna y se trepó sin pensarlo dos veces.

—Claro que no, de qué hablas… —rezongó Jessica despectiva haciendo ademanes con las manos.

—Un poco apretados güey. Pero venga… no hay de otra —terminó Andrés que rápido se sentó en la parte de atrás.

—Bueno… pues suerte allá atrás —dije burlona al subir a la parte delantera. Sofía me siguió y la acomodé conmigo. Cupimos sin problemas.

Diego

Como había dicho Andrés, no había de otra, así que subí y me acomodé a su lado. Un poco apretujados pero cabíamos, sin embargo, era imposible que las chicas entraran. El avión, pequeño con un diseño interesante y novedoso similar al de las placas, se veía por fuera como si fuera para un pasajero pero por dentro había dos asientos, el delantero para el piloto y otro trasero para el copiloto que por suerte era un poco más amplio. El avión tenía la estupenda insignia dorada de la Orden grabada en las alas.

—No voy a subir ahí —se opuso Jessica y se cruzó de brazos.

—Ni yo —se alió Tara con las manos en su cintura.

Traíamos puesta la ropa que utilizábamos cuando practicábamos con los robots. Eran ya nuestros uniformes. Su sensual atuendo de *top* con mallones y nuestras playeras ajustadas con *pants*, estaban llenos de los agujeritos, cada vez más grandes que se hacían al conectarse los tubitos del androide al cuerpo, incrementando todavía más el atractivo de las seductoras figuras de nuestras amigas. Su problema era que tendrían que sentarse incómodas sobre nosotros y además soportarnos durante horas.

—Entonces… mientras están aquí podrían recoger nuestro chiquero —les indicó Andrés con una risa burlona. Todos reímos. Se encabronaron y fulminaron con miradas fúricas a Andrés, que inspeccionaba cada rincón de la nave, sin inmutarse.

—Decidan rápido o las dejaré —Katla encendió los poderosos motores de la nave.

Katla

Exaltadas, subieron rápido, muy molestas y de mala gana acomodándose sobre los chicos. No sin antes darles una bofetada preventiva y propinarles una mirada amenazante como advertencia.

«Disfruten el viaje», pensé con ironía «Estoy segura de que ellos lo harán».

Abrí las compuertas unos metros encima el avión.

—Sólo tardaremos unos minutos chicas, no se preocupen —dije.

—¿En serio? —ingenuas y esperanzadas preguntaron al unísono.

—Claro que no —Sofía y los chicos rieron y recibieron una nueva oleada de bofetadas y codazos.

El avión se elevó y salimos al cielo matinal de la capital italiana.

— ¿No es peligroso que usemos un avión militar para esto? —me preguntó Sofía.

—No hay problema, soy yo quien maneja —contesté con una sonrisa.

Aceleré y avanzamos hacia el suroeste.

—Sofía, a esta velocidad tardaremos cien años en llegar. ¿Qué te parece si presionas ese botón? —le pedí a Sofía al oído mientras indicaba un pequeño interruptor verde en el panel. Lo apretó de inmediato sin titubear y enseguida preguntó:

— ¿Qué hace?

—Una chica de acciones, ¿eh? Tú y yo nos llevaremos muy bien —le dije enternecida. Le empezaba a agarrar mucho cariño—. Con eso podremos hacer el viaje muy rápido.

El mando modificó la nave. Sacó motores de reacción para aumentar la velocidad e incrementó su aerodinamia al retraer un poco las alas hacia atrás. Unos segundos después viajábamos a más de seis mil kilómetros por hora. A esa velocidad llegaríamos en cerca de hora y media.

—Y… ¿a dónde vamos? —preguntó Andrés después de casi una hora de viaje. Tara, que estaba encima de él, le contestó rápida y cortante.

—Cállate.

Nadie más dijo nada.

En la tarde llegamos a Palenque, lo que quedaba de ella. Sobrevolamos las ruinas de la ciudad que todavía humeaba en algunas partes. Al descender el sol en el horizonte, el silencio y la oscuridad se profundizaron sobre la desértica zona.

Nada podía prepararnos para lo que nos esperaba en aquel lugar.

8

1 de Septiembre. Palenque.

DISPUTA

Jessica

La ciudad abandonada. Una ruina total, con edificios derrumbados, destruidos y desaparecidos; cráteres, tierra, basura e incendios por todos lados la asolaban; columnas de humo todavía se alzaban hasta el cielo; autos estrellados, carbonizados y otros todavía en llamas alumbraban espeluznantes áreas pequeñas como débiles faros titilantes y, lo más terrorífico, no había una sola alma viva en las calles. El sol, fundiéndose en el horizonte, iluminaba la espesa nube de polvo que triste y melancólica cubría la devastada ciudad. Pronto anochecería.

Avanzamos hacia la selva sobre las montañas y aterrizamos en una pequeña planicie en la zona arqueológica de Palenque cerca del Palacio, donde no había caído ningún misil. Bajamos tan apresurados como pudimos de la nave ya que éste había resultado muy incómodo a pesar de haber sido tan rápido.

—¿Ahora a dónde vamos? —pregunté cuando ya todos estábamos estirando las piernas, alejados del avión.

—El mensaje no decía dónde en Palenque —supuso Diego al recordar que no concluimos la frase.

—Decía algo de una pirámide, quizá debamos buscar en los templos más importantes —continuó Katla.

—Deberíamos venir mañana, ya anochece —opiné, un poco temerosa al caminar por el resbaloso fango a media luz.

—Destruirán otros países en seis días, deberíamos apresurarnos con esto —respondió Diego que de inmediato hizo una mueca de arrepentimiento. Katla lo miró de reojo y sonrió con indulgencia. Una mezcla de decepción y preocupación se revolvió en mi estómago y suspiré temblorosa sin poder reclamarles que se hubieran guardado esa *pequeña* pieza de información.

—¿Eso qué significa? —preguntó Sofía alterada.

—Que debemos apresurarnos —contesté tajante para impedir más pérdida del poco tiempo que nos restaba de luz. Ya después podría arreglarme con Diego por ocultarme esas cosas.

—¿Y qué es lo que buscamos? —preguntó Tara al detenerse cerca de las escaleras del primer edificio, el Palacio.

Cruzamos miradas entre todos, pero nadie respondió.

—Si nos separamos y buscamos… lo que sea, algo fuera de lo normal en todo el lugar, tal vez encontremos algo —sugerí.

—Buena idea —concedió Katla.

Diego de inmediato me tomó de la mano y nos acercamos a los escalones del Palacio, en eso señaló a Katla y a Sofía:

—Ustedes busquen allá, en el Templo de las Inscripciones y en el Gran Templo —les indicó.

—Y ustedes por allá cruzando el río, al Templo de la Cruz y al Templo del Sol —señaló a Tara y Andrés. Pude notar la cara de disgusto de Sofía cuando su hermano me agarró y nos separó del grupo. No entiendo porqué no le agrado. Subimos por la escalinata y nos detuvimos en el último peldaño. Los demás ya iban hacia donde les dijo Diego. Miramos a ambos lados del corredor y, aún tomados de la mano, caminamos hacia la izquierda para recorrer los pasillos, escaleras y pasadizos mirando por todos lados en busca de cualquier cosa anormal. Pero ya estaba oscuro y era difícil ver más allá de unos cuantos metros.

—Vayamos al patio —dijo luego de un rato de caminar a tientas.

Bajamos al patio y entramos a cada uno de los edificios sin obtener resultados.

—¿Subimos a la Torre? —sugerí. Me miró y asintió con una sonrisa preciosa en sus labios.

Trepamos por el muro hasta el último piso y buscamos en todos lados pero no, nada; tan solo viejas rocas apiladas, pálidas y mohosas.

«Ojalá los demás tengan más suerte» deseé.

La noche fresca con cielo despejado nos había cobijado bajo los infinitos destellos celestes en un precioso claro de luna. Diego se sentó en un borde, colgó sus piernas y, afligido, se recargó en un pilar. Teníamos el Templo al fondo con el precioso firmamento tildado por las estrellas relucientes acompañadas por el lejano y suave sonido del agua al fluir a través de las piedras lisas del río, cortejado por una parsimoniosa brisa que provocaba el deleitoso roce entre las hojas de los árboles danzantes.

Él parecía estar triste.

—¿Qué estamos haciendo? —preguntó con voz nostálgica.

—¿A qué te refieres? —me arrodillé junto a él.

—Todo acabó, destruirán nación tras nación hasta que no quede nada. Tuvimos suerte y nos salvamos una vez, pero estoy seguro de que la próxima no fallará. Además, Katla lo dijo: no hay nada que nosotros podamos hacer. Yo le creo. Los androides, el viaje… todo es pérdida del poco tiempo que nos queda. Cada momento de nuestras vidas es el último, y como tal deberíamos estarlos disfrutando, todos y cada uno de ellos.

Me senté a su lado.

—Vamos… no hables así por favor. Yo no creo que no podamos hacer nada y que los androides y el viaje fueran pérdida de tiempo. Míralo de este modo: estamos buscando algo que estoy segura nos ayudará a encontrar al responsable de todo. Se lo llevaremos a Víctor y él sabrá qué hacer. Por algo… por algo nos llegó ese mensaje, por algo estamos aquí; podemos terminar con esto. Y… yo disfruto mucho cada instante que paso contigo.

—Qué clase de Dios deja morir así a sus hijos —continuó ensimismado. Recargué mi cabeza en su hombro y contemplé la luna y las estrellas.

—Tal vez… tal vez uno al que hemos decepcionado ya desde hace mucho tiempo. Lo hemos hartado, u olvidado, y ahora nos da la espalda y nos deja a la deriva para que entonces podamos apreciar una vez más lo mucho que en realidad estamos conectados a él. Pero por ahora, estamos solos —pensé en voz alta contagiada por su nostalgia.

—Solos… tú y yo —susurró y volteó a verme con gran ternura. Mi corazón se aceleró al instante.

Esbozó una dulce sonrisa mientras acariciaba con tersura mi mejilla, con gentileza rodeó mi cuello, se aproximó con gesto seductor y lentamente me besó. Sus sedosos labios entre los míos y el delicado roce de sus dedos me sumergieron en un exuberante torbellino de emociones que hacían bullir mi corazón; en aquel lugar mágico, con aquel hermoso paisaje, con el armonioso fluir del río y con el chico que había querido desde hacía años, todo en una perfecta mezcla de sensaciones y sentimientos que sólo podían describirse con una palabra: amor; amor que llenó cada rincón de mi alma a la que embriagaba de alegría. Rebosante y complementada, me sentía finalmente…

— ¡AAAHH! —interrumpió un alarido espeluznante a lo lejos.

Sobresaltados giramos hacia su origen. Sofía había gritado desde la cima del Templo. Katla salió corriendo del Templo, la sujetó por atrás ahogando el clamor y se tiró al suelo con ella entre brazos.

∞

Katla

Exploramos toda la pirámide, incluso hasta el fondo, buscando en todas partes, pero no encontramos nada. Salimos del Templo. Al frente de nosotros, en el Palacio, Diego y Jessica conversaban sentados en lo alto de la Torre.

«Deberían estar buscando y no ligando…», sentí una leve y extraña sensación de molestia en el pecho que nunca antes había experimentado.

— Espera aquí un segundo, iré a darle otra vuelta por fuera al Templo —le dije a Sofía que parecía compartir el disgusto al ver a aquellos dos tan juntos. Ella asintió en silencio.

Caminé y busqué en las paredes con las manos y pies, encontré nada más que plantas, moho, bichos y mucha humedad. Di la vuelta y entré al Templo para revisar de nuevo.

— ¡AAAHH!

Sofía gritó. Exaltada, corrí a toda prisa hacia ella y la tomé por atrás tapándole la boca mientras nos tiraba a ambas al suelo. Levanté la cabeza para buscar la razón del escándalo. No tardé en encontrar a unos gigantescos hombres cubiertos con turbantes en plena carrera hacia nosotras a través del claro.

—¡Ven, ven rápido!

Gateamos apresuradas hacia dentro del templo. Nos sentamos pegadas a una pared y esperamos con el oído atento. Sofía gemía y sollozaba aterrada.

—Calma, está bien, tranquilízate —la abracé.

Poco después, uno de los hombres entró al Templo, caminó despacio y miró por todas partes en su avance hacia la profundidad de la construcción. Contuve la respiración.

Paralizada cedí al terror por un momento cuando el monstruoso gigante volteó. Creí que nos había visto pues sus ojos se fijaron justo hacia donde nosotras estábamos; pálidas y exasperadas permanecimos tendidas e indefensas en el oscuro rincón. Pero sin inmutarse siguió de largo y desapareció por las escaleras pirámide adentro.

—Hay que salir de aquí —susurró Sofía levantándose como un resorte.

—¡No, espera! —grité en silencio y apenas alcance a tomarla por la cintura, la detuve y la jalé hacia mí.

—El otro debe estar fuera. Esperemos a que vengan los demás —dije, aunque en realidad no sabía si ellos vendrían.

Pasaron largos segundos; lentas y sigilosas Sofía y yo nos levantamos pegadas al muro sin hacer apenas el menor ruido. Caminé hacia la entrada con Sofía detrás de mí y asomé un ojo por el borde. El otro hombre no estaba. Aliviada, giré hacia Sofía para agarrarla y salir de ahí, pero el hombre que había bajado la escalera había vuelto: estaba tras ella.

De un gran golpe la aventó contra el muro del fondo, se estrelló aparatosamente, cayó al suelo con un golpe seco y ahí quedó, inmóvil. Sin darme tiempo siquiera de parpadear, en un ágil movimiento se acercó a mí sujetándome del cuello con su enorme mano, gélida y muy fuerte, y me miró directo a los ojos mientras me alzaba en el aire sin esfuerzo alguno. Su mirada profunda y tenebrosa se infiltraba en mis pensamientos; causaron temor y angustia que brotaron desde lo más profundo de mi alma y pronto dominaron todo mi ser. No podía respirar, sentía cómo mis pulmones desesperados intentaban jalar aire en vano, mi corazón se aceleró y mis ojos al salirse de sus órbitas se inundaron con lágrimas anegadas que ofuscaron mi visión. De pronto un sonido a lo lejos llamó su atención y volteó hacia la entrada del Templo. Me levantó más en el aire para luego azotarme contra el piso y salir de ahí a toda prisa. Mientras recuperaba el aliento, me arrastré tosiendo hasta encontrarme con Sofía. Parecía estar muerta o, quizás, inconsciente.

Jessica

Había un par de hombres parados frente al Gran Templo. Estaban cubiertos con enormes turbantes maltrechos hechos jirones que flotaban en la briza cubriéndoles la cabeza y el pecho. Giraron hacia la pirámide donde estaban ellas y comenzaron de inmediato a correr a gran velocidad. Mientras, voltearon hacia nosotros y alumbraron con una poderosa linterna cuyo haz fulminó la inmensidad de la noche.

— ¡Al suelo! —susurró Diego.

Me jaló hacia él, tumbado pecho tierra, observando.

— ¿Quiénes son?

—Más bien, qué son.

— ¿De qué hablas?

Con la luz apuntada hacia nosotros avanzaron escaleras arriba hacia la cima del Templo donde estaban Sofía y Katla.

—Son muy grandes —dijo.

—¿Alguien con un robot como el nuestro?

—Puede ser.

—¿Pero qué quieren?

—Tal vez lo mismo que nosotros.

Los hombres habían subido al Templo en cuestión de segundos, siempre atentos a la Torre.

—Vamos —apuró.

Diego me tomó de la mano, nos levantamos y comenzamos a bajar. En ese momento miré hacia atrás para ver dónde estaban aquellos hombres, uno entraba al Templo y el otro se había quedado afuera con ese rayo de sol dirigido hacia la Torre.

«Nos vio…».

Llamó mi atención el techo en donde relucía la sombra de un desnivel, como si un relieve que no debiera estar ahí sobresaliera.

—¡Espera! —tiré de la mano de Diego.

—¿Qué pasa?

—Mira.

Le señalé a Diego la delgada línea oscura que cortaba el techo como una herida.

—¿Qué tiene?

—Es lo que quiero averiguar.

Solté su mano y regresé arriba.

—¡Espera, nos verá! —gritó en susurros.

—De todos modos ya nos vio —afirmé sin importarme el volumen de voz.

Me estiré y presioné la piedra que se aflojó un poco. Salté para oprimirla con mayor fuerza y se desencajó de su lugar por completo cayendo con un fuerte estrépito

que levantó polvo y pequeños pedazos de roca. Diego me
jaló justo a tiempo para evitarla.

— ¡Mira! —señalé el agujero que había en el techo.

Dentro había algo que parecía un cubo metálico
muy extraño, aparentaba flotar e irradiaba un precioso
resplandor rojizo. Me levanté para ver mejor. Dentro del
agujero había una hermosa pirámide negra que brillaba
con el reflejo de la luz de la linterna que de inmediato se
apagó. Ya no nos alumbraban. La pirámide giraba en el
aire con una tranquilidad contrastante con la agitación en
la tierra.

«*"La pirámide flotante"*».

— ¡Lo conseguimos!

— ¡Increíble! ¡Agárrala ya y vámonos de aquí! —
acució preocupado.

Brinqué para alcanzarla, cuando la tomé la pirámide
hizo un fuerte, seco y súbito ruido metálico que apagó su
resplandor. Eché un vistazo por todas partes en busca de
los gigantes: habían desaparecido.

—Tenemos que irnos —dije con la sensación de que
los hombres, aunque no podíamos verlos, estaban cerca.

Diego me tomó del brazo, me ayudó a bajar y salimos
de la Torre a un corredor estrecho. Nos pegamos a un
muro y miramos hacia ambos lados.

—No puedo ver nada —clamé agitada.

—Vamos.

Salimos corriendo, atravesamos uno de los edificios y
cruzamos el patio hacia un corredor donde nos detuvimos
en seco: al fondo de éste uno de los hombres estaba
parado con su ojo diabólico fijo en nosotros. Era enorme.
Su turbante ondeaba al ritmo del apaciguado viento y a
la luz mortecina de la luna adquiría una tenebrosa aura
maligna. Sus fuertes brazos parecían no tener manos
y noté que sus largas piernas, quizá confundida por la
oscuridad y la ansiedad, no tocaban el suelo. Se veía

aterrador y podía leerse en su mirar las intensiones de acabar con nosotros. Diego me jaló de nuevo y corrimos hacia el otro lado. Avanzamos a toda prisa, mi corazón latía con gran fuerza alimentado por la adrenalina que fluía por todo mi cuerpo. Giré la cabeza cuanto pude para ver al hombre: ya no estaba. Corrimos escaleras abajo y rodeamos el Palacio hacia el río. Diego se detuvo de pronto, se pegó a la pared y tiró de mi mano con tanta fuerza que causó que la pirámide se me cayera y rodara hasta el río.

Lo miré despectiva con ojos entornados.

«*Bien hecho* Diego».

Me dirigí hacia el arroyo para rescatar la pirámide.

—Espera. Deberíamos usar el androide, por si acaso —acertó. No me acostumbraba todavía al hecho de traer un poderoso artefacto en la cabeza.

—De acuerdo, así será más fácil recuperar la pirámide.

Me alejé un poco más de él y activamos las placas: aparecieron las cuerdas azuladas, la maya cubrió nuestro cuerpo y se formó la última capa a gran velocidad; un poco después, estaban formados por completo.

—Bien, vamos —asintió.

Corrí hacia el río mientras Diego cuidaba. El riachuelo no era profundo y la pirámide estaba atorada entre unas rocas que sobresalían de la superficie. Estiré el brazo. Casi la alcanzaba cuando de pronto escuché un fuerte golpe detrás de mí, me sobresalté, era como si se hubiera derrumbado un edificio y rocas cayeran unas sobre otras. Miré aprisa hacia un lado al instante en que una gran roca salía de la nada. Sin tiempo para reaccionar, me golpeó en el costado con la fuerza de una bola de demolición. Caí al río. Exaltada giré la cabeza hacia arriba en espera de otro embate, lista para reaccionar, pero mayor fue mi sorpresa al encontrar a uno de los gigantes de pie al borde del canal, estático y diabólico con un tétrico fluir de vapores entre las telas, escudriñándome, aún con el tenebroso turbante cubriendo su cabeza y parte de su torso. Pude percibir un escalofriante resplandor rojizo emanar por su único ojo descubierto cuya fuerza me invadió con un gran temor, se metió en mi mente e hipnotizó mis sentidos al emitir una siniestra e intimidante mirada de energía oscura que me petrificó.

De pronto algo llamó su atención y se alejó en un pestañeo; Tara y Andrés con sus androides llegaron del otro lado, atravesaron el río de un salto y fueron tras él. Me levanté con prontitud recuperándome del horripilante momento de hipnosis, tomé la pirámide y salí del canal.

Uno de los hombres huía hacia la selva perseguido por Tara y Andrés. Corrí entre el Palacio y el Templo y observé el panorama que, en cuestión de segundos, había cambiado de forma drástica: el Palacio estaba lleno de agujeros, con grandes rocas incrustadas en su fachada, derrumbadas sus construcciones casi por completo, la Torre partida por la mitad y gran parte de los corredores caídos al suelo; la planicie minada estaba llena de enormes cráteres y piedras desperdigadas por todas partes; era todo un desastre, completamente destrozado.

En el centro de la castigada planicie vi a Diego moverse justo cuando uno de los gigantes lanzó una gran piedra contra él desde el otro lado, junto al Palacio; éste, al verme, de inmediato corrió a lo largo de las escaleras hacia mí. El otro que escapaba se frenó, giró sobre sí tomando a Tara y a Andrés por sorpresa, los sujetó por el cuello y con un súbito movimiento hacia atrás y hacia abajo aprovechó la inercia que llevaban para incrustarlos en la tierra; el impacto creó una fuerte onda expansiva que hizo retumbar la zona y ahogó el sonido del viento con el crujir del metal y la roca.

Ambos hombres avanzaron entonces a toda velocidad hacia mí con su torso casi en horizontal, con los brazos extendidos hacia atrás y con sus piernas veloces, tan ávidas por alcanzarme que aparentaban perder su forma material ante la rapidez con que se movían. Apenas tuve tiempo para reaccionar y esquivar el impacto del que venía de lado al dar un paso forzado hacia atrás con mi torso girado. Su codo pasó rozando mi cara, lo empujé tan fuerte como pude para estrellarlo contra la montaña en la base del Templo que cedió sin resistencia alguna y se perdió de vista. Detrás venía el otro. Me abordó con gran fuerza y nos impulsó por el aire incrustándonos contra un pequeño templo al otro lado el acueducto.

Sepultados entre los escombros, entre rocas y tierra húmeda, el gigante comenzó a propinarme tremenda golpiza con tal fuerza y celeridad que la visión de mis ojos mecánicos perdió nitidez y mi cabeza aturdida empezó a dar vueltas a pesar de la protección del androide. Logré por impulso detener uno de sus golpes con una mano y desviar otro con el brazo, luego golpeé con todas mis fuerzas la cabeza del sujeto que voló hasta el otro lado del río pero logró con un impresionante equilibrio felino caer de pie quebrando el piso debajo que crepitó, cerca de donde el otro hombre se incorporaba y salía de su tumba temporal; ambos me miraron con gestos amenazadores. Atrás de ellos, entre el Templo y el Palacio, Andrés, Tara y Diego recompuestos se acercaban hacia ellos.

Ambos gigantes emprendieron carrera hacia mí perseguidos por los demás. Salté tan fuerte como pude y evité a ambos que golpearon y destrozaron aún más el castigado templo a mis pies, cuyas ruinas se comprimieron bajo la fría tierra. Caí a unos pasos del arruinado escenario y caminé hacia atrás en medio de la repentina calma. Los demás se detuvieron, vigilantes ante el silencio atemorizante que sólo el caudal del riachuelo interrumpía. Un momento después, con una escandalosa explosión, arrojaron los escombros a su alrededor. Emergieron con un rotundo estrépito y se abalanzaron sobre mí en busca de la pirámide.

Subí rumbo al Templo de la Cruz a toda velocidad y de pronto, al darme cuenta del callejón sin salida al que me dirigía, giré para correr en otra dirección, pero ellos ya bloqueaban el paso.

«¡Qué tonta!».

Respiraba muy rápido y mi corazón muy agitado retumbaba en mis oídos. Muchas cosas pasaron por mi mente en busca de alguna forma de escapar. Entonces uno de los hombres se acercó a mí:

—Entrégamela —ordenó impasible, con aterradora voz como de trueno.

—No te daré nada —contesté con más firmeza de la que yo misma esperaba.

El otro hombre de inmediato me golpeó en el abdomen mandándome hasta el fondo del Templo, me hundí en la antigua piedra que intentaba resistir a los potentes embates. En un abrir y cerrar de ojos estaba su mano en mi cuello, presionó y me incrustó más contra la pared que emitía crujidos ensordecedores. El gigante estiró su enorme brazo libre y me arrebató la pirámide con gran facilidad.

De pronto apareció Tara y sujetó por detrás al gigante. Lo lanzó fuera del templo y rodó cuesta abajo. Después apareció Diego; logré quitarme justo al instante en que embestía con todas sus fuerzas al hombre que, sorprendido, se estampó como un huevo contra el muro, lo atravesó, perforó la maleza entre los árboles al otro lado y se perdió en la penumbra selvática.

El gigante soltó la pirámide, la tomé de nuevo y salí corriendo del derruido templo deteniéndome unos pasos fuera del deformado umbral. Afuera, el otro gigante ya se había recuperado y vencido de nuevo a Tara y Andrés que le habían plantado batalla, a quienes había arrojado con toda facilidad contra la base de la construcción devastada. De atrás, Diego salió volando justo a mi lado y se perdió entre los árboles de enfrente que a su paso se estremecían y tronaban con vigor.

Comencé a dar saltos hacia abajo del templo para tratar de huir, pero el gigante que había vencido a Tara y Andrés ya estaba junto a mí y de un duro golpe justo en la cara me estampó en el talud de tierra. Con movimientos firmes, rápidos y sólidos me atrapó en el hueco, me inmovilizó y comenzó a golpear con gran fuerza mi pecho y mi abdomen; me hundía cada vez más en la tierra debajo que ardía al compactarse con cada golpe que eran como fuertes mazazos.

De pronto, después de unos instantes, al gigante le salieron más brazos, dos más de cada lado que utilizó para sujetarme y duplicar el castigo de mi android. Aturdida por el crepitar del metal y paralizada con el crujir de la roca tañendo en mis oídos, busqué con la mirada la ayuda de los demás. Nadie se presentó.

La mortificación terminó tan rápido como había comenzado. Me agarró con más firmeza utilizando todos sus brazos mientras el otro se acercó, estiró uno de sus enormes brazos y me apuntó con un muñón formado en donde debiera estar su mano. Éste se deformó: lo que parecía ser piel se deslizó, se contrajo asquerosamente frente a mis ojos y comenzó a formar un profundo hueco en el antebrazo transformándose en un gran cañón dentro del cual salieron decenas de pequeños engranes que empezaron a girar alimentados por cortos y esporádicos relámpagos rojizos que destellaban con intermitencia. Desde el fondo de éste un siniestro resplandor, rojo como la sangre, nacía impasible.

Sometida, exaltada y muy sorprendida por aquel descabellado espectáculo respiraba tan apresurado que los pulmones me ardían, con el corazón latiendo tan fuerte que me dolía. Luego, lo que jamás pensé que ocurriría, sucedió: mi androide se desactivó, se retrajo y me abandonó desprotegida en el fondo de lo que ahora parecía convertirse en mi inminente tumba.

Sentí la tibia tierra a mis espaldas desesperada por devorar mi cuerpo, oí al viento burlarse de mi impotencia al cruzar a espaldas de los gigantes, percibí a las estrellas velar mi desconcierto y a la luna alumbrar con sabor nostálgico mi fulminante entierro. El sudor perló mi cuerpo entero ante la febril proximidad de mi muerte.

Con la mente hecha trizas, busqué todavía al límite de la desesperación la forma de salir: un giro, una distracción, un simple movimiento o por lo menos algo de suerte. Pero con la mirada de ambos, profunda y tenebrosa, apuntándome con un poderoso proyectil a punto de descargar su ira sobre mi carne desnuda y con mis amigos desaparecidos e inutilizados, no tenía forma de escapar. El fulgor del cañón crecía, generaba un abominable sonido cuya resonancia en el aire marcaba el final, acercándose a paso lento pero a cada instante un poco más.

Entonces… el amor de mis padres, el respeto de mis amigos y el cariño de Diego ocuparon mi mente y provocaron una fuerte punzada en mi corazón que poco a poco diluyeron la intensidad de su palpitar con el paso de los segundos. Mis mejores recuerdos de pronto me inundaron, apagaron la ansiedad de la batalla y la angustia que causa la muerte próxima. El resplandor de su arma aumentaba, oscurecía el ambiente alrededor mientras alumbraba con desprecio mi persona a punto de perder la vida otra vez, como cuando niña. La grata sensación en mi pecho crecía y generaba una gran fuerza que disipó el miedo reemplazándolo con valor que me hizo sentir poderosa, libre y capaz de enfrentarme a los gigantes. Afiancé la pirámide en mis brazos.

—No se las daré, ni lo piensen. Hagan lo que tengan que hacer...

En ese instante la refulgencia al fondo del cañón comenzó a crecer a pasos agigantados, los engranes giraron cada vez más rápido emitiendo un zumbido progresivo y los pequeños relámpagos recorrían el arma por fuera y por dentro.

«Dios...».

Eché un último vistazo: los turbantes ondeando al viento, rasgados por el destello de sus ojos bermejos empotrados en los míos y las estrellas en compañía de la luna a sus espaldas; eso sería lo último que vería.

El rayo en el cañón se condensó y el silbido se agudizó. Un líquido al rojo vivo empezó a chorrear ardiendo al tocar tierra. Entonces el esperado golpe de suerte llegó: Andrés y Tara regresaron de nuevo por detrás de ellos, cada uno estrelló a un gigante contra la ladera. Un horrible rugido inundó el lugar.

Ambos gigantes estaban enfurecidos, giraron sobre sí con un cañón en cada brazo y liberaron el poderoso rayo sobre Tara y Andrés, estalló con tal potencia abrasadora sobre los cuerpos de ambos que quemó parte de mi ropa. Las explosiones me ensordecieron, los destellos me cegaron y el calor me quemó la piel, apenas podía ver la silueta de ambos gigantes sobre mí y cuatro luces rojas cuyo tamaño y esplendor crecían otra vez a ritmo acelerado.

«Todo acabó...».

Un instante después, una gran ráfaga todo iluminó y apagó.

∞

Desperté. Los hombres ya no estaban. Me levanté de inmediato y dolorida me reuní con los demás mientras se incorporaban fuera del gran cráter en la base del montículo.

Mientras sus androides se retraían corrimos hacia el Templo donde estaban Sofía y Katla.

Ambas estaban en la base de la pirámide, Katla estrechaba a Sofía que sollozaba con un brazo lastimado, todo moreteado con la flacidez y deformidad sugerente de fractura.

— ¿Qué rayos pasó?

— ¿Qué chingados fue eso?

— ¿Quiénes eran esos malditos?

Todos preguntábamos y hablábamos a la vez. Diego y Andrés no paraban de compartir ideas exageradas sobre sus actos heroicos que nunca ayudaron mucho.

Katla nos lanzó una mirada gélida con el ceño fruncido; todos callamos al momento.

—Vámonos de aquí, rápido, antes de que regresen —ordenó.

—Por cierto ¿a dónde chingados se fueron esos cabrones? —inquirió Andrés. Nadie contestamos salvo Diego con una silenciosa contracción de hombros.

De pronto empecé a sentir el ardor en la piel, como una quemadura de sol, que apremiaba en mis brazos, abdomen y piernas. Mi ropa estaba carbonizada, hecha jirones chamuscados.

Caminamos lo más rápido que pudimos. Diego me abrazó y me cubrió del frío y Katla no soltó a Sofía que parecía ya más tranquila.

— ¿Pudiste verlo? —pregunté a Diego.

— No mucho —decepcionado miró al suelo

—. La verdad es que no me dejó hacer nada. Después de que corriste al río apareció por arriba, me agarró de la cabeza y me aventó hasta el otro lado, contra la base del Templo. Cuando me levanté vi como el otro tomaba una roca y la lanzaba directo hacia ti. Ya iba por él, pero llegó el otro por el costado y con una patada me estrelló de nuevo contra el Templo. Así me trajo, golpeándome y aventándome de lado a lado con tal fuerza que perdía la visión por ratos a pesar de tener el androide. Son muy fuertes, ágiles, rápidos. Ni siquiera cuando los ataqué logré verlos bien. ¿Tú pudiste verlos?

«Por supuesto, varias veces…».

—No —no sé porqué mentí—, sólo pude ver el brillo de sus ojos. Que la verdad tenía un brillo hermoso aunque contagiaba terror. En lo profundo eran de un color mezclado entre dorado y negro.

Katla giró la cabeza hacia nosotros con una mirada helada e intrigada.

—Seguro son otro tipo de androide. Nuestros ojos son parecidos a lo que dices pero de color plateado —supuso.

—Pues están más chingones esos que los nuestros —opinó Andrés justificando todas las derrotas que había sufrido.

Andrés tenía razón, eran mucho más fuertes, ágiles y rápidos que nosotros; sin mencionar que transformaban sus brazos y los multiplicaban. Pero ¿quién tendría el poder y la tecnología de hacer unos androides así? Los nuestros habían sido creados por la supuesta organización más poderosa del mundo.

Katla miró la pirámide que llevaba.

—¿Qué traes en la mano?

—No sé, la encontramos en la Torre del Palacio. Ellos la querían.

Tara se acercó y tomó la pirámide.

—Por eso nada más te perseguían a ti…

Claro, los gigantes habían ido tras de mí desde que nos vieron bajar de la Torre con la pirámide.

—Uno de ellos me la pidió. ¿Qué será que la querían tanto?

—Debe ser algo importante. Y nosotros la encontramos… tuvimos que luchar y… y casi te matan por ella. ¿Aún quieres dársela a Víctor? —preguntó Diego con desdén.

—¡Por supuesto! Si es algo tan importante él debe saber de esto.

—¿Por qué no mejor intentamos averiguar para qué sirve nosotros mismos? —sugirió Diego.

Me parecía tan tonta su idea.

—Me parece buena idea —intervino Katla—, si no encontramos nada en ella, se la damos a Víctor —dijo con voz condescendiente.

Todos parecían de acuerdo.

—¡Pero…! ¡ahgg! —resoplé impotente y molesta ante la avenencia unánime de los demás.

Llegamos a la nave, subimos y volamos de regreso a Roma.

9

2 de Septiembre. Roma.

DECISIÓN

Diego

Al regresar, subimos a toda prisa a nuestra habitación, entramos en bola y cerramos la puerta, asegurándola tras nosotros. Sofía estaba tan emocionada que se le olvidó el susto y el dolor.

La pirámide era grande, de tres caras, de textura rocosa y de color negro. Los bordes estaban espectacularmente adornados con unas finas y elegantes figuras color dorado que parecían incrustadas. Iban desde la punta hasta la base donde sobresalían de la pirámide y se partían en dos para formar lo que parecían unos pequeños pies bajo cada extremo, cada uno con estilizadas curvas en sus puntas que la mantenían suspendida.

Nos paramos alrededor de la mesa de cristal, expectantes y ansiosos. Jessica colocó la pirámide en el centro. Unos segundos después, un movimiento súbito de las figuras en los bordes provocó un sonido recio que nos sobresaltó. Las elegantes orillas doradas se habían movido ligeramente hacia abajo y hacia afuera, se partieron en dos y elevaron un poco más la pirámide. La punta de la pirámide, que recubría la cima y también se había fragmentado, dejó ver que en realidad era chata, lisa y de forma triangular con pequeñas prominencias en cada vértice, lo que le daba un aspecto portentoso.

Las laminitas de oro de los bordes se despegaron de la pirámide, unidas por debajo a unos pequeños y delgados brazos de color rojo opaco que salían de entre unas ranuras diminutas en los filos de la pirámide y las impulsaban, separaban y desplegaban muy lentamente. Los bordes de la pirámide, bajo las figuritas, no eran rectos, sino un poco cóncavos. Cerca de estos bordes, a cada lado de ellos, aparecían al mismo tiempo delgados filamentos del mismo color dorado adosados a cada una de las tres paredes. Crecían y las recorrían al serpentear por la textura áspera para formar una refinada e impresionante red tan perfecta que las hebras se traspasaban unas a otras a través de agujeros minúsculos donde se entrecruzaban unas con otras.

En una pared de la pirámide, las fibras dejaron sin cubrir una porción en el centro, donde las diminutas piezas que le daban la textura pétrea comenzaron a reacomodarse. Formaron un círculo oscuro, liso y brillante como una perla negra.

El tetraedro quedó suspendido, soportado por los pequeños brazos rojos que sobresalían de las ranuras en sus márgenes y conectaban con las figuras que a su vez formaban un trípode sobre el que se apoyaba la "pirámide flotante". Atónitos mirábamos el espectáculo de sincronización perfecta.

Un poco después, las pequeñas prominencias en la punta del triángulo descendieron una por una con un sonido rocoso, fuerte y corto, y quedó liso por completo. Como si fueran un interruptor, de entre las pequeñas grietas, una luz dorada-rubí se encendió con vigorosa refulgencia. La pirámide se veía impresionante, parecía flotar en el aire al despedir esa potente luminiscencia que camuflaba los pequeños brazos y centellaba en las figuras de oro, propinándole un aspecto grandioso, tenebroso y elegante.

En la figura de la pequeña punta achatada se dibujó un emblema que ya había visto antes: un ojo dentro de una pirámide; la misma insignia del mensaje que nos había enviado a Palenque. El centro del ojo de serpiente tenía un pequeño agujero. De él comenzó a salir humo fino, como el del auditorio, pero color oro. El humo salió y se acumuló rápidamente por encima de la pirámide. Dio giros, hizo piruetas y formó pequeños remolinos por todos lados. Se movía con tal armonía y suavidad que parecía bailar conforme se elevaba. Poco después, la humareda con una explosión se expandió en el aire y trazó unas letras brillantes color bermejo:

"Roma, Italia. Septiembre 2. 1:33am"
"Los estaba esperando"

Todos miramos pasmados, incrédulos y desconcertados con los ojos abiertos de par en par. Me invadió una extraña sensación de susto y emoción al mismo tiempo que conturbaba mi mente, pero entusiasmaba mi espíritu. Aquello, así como los androides, parecían algo imposible, no podían ser reales, nada tan sensacional y perfecto podía serlo.

— ¿Sa-sabes quiénes somos? —preguntó Katla al aire. Salí de mi trance, escéptico, al escuchar la pregunta de Katla. ¿Le "habló" a la pirámide? Pues sí, y para incrementar aún más mi impresión, como si ésta fuera insuficiente, la frase se esfumó y aparecieron nuevas letras del mismo modo que las anteriores:

"Sí"

— ¿Cómo lo sabes? —continuó Tara con el interrogatorio. Ambas, tanto Katla como Tara, permanecieron imperturbables mientras que los demás apenas dábamos cuenta de lo que estaba pasando.

"No puedo responderte esa pregunta"

— ¿Qué o quién eres?

"El que o quien puede ayudarlos"

— ¿Ayudarnos a qué? —preguntó Sofía, recuperada de la impresión.

*"Necesitan comprender qué es lo que
enfrentan y cómo hacerlo…"
"… En días anteriores, una subversiva y beligerante
red global fue activada y desató una reacción
en cadena que perseguirá a cada asentamiento
humano y a todo aquel que intente detenerla. En
América ya mató a miles de millones y destruyó
ciudades enteras en cuestión de segundos…
"Ahora ustedes son capaces de contenerla"*

Jessica se sobrepuso a la inquietud que nos produjo la respuesta y preguntó:
— ¿Cómo sabes todo eso?

"Mi trabajo es saber"

— ¿Por qué nosotros?

"Por ahora no hay respuesta a esa pregunta…"

*"... Ustedes eligen: perdonar y
ayudar; o juzgar y condenar"*

Ella se quedó pensativa y más turbada que los
demás. La pirámide nos impuso dos opciones: salvar a
toda esa gente o abandonarla a su suerte. Ello sin saber
con certeza a qué se refería exactamente la pirámide,
ni qué es lo que nos daba semejante poder de actuar, ni
qué es lo que haría Víctor y La Orden con ella; dársela
podría significar darle la espalda al mundo, aunque
también podría serlo quedárnosla nosotros a escondidas:
era nuestra decisión, una decisión que se tornó un gran
dilema. ¿Qué podría hacer un montón de mocosos
como nosotros ante semejante tarea? Hiciéramos lo que
hiciésemos, blandíamos una espada de doble filo, a ciegas
y con la destreza de un bebé que agita su sonaja.
    —Perdonar... ¿a quién? —preguntó Jessica de
pronto.
"A ustedes mismos, a todos"
    La respuesta la extrañó aún más, mi amiga parecía
esperar algún nombre específico, por ejemplo un país o
algún político.
    —No sabemos ni qué es lo que esta cosa quiere...
Podemos pedir ayuda, mostrarle esto a los miembros
de La Orden. ¡Si ellos conocen la información que
nos dé, podrían actuar y salvarnos a todos! ¡Nosotros
no podemos solos! ¡No podemos! —continuó ella en
su tenaz intento por evadir el reto de la pirámide, se
metía más y más en agitadas mareas desconocidas
que la llevaron a pisar los albores de la desesperación.
Paseó la mirada por cada uno de nosotros en busca de
apoyo. Nadie hizo gesto alguno y finalmente su mirada
se detuvo y descompuso en Katla que, a pesar de ser
parte de nuestro grupo, era también un miembro de La
Orden.

*"Si no confían en ustedes mismos: ¿Cómo
confiarán en alguien más?"*

Escribió la pirámide. Ante esto la actitud de Jessica se sumió en total abyección. Una pequeña figura geométrica la había humillado y esta supo que Jessica no fue la única en sentir vergüenza; aquel bochorno que acobarda a quien lo padece brotaba por los ojos amedrentados de al menos dos miembros más del grupo que desconfiaban de sí mismos.

Luego llegó un momento de calma. Las respuestas de la pirámide eran confusas y generaban más preguntas, como si deseara que indagáramos más y más.

—Entonces… dices que puedes ayudarnos, ¿cómo? —interrumpió Katla aquel silencio abrumador que Jessica aprovechó para hacer corajes en su interior.

"Los guiaré hacia los siguientes objetivos"

En ese instante no supe si reír, llorar o tirarme al suelo doblado por la desesperación y la angustia: nosotros sabríamos qué nación sería atacada antes que nadie.

— ¿Quién está detrás de todo esto? ¿Quién busca destruirnos? —continuó la alemana sin inmutarse.

"Lo comprenderán a su debido tiempo"

—Veo que tienes límites para responder. ¿Puedes explicarnos, dentro de lo posible, quién o qué eres y cómo es que nos ayudarás? —Katla, insistente, fue directo al grano.

"Mi nombre es M.E.C.I.I.A.H."
*"Soy un programa creado únicamente para
desempeñar las funciones de recibir, procesar,*

integrar, almacenar y crear ciertos datos
que son las respuestas que puedo dar"
"Puedo infiltrarme en otros programas
y extraer cierta información"

No parecía gran cosa, un simple programita. Los androides eran mucho más impresionantes. La habitación cayó de nuevo en un súbito e incómodo sosiego, esta vez, por desentendimiento; como cuando un doctor anuncia su diagnóstico. La pirámide detectó que nos hablaba en un idioma que, a excepción quizá de Katla, nadie entendíamos.

"Soy capaz de leer la información de la Señal Global"

Siempre sí tenía su aspecto impresionante. Si podía decirnos qué había en esa Señal, sería posible evitar todo. Podríamos informar a los demás y movernos rápido para salvar a la gente.

"Mi forma de ayudarles será dándoles datos del
lugar que será atacado mediante códigos"

«Como el de Palenque. Ella nos envió a buscarla».
— ¿Por qué en códigos? —pregunté.

"No puedo responder esa pregunta"

— ¿Qué tipo de códigos? —continuó Tara.

"Si acceden, lo sabrán"

Las letras desaparecieron, se esfumaron durante un instante de solemne tranquilidad y después escribió desafiante:

"Si no son capaces lo entenderé..."

Nos miramos los unos a los otros, aturdidos. Me sentía muy extraño, dominado por una sensación que mezclaba debilidad, impotencia, desasosiego, desprecio, ira. No sabía si en realidad quería cargar con esa responsabilidad; aunque, pensándolo bien, ya la cargaba sin siquiera ser consultado. El simple hecho de conocer las "opciones" nos había involucrado y prácticamente forzado. O sea, no teníamos opción.

Así pasa cuando las acciones de uno influyen sobre los demás, algo inevitable e ilógico pues nuestras acciones, sean cuales sean, siempre influirán en los demás, querámoslo o no. Desde ser concebidos hasta ser recuerdos tras la muerte siempre repercutirá nuestra esencia en la vida ajena. Por lo tanto, ¿será que no existe lo que apreciamos como opción? Claro que sí, se llama remordimiento. Y todos la soportamos, pero cada quien tiene su capacidad límite antes de que aquella noción se torne en una sustancia pesada, agria y ácida que quema nuestra conciencia y pulveriza nuestra vida que además juega sucio ya que una dosis de ella viene inevitable e implícita en casi toda opción.

Entonces nuestro panorama pintaba así: si lográbamos salvar a todos sería genial, nos volveríamos héroes, quizá famosos, y alcanzaríamos eso que todo ser humano anhela: felicidad plena. Pero si fallábamos, aunque fuera una sola vez, la culpa y el arrepentimiento se posesionarían de nosotros, y con los androides alimentados por ello el riesgo se apreciaba desgarrador e infernal.

Katla caminó hacia el cuarto de camas. Los demás, como siempre, la seguimos.

—¿Qué hacemos? —preguntó Andrés con una voz temerosa que nunca había escuchado en él.

—Podemos esperar a que nos diga lo que sabe, desciframos sus códigos y se los decimos a Víctor. Él podrá avisar a las demás naciones quién será el siguiente y así salvaremos a cuanta gente sea posible —opinó Jessica con firmeza disimulando su vergüenza con soltura. A pesar del bochornoso tropiezo ante la pirámide, continuaba con su terca idea de avisarle a Víctor.

—Miren —señaló Katla con ánimo desganado la pirámide:

"Nada de lo que yo diga deberá saberse, y mi existencia deberá mantenerse secreta"

«Eso es imposible. Los hombres que nos atacaron en Palenque ya saben que existe…», pensé. Pero era obvio que se refería a las intenciones de Jessica, lo que la fastidió todavía más.

— ¡No es justo! ¡Eso significa que nos arriesgamos en vano! —gritó Andrés desconsolado—. Podríamos ser famosos y ricos… ¡seríamos los héroes!

"Su esfuerzo es su recompensa"
"Nadie debe saber de mí"

—Cuáles son las reglas —exigió saber Katla que habló en voz alta, combativa, mientras se acercaba a la pirámide.

"Una vez que comencemos les mostraré el código que oculta el nombre del siguiente lugar, a donde deberán ir y buscar el siguiente. Habrán de descifrar la cadena completa de claves para lograr interferir y evitar el ataque"

Parecía fácil, el código de Palenque lo desciframos y actuamos rápido y sin problemas. «Exceptuando el de los gigantes que casi nos asesinan», bromeé para mí. En fin, sólo teníamos que descifrar una cadena de símbolos.

«… "sólo"».

"Los códigos podrían aumentar de dificultad…"
"No hay vuelta atrás, jamás la hubo, jamás la habrá"

Esas palabras hablaban por sí mismas. Nadie quería decir nada, nadie quería ser el responsable de algo tan grande y nadie quería aceptar que ya estábamos metidos, muy metidos en esto. De nuevo blandimos la espada vacilante, dudosa e inestable en nuestras manos, mostrando por un lado la amenazante premiación de felicidad y por el otro la intriga del error que nos llevaría hacia el peligroso veneno del fracaso, la barbarie y la demencia.

Todos desviaron los ojos, voltearon hacia puntos distintos y evitaron las miradas de los demás, todos excepto Katla. Sólo nosotros parecimos pensar igual. Me miró y se miró a sí misma en mí, inquisitiva, aquejada por un gesto dudoso que preguntó lo que todos nos cuestionamos en el momento en que nuestras virtudes y defectos, nuestra resiliencia, nuestros miedos y nuestras voluntades son mostrados ante nuestros ojos desfilando como créditos finales de una película y son puestos a prueba: ¿Ahora qué hago?

De todas formas ya estaba tomada la decisión, ayudábamos o moriríamos en el intento.

— De acuerdo.

Todos parecieron lamentar mis palabras: solos e inexpertos caminamos a tientas a través de la oscuridad por un terreno desconocido y lleno de espinas.

"Formidable"

"Antes de darles el siguiente código:
1. Nadie debe saber de mí.
2. Todo puede ser clave para un código, o una
pequeña parte de un todo, estén siempre atentos.
3. La nación a donde los lleve mi
código será uno de los atacados.
4. Una vez ahí encontrarán otro código qué descifrar;
resolverlo los llevará al siguiente y así sucesivamente
hasta que lleguen al objetivo: un mecanismo
activado por la Señal. Este mismo desactiva la
orden y, por lo tanto, la invasión será cancelada.
5. Sin embargo, cada Señal Global y
por ende cada mecanismo tienen un corto
rango de tiempo para ser intervenidos.
6. El alba del séptimo sol de cada mes
marcará el tiempo inicial, su apogeo el final.
Es esto desde ahora lo que los tendrá al límite
y el tiempo va siempre en su contra.
7. Al ser cancelada la Señal, el mecanismo se
destruirá segundos después, y será mejor que
estén lejos de ahí para cuando esto suceda"

— ¿Entonces la gente no sabrá que los salvamos? — preguntó Andrés consternado.

"La fama que deseas es peligrosa y perjudicial"

—Eso quiere decir que arriesgamos nuestras vidas en vano —continuó él con tono apagado y enfadado.

"Si salvarse a sí mismos es banal, estoy de
acuerdo. Recuerda que no estás obligado y en
todo momento estás en libertad de desistir"

El terreno desconocido lleno de espinas se convirtió
en un campo minado.

"Podré contestar ciertas preguntas en
el momento que lo requieran"
"Una vez dicho esto, lo que queda es desearles éxito.
Aunque la gente no lo sabe, confíamos en ustedes"

Por lo menos tendríamos algo de apoyo para los
códigos en caso de que se complicaran demasiado. Pero
para lo demás estaríamos completamente solos.

"El tiempo se acerca"

El humo se acumuló de nuevo y tras una pequeña
explosión que liberó pequeñas llamaradas apareció el
primer código:

"Las trece franjas de la colonia
y cincuenta estrellas en armonía
ondean al viento con parsimonia.
Impone su poder con fuego y fuerza;
A pesar de, 'Justitia Omnibus' su leyenda reza.
Interno en la pirámide blanca en el cielo descansa"

10

4 de Septiembre. Roma.
6:25am

PARÁLISIS

Tara

Después del primer ataque en América, la gente alrededor del planeta comenzó a hablar como siempre, a generar ideas sobre lo que sucedía. Se creía que la tercera guerra mundial estaba por comenzar, sino es que ya lo había hecho aunque no existiera una declaración oficial. En primera instancia no se dio ninguna explicación oficial al mundo. Quizá pensaron que no volverían a saber de la Señal Global. Pero llegó el primero de septiembre, apareció otra vez y después de la Asamblea de la Orden en Roma el espíritu de muchos gobernantes se quebró. Al sufrir los desperfectos que esta causó en todo aparato, las naciones temblaron ante lo que se "sabía" que se avecinaba; entonces la opinión pública cambió: era el "Apocalipsis".

La buena fe en las religiones de todo el planeta creció en forma exponencial, al igual que la mala esperanza de aquellos que se quedaron de brazos cruzados y permanecieron indiferentes para continuar con sus aburridas vidas como si nada.

Volvieron las viejas ofrendas de propiedades materiales, de almas y de cuerpos, inclusive se retomaron los sacrificios humanos en algunas partes del mundo y los rituales espirituales a plena luz del día eran ya cosa habitual. Desde los más ordinarios hasta los más extraños, todos pedían a su Dios perdón y misericordia; pedían su salvación, la que se les había prometido durante siglos.

La gente, la raza humana entera, estaba aterrada y gigantescas multitudes se movilizaron a los centros ceremoniales principales de cada culto para rezar y orar; otros, a zonas arqueológicas por energía y buena vibra; otros, a sus familias por apoyo y perdón (apostaría que el número de reconciliaciones rompieron récord: esperamos siempre al último momento, a sentir todo perdido y derramándose entre nuestros dedos para pedir perdón… maldito orgullo); otros, a bibliotecas por conocimiento; otros, a los bancos para… ustedes saben, en intentos por salvar sus vidas, en busca de esperanza y de una nueva oportunidad.

Todo sistema se tambaleó. Incuantificables redadas, asaltos, motines e inmensurables marchas en contra de la guerra sacudieron al planeta que sucumbía ante la desesperación que generaba la desinformación; sin embargo, la última noche había sido muy tranquila en comparación con las anteriores y la humanidad pudo descansar, pues La Orden emitió un llamado a la paz que hacía creer a los ingenuos que la Señal había sido resuelta, que no habría ninguna batalla y que la supuesta guerra se evitaría.

A pesar de los disturbios, nosotros dormimos placentera y desinteresadamente para recuperarnos de la batalla en Palenque.

—Despierta —susurraba la voz de una mujer, agitándome despacio. Respondí con un quejido, me giré hacia el otro lado y la ignoré.

—Tara, por favor.

—Qué quieres; déjame dormir.

—Ven, ven levántate —me sujetó de la mano y me levantó muy rápido y con mucha facilidad.

—¡Ay! ¡Ouch! —golpeó mi cabeza contra la base de la cama de arriba que provocó un seco y fuerte eco metálico.

—Perdón, perdón… disculpa, ven vamos. Aprovechemos que ya estás despierta.

«¡¿Aprovechar que estoy despierta!? ¡Me golpeaste la cabeza, cómo no iba a estarlo!».

Me levanté de mala gana con gesto de dolor sobándome la cabeza. Salimos de la habitación, me tomó por la muñeca y corrimos. Yo aún iba con los ojos entrecerrados y la frente adolorida. Subimos unas escaleras dando tropezones y supe que habíamos salido a la azotea del edificio porque al abrir la puerta una ráfaga de viento acarició mi rostro e inundó mis oídos. Me tallé los ojos y los abrí un poco.

Una brisa ligera jugaba con nuestro cabello, el cielo estaba oscuro, pero a lo lejos se veía el resplandor del sol naciente; pronto amanecería.

—Tara, todavía creo que debemos entregarle esa pirámide a tu padre y que nos ayude.

—Ah, eso, ajá, claro, sí… —balbucí inconsciente, los ojos se me cerraban.

—¡Sí! —exclamó victoriosa.

«De qué habla… ¿Pirámide? ¿Qué pirámide?».

—¡Sabía que podía contar con…!

—¡No! —refuté al recobrar la conciencia de golpe y abrí los ojos por completo.

—No podemos, sabes que no. "Nadie debe saber que existo", ¿te dice algo esa frase? O prefieres palabras sencillas: oculto, secreto, confidencial...

—Sí, ya sé, ya sé, pero aun así, ¿cómo podría saber la pirámide que le diríamos a alguien?

—Del mismo modo que sabe qué pasó en México y los demás países, del mismo modo que sabe qué pasará en unos días, del mismo modo que sabe qué dice la Señal y del mismo modo que sabe quiénes somos nosotros — le dije levantando un poco la voz al enumerar con mis dedos. Parecía desanimarse e hizo sentirme un tanto culpable. Me calmé y continué:

—Jessica, no puedes... no podemos, huir de esto. Ahora es responsabilidad nuestra. Pero si no quieres hacerlo, puedes decirlo y nadie te dirá nada. Además, mi padre no está.

— ¿Por qué, a dónde fue?

—Tenía que regresar a México. No sé qué encuentre allá, pero se fue. Creo que está investigando.

—Hace varios días que no lo vemos —dijo.

Retomé mi tono agresivo:

—Es el *Keter*, siempre está ocupado. Ahora, déjame ir a dormir de nuevo que estoy muy cansada.

— ¿Quieres dormir más? —preguntó asombrada.

— Pues claro, hemos dormido sólo unas cuantas horas.

— ¿Bromeas? ¡Hemos dormido dos días enteros!

Bajamos de nuevo por las escaleras hacia la habitación.

Jessica siempre había sido muy alegre y competitiva, era un poco ingenua pero muy inteligente, de mente abierta y siempre lograba lo que quería. Y aunque no me gustara, más bien lo odiaba, lo había logrado ahora también con Diego. Pero ya me había acostumbrado a verlos siempre juntos: ya no me importaba.

En cuanto a nuestra misión, no sabía qué creer con respecto a la pirámide a la que apodamos "Meci". Claro, yo deseaba ayudar, pero sin que la responsabilidad de fallar cayera sobre nosotros. Aun así apoyaba a Diego al haber aceptado; después de todo no sabíamos si alguien más en el planeta tenía la misma oportunidad de luchar; es mejor hacerlo uno mismo.

Entramos a la habitación. Todos dormían, incluso Katla a quien jamás había visto dormida. Desde pequeñas, ella se dormía después y se despertaba antes que yo, llegué a pensar que no dormía nunca.

—Katla… ¡Katla! —la despertamos primero. Por alguna razón la veíamos como nuestra líder; siempre tomaba decisiones, sobre todo las más difíciles, y sólo ella influía sobre todos. Creí que sería ella quien aceptara a Meci y su tarea para nosotros, sin embargo, esta vez fue Diego, a quien ella se había vuelto muy afín. Andrés ya me tenía harta y tristemente yo era la única que no encajaba en el equipo.

Katla se levantó de golpe y sobresaltada; poco faltó para que se golpeara la cabeza como yo.

—Qué hora es.

—Más o menos las 6:30 —contesté.

—¿Temprano o tarde? —preguntó. No había entendido bien su pregunta y estaba por contestarle "de la mañana".

—Tarde —se adelantó Jessica.

—Demonios, hemos dormido mucho —lamentó rascándose de forma graciosa la cabeza y caminó hacia el centro de la habitación.

Meci estaba todavía sobre la mesa de cristal, pero parecía que también dormía pues había vuelto a ser una simple figura geométrica, sin irradiar luz ni humo ni órdenes.

—Hemos perdido mucho tiempo —continuó diciendo Katla y se sentó en uno de los sillones, tranquila, incoherente con lo que decía.

Jessica y yo nos miramos.

—¿Perdido tiempo para qué? —le pregunté.

—Debemos averiguar a dónde ir.

Giró la cabeza hacia el cuarto de camas.

—¡Arriba, ahora! —. Al momento se despertaron, Sofía dio un gracioso brinco y cayó de la cama sobre Andrés y Diego, quienes gruñeron y se enroscaron disgustados entre las sábanas.

—¿Cuál es la prisa por descifrar el código? —le preguntó Jessica.

—De nuevo apareció la Señal ¿recuerdan?... el día que nos fuimos a Palenque. ¿No han visto las noticias? A ver qué está pasando.

Tenía razón. Teníamos pocos días para desactivar la máquina y ya habíamos perdido dos.

Katla encendió la pantalla:

—"¡La nueva señal ha enardecido a poblaciones de todo el planeta! ¡El centro de la cristiandad jamás había registrado tal cantidad de afluencia!" —gritaba a su micrófono pegado a su pecho una periodista que sobrevolaba la plaza de San Pedro en el Vaticano, cuyas calles, no muy lejos de nosotros, estaban atestadas de gente hasta donde alcanzaba la vista. Toda la gente estaba arrodillada rezando, llorando.

Cambió de canal:

—"¡Nunca se había visto tal cantidad de la gente en la Meca, alrededor de la Kaaba, esto es increíble! ¡La gente viene en busca de la salvación ante la aparición de la nueva Señal Global hace unos días!" —decía un reportero que también sobrevolaba aquella zona. Toda la gente vestida de blanco oraba y alababa como si fueran uno solo.

Cambió de nuevo el canal:

—"¡Las zonas arqueológicas del planeta entero no dan abasto para el alud de gente que se ha dado cita, incluso en los países devastados...!" —Chichén Itzá, Teotihuacán, Tikal, Machu Picchu, Cusco, Copán, Tiahuanaco, Puma Punku, El Cairo, Petra, la Acrópolis, Stonehenge; decenas de lugares abarrotados de gente que saturaba las antiguas edificaciones. Nadie se sorprendió cuando no pasaron ninguna imagen de Palenque.

—"Pareciera que alrededor del mundo hay toque de queda en las principales ciudades ya que la gente no sale de sus casas. Las calles se encuentran totalmente vacías a excepción de los centros ceremoniales religiosos" —decía otro reportero mientras aparecían imágenes desérticas de algunos monumentos muy concurridos en algunas capitales del mundo.

—"A pesar de la situación, hasta ahora no se ha reportado movilización militar de ningún país".

Un sentimiento de vacío y terror me invadió: era mucha la gente que dependía de lo que hiciéramos nosotros.

Katla apagó la pantalla y se levantó del sillón. Todos vimos las noticias y coincidimos en nuestros pensamientos.

—Vamos, no se desanimen, al contrario alégrense por haber sido escogidos para que salvemos a todas esas personas, por la oportunidad de luchar. Alguien allá afuera quiere acabar con nosotros y piensa que le será fácil, que no responderemos... nosotros le mostraremos de lo que somos capaces.

Cuando lo que amamos está en peligro, el simple hecho de saber que tenemos la posibilidad de luchar por ello nos motiva y nos impulsa, sacamos así tanto lo mejor como lo peor de nosotros.

∞

6 de Septiembre. Roma.

Tara

Durante los siguientes días nos dedicamos a practicar más con los androides, peleábamos y competíamos entre nosotros preparándonos para lo que siguiera. No sabíamos si encontraríamos más de esos enormes y poderosos hombres en el siguiente lugar, lo que creíamos probable, y pensábamos que debíamos estar listos para lo que fuera; tal vez se presentara nuestra revancha. Katla nunca practicaba. Mientras nosotros nos manteníamos siempre con el androide puesto y corríamos, combatíamos y nos adaptábamos a él, ella se alejaba a una esquina del gran almacén y se sentaba, se ponía las placas y cerraba los ojos dando la impresión de que se concentraba, como si meditara, por eso mejor ni la molestábamos. Además, nunca armaba su androide por completo. Creíamos que si de nuevo tuviéramos que pelear, ella sería inútil. Incluso Sofía había comenzado a practicar con sus placas. Diego se oponía, pero la jefa era Katla y ella quería que Sofía ayudara; además de que ella estaba tan metida en esto como nosotros y no podíamos dejarla fuera e indefensa.

La mayoría de los miembros de La Orden permaneció en el edificio, siempre en juntas de las que yo no deseaba enterarme y Katla tampoco, eran aburridas y siempre trataban de paranoias o de darle vueltas a lo mismo. Solamente Kara regresó a su país el día anterior sin dar ninguna explicación; de hecho, al principio nadie notó su ausencia.

Por nuestra parte, ya teníamos descifrado el código. Dos días atrás nos dedicamos a ello y ese mismo día dimos con la respuesta. Fue muy sencillo: *"Las trece franjas de la colonia y cincuenta estrellas en armonía ondean al viento con parsimonia"*: se refería a las trece franjas rojas y blancas y a las estrellas en el cuadro azul de la bandera de los Estados Unidos de América que ondea con el viento.

"Impone su poder con fuego y fuerza…": Estados Unidos tenía constantes conflictos bélicos con otras naciones.

"A pesar de, 'Justitia Omnibus' su leyenda reza": La frase significa: Justicia para Todos, que es el lema de la ciudad capital de esa nación, Washington D.C., el cual es el lugar al que debíamos ir.

"Interno de la pirámide blanca en el cielo descansa": La última parte del código fue la más fácil. La pirámide blanca en el cielo se refería al obelisco, el Monumento a Washington, que es blanco; y debíamos ir dentro para encontrar el siguiente código.

Meci tenía una sorpresa más: por la mañana se activó e indicó que tomáramos unos medallones que tenía dentro de un compartimento en una de sus caras. Los medallones son pequeños, preciosos hechos de platino. De forma elíptica conformada por dos partes: un anillo y una lámina en su núcleo, bellamente adornado con una incrustación. El anillo que era la parte externa, de superficie áspera y bordes lisos, rodeaba a la lámina central con la que se unía en siete puntos a lo largo de la elipse. En su circunferencia tenía grabado un portentoso *"Initium et Finis"*. La incrustación de la lámina consistía en un hermoso diamante iridiscente con encajes de plata a lo largo del borde de la lámina y en su interior tenía una figura grabada: una magnífica flor que reconocí por las clases de CDM, una flor de loto, envuelta de manera magistral con delgadas ramas entrecruzadas de oro como las de Meci.

Nosotras decidimos hacer una gargantilla de cuero tallado negro y encajar en ella el medallón; los chicos se hicieron unas muñequeras.

7:23pm

La noche conquistó el cielo. Estábamos en el almacén aún practicando, nerviosos; el primer día de nuestra misión se acercaba.

Katla se levantó de su esquina y se acercó a nosotros, lo que era ya reconocido como la señal que indicaba la hora de salida y desarmamos los androides.

—Espero que estén listos —habló ella—. Mañana saldremos al amanecer y confío en que lleguemos antes de que allá amanezca ya que nuestro tiempo corre desde que el sol sale.

Abandonamos el almacén y regresamos a la habitación, conturbados, ansiosos, atormentados.

11

7 de Septiembre. Washington D.C.
6:45am

AMANTES

☙❧

Esa mañana Katla levantó temprano a los muchachos. No le fue muy difícil ya que, por la ansiedad, no habían podido dormir del todo. Se cambiaron de ropa y se pusieron los medallones, listos para partir.

☙❧

Diego

Llegamos a Estados Unidos y dejamos la nave al este, lejos de la ciudad. Corrimos con los androides que alcanzan gran velocidad fácilmente hasta llegar al centro de Washington, aún estaba oscuro. Luego los guardamos y continuamos a pie. Hacía frío y había mucha neblina.

—Andando —habló Katla, echando a andar presurosa.

Avanzamos por las calles vacías lo más rápido posible tras Katla que iba al frente, cruzamos un río a través del puente y corrimos por una calle, casi hasta el final de ésta. Caminamos a paso veloz por un rato. Un poco después vimos el Capitolio delante de nosotros, lo rodeamos y avanzamos por unos enormes jardines. La niebla no me dejaba ver mucho más allá; confié en que Katla sabía por dónde ir. Una brisa ligera comenzó a soplar al despuntar el nuevo amanecer.

—Ya son las siete, el sol ya debió salir: nuestro tiempo corre —declaró Katla mirando su reloj y aceleró. Con pulso agitado y pulmones agotados traté de mantener el ritmo y la calma, tan deseoso como temeroso de saber lo que nos esperaba.

Unos minutos después, el remodelado Monumento a Washington se alzaba frente a nosotros, bordeado por las nuevas columnas y rodeado por las cincuenta banderas de los Estados Unidos que ondeaban con el viento; estaba abandonado. A pesar de la declaración de paz de La Orden, la gente intuía que el día había llegado.

Nos acercamos al obelisco. La neblina había desaparecido casi por completo y la luz del sol ahora nos envolvía con fresca parsimonia. Mientras nos acercábamos al gran pilar instintivamente miré hacia su cima: claramente era la pirámide blanca en el cielo.

Las puertas estaban cerradas.

—Yo las derribo —se apuntó Andrés con petulancia e irguió más la espalda, sacó el pecho y aceleró el paso. Corrió a toda velocidad contra las puertas para derribarlas y preparó el hombro para el gran impacto del que se sentía con seguridad salir victorioso, pero no estaban aseguradas y se abrieron de golpe abanicando agitadas como puertas de cantina. Andrés fue a caer al fondo dejando escapar un resoplido desairado. Todos reímos.

—Qué extraño que no estuvieran cerradas —observó Katla entre risa y risa entrando al monumento. Andrés se levantó sobándose el hombro y la espalda.

— ¿Ahora a dónde vamos? —preguntó Sofía mientras recuperaba el aliento tras el carcajeo. Al poco tiempo las carcajadas se apagaron en el desolador silencio de la desértica explanada.

Jessica se acercó al ascensor:

—Supongo que arriba —dijo.

Subimos al observatorio, dimos unas vueltas mirando por todas partes, pero ahí no había nada raro; por un rato más continuamos girando sin sentido.

Me detuve en una esquina mientras observaba a los demás que recorrían cada parte, todos con gesto más sereno de lo que en realidad estaban por dentro.

Miré a Katla que caminaba despacio y buscaba en el techo del otro lado de donde yo me había detenido. Cruzó de lado a lado cerca del muro cuando de pronto noté que algo se movió a la altura de sus muslos: había algo en la pared.

—Katla —le hablé; los demás también voltearon.

—Camina hacia el otro lado —le indiqué haciendo el trayecto con mi dedo.

Katla dio media vuelta y caminó despacio, mirándome, como a la espera de una señal. Lo que se movía en la pared eran unos inscritos grabados que aparecieron de nuevo y se esfumaron conforme ella se alejó. Un pequeño destello iluminó las letras temporalmente cuando pasó por ahí; ella notó que miré hacia el muro.

—De nuevo —le pedí y me acerqué.

Avanzó de nuevo pero ya con la vista hacia la pared. Los demás se acercaron e inspeccionaron aquella parte. Ella se detuvo en medio del grabado y cuando estuvimos todos cerca, la inscripción completa pudo verse refulgente: habíamos encontrado el siguiente código.

El escrito en cursiva desapareció un instante y después un pequeño destello lo recorrió para remarcar la siguiente frase:

"El medio sol acercándose marcará
la hora del rumbo próximo"

—"El medio sol" … ¿al medio día? —sugirió Tara.

—Pero si ese es el tiempo límite —apuntó Sofía preocupada.

—Así es; pero debemos esperar —dijo Katla con temple serio.

11:30am

Nos quedamos dentro del mirador a la espera del medio día. Andrés se durmió y los demás nos sentamos separados unos de otros; durante horas permanecimos en silencio. Katla se ponía de pie con intermitencia frente al muro donde estaba inscrita la frase. Me levanté y me acerqué a ella.

— ¿Es casi medio día, no? —le pregunté.

—Falta poco. Estoy tratando de entender lo que dice el código —hizo una pausa y continuó—. He observado a intervalos de treinta minutos cómo cambian la luz y la sombra que poco a poco avanza… —decía mientras detallaba con el brazo estirado siguiendo la pauta con la que se había movido la silueta del obelisco en el piso a lo largo del día, luego se detuvo—… hasta llegar ahí. Si viéramos el monumento desde arriba, parecería un gran reloj de sol y la sombra sería como la manecilla en forma de flecha que indica hacia dónde ir.

El sombreado apuntaba cerca de la gran piscina; conforme habló, terminó con su dedo el recorrido que el oscuro reflejo del monumento seguiría y señaló hacia el Lincoln Memorial.

—Casi es medio día, por lo tanto: "El medio sol acercándose marcará la hora del rumbo próximo" —concluyó con una sonrisa de satisfacción, a la que respondí de la misma forma.

Giré sobre mí mismo igual que ella y caminamos hacia las escaleras. Los demás, al vernos, se levantaron apresurados, despertaron a Andrés de una patada quien de forma graciosa se incorporó agitado y nos siguieron.

Atravesamos el parque, rodeamos el Memorial de la Segunda Guerra Mundial y lo largo de la Piscina Reflectante; todo permanecía en un silencio sepulcral, tétrico y apabullante. En lo que iba del día ni un alma se había aparecido.

Subimos las escaleras del Lincoln Memorial y entramos. En el fondo, la gran estatua blanca del expresidente nos miraba desde lo alto. Caminamos por todo el lugar sin encontrar nada, de nuevo.

—¿Ahora qué hacemos? —preguntó Jessica, exaltada.

—No sé, el código no decía nada más —contestó Katla, buscando en las paredes.

Andrés y Sofía se desinteresaron, se salieron, se sentaron en el último escalón entre dos pilares de la entrada y se quedaron ahí mirando los parques y hacia la piscina que reflejaba el monumento a Washington apuntado en espejo hacia nosotros y hacia el cielo con aquellas fugitivas nubes deslizándose plácidas por el cielo apesadumbrado.

—¡¿Cómo pueden quedarse ahí sentados sin hacer nada...?! ¡En unos minutos será el ataque! — exclamó Tara enfurecida.

—Esperar funcionó en el pilar ese —habló Sofía con desdén. Tara, con un bufido, se rindió y continuó su búsqueda.

Jessica giró su cabeza hacia la estatua y hacia el obelisco varias veces.

— ¿Qué hora es?

—11:37 —contestó Katla.

Jessica corrió hacia la estatua, trepó y subió en su hombro con eficaz diligencia. Los demás nos acercamos a ella, expectantes, sin decir nada. Después de un momento comenzó a decir:

—"... *medio sol...*" significa al medio día. "*El medio...*" quiere decir en el centro. "*... acercándose...*" significa que debemos acercarnos a algo, de esa misma palabra: "*... se marcará...*". Dicho de otra forma: Al medio día, acercándose, en el centro se marcará.

«¡Esa es mi amiga!».

Era brillante su idea, todo sacado del código anterior; pero su teoría tenía dos problemas: la invasión sería al medio día, como en México, y:

— ¿En el centro de qué? —pregunté.

—No lo sé; pero me guío por el reflejo del obelisco que apunta directo hacia acá. Tal vez en el centro de alguna parte de la estatua.

Katla miró otra vez su reloj.

—Debemos apresurarnos... —urgió.

—Intentemos lo mismo que en el observatorio, quizá aparezca así otro código —sugerí.

—Todos busquen en las paredes —ordenó Katla.

Anduvimos por aquí y por allá y recorrimos cada rincón del lugar.

—Nada —se rindió Sofía otra vez.

— ¡Algo! —gritó Andrés; volteamos al momento y corrimos hacia él. Aglomerados, justo en el frente y centro de la plataforma sobre la que estaba la estatua, igual que en el obelisco, la piedra se marcó:

"No mires abajo"

Leímos. Pero como todo buen ser humano, ignoramos la advertencia: conquistados por la curiosidad que se apoderó con ferocidad de cada uno, irremediablemente miramos abajo; otro escrito se marcó en el piso reluciente:

"Te lo dije"

El suelo se abrió de pronto con un rugido seco y sólido. Caímos todos en un salón medio oscuro hecho de piedra muy lisa y resbalosa. Como gatos, sólo Katla y Tara cayeron de pie y nos ayudaron a los demás a levantarnos entre doloridos quejos, pero apenas plantamos los pies de nuevo sobre la tierra, ésta se inclinó y formó una empinada rampa. Resbalamos cuesta abajo cuyo borde terminaba en precipicio hacia otro declive, también inclinado aunque en dirección contraria a la anterior. Sin poder evitarlo caímos una y otra vez en zigzag un total de siete pendientes por varios segundos que parecieron eternos. Finalmente, una de las rampas terminó en suelo firme y rodamos varios metros impulsados por la inercia.

Estaba oscuro, sólo podía sentir el frío de la piedra en mi espalda y la calidez del cuerpo de Tara en mi pecho. Enredados en una maraña de brazos y piernas nos levantamos uno a uno, lo más rápido posible. El lugar era tan fresco que exhalábamos vapor al respirar y el aire era tan denso y seco que costaba respirarlo.

—¿Q... qué es-s este lu-lugar? —sonó la voz temblorosa de Sofía en la oscuridad.

—El-el infierno —se quejó Andrés con el mismo tono trémulo.

—¡Vengan! —resonó a lo lejos el grito de Jessica. Avancé unos pasos hacia el origen del eco a la vez que apareció a un lado en la pared un pasillo largo, iluminado por un tibio resplandor celeste proveniente del fondo, donde la silueta sombría de Jessica resaltaba. Nos acercamos a ella y entramos en aquel lugar.

Parados sobre una saliente rocosa contemplamos la extensión del sitio: con aspecto de cueva, muy grande, las paredes de piedra caliza reflejaban la luz azulada que provenía de abajo, donde había un gran pozo que parecía tener agua evaporándose.

En el centro, frente a nosotros, una gran pirámide escalonada de siete enormes peldaños se erigía majestuosa cuya base apoyada en una gran plataforma se ligaba únicamente a un puente robusto que iniciaba en la raíz de unas escaleras adosadas a la pared, cerca de donde estábamos nosotros, por lo que daba la impresión de flotar en el aire. Arriba, en la punta de la pirámide, se distinguía una piedra brillosa como si fuera un diamante, cuya punta rozaba el techo que también parecía líquido, como un espejo del foso en el fondo. Toda la caverna permanecía bañada por una capa diluida de neblina.

Mis ojos veían algo que no parecía real, algo que no parecía humano.

—No creí que hubiéramos caído tanto —susurró Jessica admirada al ver la enorme estructura.

—Y yo no creí que algo así existiera —hablé.

—¿Es real esa cosa? —preguntó Andrés tan incrédulo como bobo.

—El tiempo corre chicos… —interrumpió Katla que también se notaba fascinada, pero como siempre, sin perder la serenidad ni el objetivo—, andando.

Echó a correr escaleras abajo.

Avanzamos a toda prisa por el viaducto, la pirámide se cernía sobre nosotros y crecía a cada zancada. Katla, que encabezaba al grupo, empezó a armar el androide en pleno movimiento, los demás la imitamos y cruzamos en segundos. Nos detuvimos justo enfrente del coloso piramidal, no hizo falta buscar una ruta de ascenso ya que un segundo después ésta retumbó y con un fuerte estremecimiento giró sobre sí misma a gran velocidad y se sumió en la plataforma para quedar igual que antes pero ahora por debajo de ella: una pirámide invertida.

Sólo la plenitud de la tarima rocosa permaneció tras el movimiento; nada que pudiera dar un código y tampoco ningún mecanismo.

—Al parecer no necesitaremos estos —apuntó Andrés y desmanteló su androide, desinteresado; tenía la impresión de que Andrés no quería estar aquí, ni tener nada que ver con todo esto. Los demás también lo desarmamos. El tiempo corría firme y apresurado.

Katla avanzó lento plataforma adentro, alerta y con cautela. Nadie la siguió. Llegaba casi al centro cuando de nuevo la cueva se estremeció, la tierra se sacudió y ella cayó al piso mientras que de los bordes de la planicie emergían unos gruesos pilares horizontales que chocaron contra la pared de la caverna en donde se incrustaron.

La calma sobrevino al caos y, alarmado, busqué a Katla: ella miraba a todo lo largo y ancho del techo con ensoñado y desorbitado gesto que revelaba una admiración inmensa, asombro y a la vez incredulidad; su mirar, de pronto inundado en lágrimas, denotó también algo de alegría pura.

Intrigado por aquella alucinante expresión avancé hacia ella que permaneció pasmada sin mover un solo músculo con los ojos como platos y mirando de hito en hito todo cuanto podía. Un par de pasos antes de llegar a ella, el frío se esfumó.

— ¿Katla, estás…?

De pronto fui interrumpido por una misteriosa, exótica y parsimoniosa resonancia que percibí a través de todos mis sentidos con tal fuerza que penetró hasta lo más profundo de mi ser. No puede describirse con el habla, sólo sentirse en el alma; es como el eco de toda la creación: el cielo, la tierra, el mar, el lugar de los muertos y de todos los seres en el universo alzándose por doquier al unísono y en perfecta armonía.

Miré hacía donde ella tenía puesta la vista y pude notar a los demás, que venían atrás de mí, sucumbir ante el mismo panorama que nació tras el estrépito.

Mi mandíbula cayó al suelo, abrí tanto mis ojos que dolieron y se bañaron en lágrimas blancas, mis piernas se debilitaron, mi corazón se disparó y mi alma se llenó de un júbilo inmenso que la hacía escapar de mí con un fulminante destello de paz y sosiego. La grandiosidad de lo que percibí no podría describirse ni con una ni con un millón de palabras. Sin embargo, algunos lo llamarían "cielo" o "paraíso"; yo concordaba con Andrés, lo llamaría infierno, porque maravillaba tanto que obliga a desearlo en vano, sorprendía tanto que aturdía, hipnotizaba tanto que idiotizaba, fascinaba tanto que enloquecía, cautivaba tanto que subyugaba y deleitaba tanto que asesinaba.

Perdí la noción de qué era bueno y qué era malo, dónde era arriba y dónde abajo, qué era la luz y qué la oscuridad, qué vida y qué muerte. Ese onírico lugar, que se presentó como un espejismo en medio del desierto, succionó todo de mí; no necesitaba nada más, podría admirarlo, sentirlo, alabarlo el resto de mi vida, de mi tiempo.

«Tiempo, tiempo…».

—¡Tiempo! —susurré entre delirios. Katla reaccionó de golpe, miró su reloj y se levantó como un resorte al salir del trance.

—¡Arriba… arriba todos… andando! —se desgañitó, sacudió y golpeó a Andrés que no respondió. Se acercó luego a mí; la veía borrosa y escuché sólo lejanos sonidos guturales muy emborronados que salían de sus preciosos labios. Ella siempre tan hermosa.

—Diego… por favor, reacciona —pidió con gran ternura y con mi cara entre sus manos; su delicado toque, el melodioso sonido de su voz, la finura de sus dulces y tersos dedos rozando mi piel y la cautivadora imagen de los seductores luceros que tenía por ojos me sacaron casi al instante de la hipnosis.

Me regaló una sonrisa cuya belleza casi se igualó a la de aquel lugar que permanecía indeleble, adherido a mi mente. Debido a que mi alma volvió a mí más rápido que mi cuerpo en sí, sonreí radiante por dentro pero mi boca no gesticuló palabra alguna y caí en la cuenta de que el espíritu será siempre mucho más fuerte y poderoso que el cuerpo, débil y caprichoso.

Jessica reaccionó casi de inmediato, luego Tara y Sofía. Andrés seguía arrodillado y perdido con el cuerpo flácido y reclinado hacia atrás. Katla había intentado ya de todo sin lograr ningún resultado; todo excepto algo, algo que jamás nadie esperó: se agachó frente a él, se acercó con un movimiento sedoso y lo besó; un suave y dulce beso que me enchinó la piel, que me hizo desear ser Andrés en ese justo y preciso momento, ser yo quien recibiera ese beso; aunque de haber sido él habría caído de nuevo hipnotizado. Sin embargo, no era yo, y esa tristeza ardorosa que carcome, que devora por dentro y que provoca lamento, que lastima y enoja, oprimió con fuerza mi pecho: la envidia me consumió. Verlos unidos me volvió loco, quería correr y separarlos a toda costa, golpear a Andrés, quería llorar, gritar desesperadamente, ¿pero por qué?

«Si hubiera permanecido perdido un poco más…», me arrepentí, pero el *hubiera* no existe y quién sabe, tal vez a mí me habría abofeteado en vez de besado y con eso habría reaccionado. No me quedaba más que con enfado cargar ese repulsivo pesar y en silencio mi sufrimiento soportar.

Tras aquellos eternos segundos Andrés reaccionó.

—Nos quedan escasos siete minutos —declaró Katla poniéndose de pie.

«En verdad fueron eternos», me sentí terrible.

Avanzamos al centro de la plataforma en donde noté una pequeña piedra lisa, me hinqué, la rocé y al momento apareció una lucecita en su centro que danzó y avanzó en círculos formando un espiral que llenó todo el circulito; al completarse, del núcleo emanó una luz como la de todo holograma con una frase escrita en el aire unos centímetros por encima. Los demás se acercaron.

—Bien hecho Diego —me abrazó Jessica; abrazo que recibí con indiferencia. Ofendida y apenada ella se desentendió y se giró hacia el código con desdén en su mirar:

"Si esto superas, lo necesitarás; si esto
fracasas, lo obtendrás. Siempre al final
del día es lo que deseas más"

Era una adivinanza, cosa que me encantaba y por lo general encontraba sencillo de resolver.

—¿¡Cómo esperan que…!? —se quejó Andrés, interrumpido por su propia ineptitud.

—Tenemos un minuto por peldaño —anunció Katla.

—¿Cómo sabes? —preguntó Jessica.

—Son siete escalones y nos quedan ammm… en realidad menos de siete minutos.

—Suficiente tiempo para salir de aquí y mandar todo a la chingada —intervino Andrés, desinteresado. Todas lo acribillaron con miradas despectivas.

—Deja de perder nuestro valioso tiempo con idioteces ¿quieres? —lo regañó Jessica con firmeza y odio.

—Ahórrate tus comentarios —acompañó Sofía al regaño; yo las apoyaba.

—Dormir —opinó Tara retomando el código. Esperaron todos que algo sucediera convencidos de que esa era la respuesta correcta, sin embargo, no lo era. —Descanso —corregí con desgana. El lugar retumbó de nuevo, giró y el primer peldaño de la pirámide regresó a la superficie con nosotros sobre él. Más pilares, que ahora salían del borde del primer escalón, fueron a dar contra las paredes subterráneas como hicieron los anteriores. —¡Genial! —clamaron alegres. La frase cambió de inmediato:

"Peligroso como una plaga, impredecible
como una tormenta, delicado como una rosa,
vanidoso como la naturaleza, insaciable como
él mismo e inmenso como el universo"

Al leerla, Andrés no pudo contener su comentario: —Han pensado que, si de pura cagada *lográramos* superar esto… ¿necesitaríamos tiempo para salir? — habló como si supiera que fallaríamos. Disgustada, Jessica lo despreció, altanera y sarcástica: — ¿Por qué el *hombre* es tan bestia? El lugar retumbó y otro pedestal se elevó, pero esta vez, antes de aparecer otro código y de forma sorpresiva, del pequeño círculo brotaron ondas expansivas como las que se hacen en el agua tras arrojar una piedra; pequeñas pero poderosas las ondas nos impulsaron hacia afuera del peldaño con rapidez. Luchamos por mantenernos en el escalón, tratamos, cada quien a su manera, de mantenernos cerca del núcleo. Andrés fue el primero en caer al piso de abajo; de inmediato las ondas se detuvieron y desaparecieron, luego surgió un nuevo código y los sobrevivientes volvimos y rodeamos la frase. —¡Estoy bien, no se preocupen! —afirmó Andrés desde abajo.

—A nadie nos importa… —canturreó Sofía en tono burlón.

—Al menos así nos libramos de sus comentarios — gruñó Jessica.

—Pero igual, gracias a ellos adivinaste la respuesta anterior —observó Sofía. Ambas se miraron, parecía que se asesinarían, pero súbitamente rieron cómplices por primera vez.

"¿Quiénes son si sumergidos vuelan
y suspendidos nadan?"

Su risita se apagó y la cueva se ahogó en un profundo silencio que no duró mucho.

— ¿¡Qué dice!? ¿¡Siguen ahí!? ¡Háblenme! — gritó Andrés a lo lejos; nadie respondió— ¿!Hola!? ¿!Alguien!?… ¡Oh no…! ¡Ya se los ching…!

— ¡Aquí estamos! ¿¡podrías guardar silencio un momento!? —le pidió Katla.

—Uff… por un momento pensé que…

— ¡Cállate! —vociferaron Sofía, Jessica y Tara al unísono. No hubo más interrupciones.

—Cuatro minutos y veinticinco segundos —avisó la alemana.

De nuevo el mutismo irrumpió en la cueva mientras pensaban en la respuesta, respuesta que ya había cruzado mi mente segundos después de haber leído la clave, pero la combinación de inquietud con envidia y celos que provocaba el recuerdo constante de aquel beso golpeando mi mente me impidió hablar. Permanecí ensimismado y con la mirada perdida en aquella majestuosa y paradójica cúpula que hacía unos minutos nos había paralizado a todos; ahora ya no había animales en ella y había perdido un poco de su brillo.

—No tiene sentido —se rindió Sofía. Las demás voltearon hacia arriba o hacia abajo en un ruego porque les llegara la respuesta.

—Tú sabes —afirmó Jessica inquisitiva; sus ojos aún denotaban molestia.

—No —respondí frío y sin inmutarme.

—Sí, sí sabes. ¿Por qué no nos dices? —alzó el tono poco a poco. Me limité a entornar por un momento mis ojos hacia los de ella, no respondí, desvié la vista y retomé mi autismo.

—Si no nos dices moriremos ¿sabías? —habló con ira retenida intentando convencerme; hice como que no escuché.

—El tiempo sigue —apremió Katla.

Tara se me acercó, se quedó a mi lado y me atravesó con esa calidez y potencia que caracteriza su mirar.

«No la mires... no la mires... no...».

La miré; esos hermosísimos ojos de extraño multicolor y poderoso furor me capturaron y cautivaron.

—Por favor, Diego, ayúdanos —susurró con ternura, conocía su fuerza visual, su poder de convencimiento. Traté de evitarla pero se metió en lo más profundo de mis sentidos, me sedujo, me manipuló y, como quien no quiere la cosa, como si ella fuera la dueña de mi boca, susurré:

—Peces y aves.

La cueva rugió y al instante se alzó otro pedestal, salieron los pilares desde el borde y se estrellaron en el muro subterráneo una vez más, luego por todas partes surgieron grandes bloques con movimientos súbitos como resortes que produjeron un gran escándalo. Uno de ellos se levantó justo debajo de mí, me catapultó hasta el escalón de abajo y me desplomé como un saco de arena.

Me levanté y me sacudí el polvo de mala gana. Tara apareció arriba asomando su cabeza.

—Eres bueno. Gracias —sonrió tan hermoso como Katla, ello tranquilizó y apaciguó un poco mis envidias y celos. Me senté recargado en la pared del escalón y le sonreí de la misma forma.

—Por cierto… dice:

"Desde el alto cielo a poetas inspiran y a extraviados orientan bajo la luz y la sombra"

Inexpresivo, alcé los ojos hacia los de ella: error.

—El sol y la luna —caí de nuevo en su trampa; pero nada ocurrió.

—Algo falta… —pidió.

—Supongo —contesté indiferente bajando la mirada.

—¿Estrellas…? —completó ella. Al momento retumbó el lugar, otro peldaño, otras columnas; el domo cambiaba cada que aquellas chocaban contra las paredes. Ya no había animales, ni peces ni aves; el sol la luna y las estrellas se apagaron. Cada vez nos acercábamos más al lóbrego escenario al que caímos tras las rampas.

—Dos minutos y medio —declaró Katla dos escalones arriba.

"Enamorados, condenados a siempre mirarse sin jamás tocarse"

Leyó Sofía en alto.

—Vamos Diego, porfa —trató Tara de hipnotizarme otra vez. Por más que lo deseaba, esta vez no la observé; de nada habría servido pues tampoco sabía la respuesta.

—No lo sé —aseguré y ella me creyó sin titubear.

—Yo menos —coincidió con ternura—. Bueno… pensemos, ¿vale? Rápido.

—Dos minutos —volvía a anunciar Katla desde arriba.

La angustia presionó fuerte en mi pecho donde el corazón se precipitó en agolpados y presurosos latidos. Pensé en que además de terminar los tres códigos restantes necesitaríamos tiempo para escapar: dos minutos no alcanzarían para regresar por el puente, subir las escaleras, escalar las rampas, salir por el Lincoln Memorial y correr lejos de ahí; Andrés tenía razón.

— ¿Qué poético, y triste, no crees? —preguntó Tara que cruzó los brazos sobre el borde, divagando.

— ¿De qué hablas?

— ¿Te imaginas?, unos enamorados que siempre se miran, pero jamás podrán tocarse, ¿será eso posible?... yo no podría vivir así... sin tocar, sin acariciar, sin besar, sin poder sentir a quien amo —afirmó con elocuencia nostálgica y romántica en la voz más dulce que jamás le había escuchado; su sentir perforó lo más profundo de mi corazón, levanté mis ojos hacia los de ella y nuestras miradas se cruzaron.

— Ni yo —suspiré.

En ese momento, con sus preciosos ojos multicolor sumergidos en los míos al mismo tiempo que emitía una sonrisa alucinante, sentí mi alma descansar y volverse loca a la vez, a mis venas arder en deseo, a mi cuerpo flotar y a mi espíritu volar en libertad. En sus ojos resplandeció el mismo sentir. Separados apenas por unos metros, por un eterno instante, nos convertimos en esos enamorados.

— ¡Por todos los cielos...! ¿¡podrían apurarse!? Empiezo a marearme —se quejó Andrés a lo lejos quebrando el momento. Con toda razón, a cada segundo el aire se volvía más pesado y espeso.

— ¡Eso es!... Cielo y mar — exclamé.

Al momento la pirámide se estremeció en sus cimientos, dos escalones emergieron y de cada uno manaron más columnas que dieron contra la pared cavernosa. Sofía pegó un grito al ser lanzada fuera de aquel escalón y azotó contra el suelo, igual que me había sucedido a mí antes. Poco después Jessica fue despedida del último escalón por otro pilar.

Ahora no quedaba más que un tenue y reducido haz de luz allá arriba en lo alto de la cúpula que apenas iluminaba la cueva que se tornaba cada vez más lúgubre y tenebrosa.

"Lo que siempre vez, sin que cuenta te des".

Avisó Katla, la última sobreviviente para leer el código; en su voz se escuchó la angustia por el tiempo que nos quedaba: unos escasos noventa segundos.

Aquel haz de luz iluminó la mitad de Tara con quien, ensimismados el uno en el otro y a pesar de todo, la comunicación visual continuó inamovible largo tiempo. El suave resplandor resaltó las facciones de su piel con sombras en los rebordes y con fulgores reflejados en su único ojo visible bajo el rayo luminoso que demarcó su delgada ceja, resaltó la mitad de su nariz y bifurcó sus sensuales labios.

— ¿Qué es lo que ves? —le pregunté a Katla en voz alta. Me imaginé su cara de incredulidad pues lo único que podía verse era la nada, la oscuridad y…

—Ahmm… ¿luz? —contestó dudando con palabras arrastradas. Esta vez, nada se movió. Como una muerte plácida suplanta a una vida íntegra, así la luz se esfumó conquistada por una penumbra insondable.

Katla

Con el suave rugido proveniente del roce entre rocas girando sobre sí, surgieron frente a mí una serie de piedras con forma de estalagmita que se fueron alineando en forma de medio círculo como en abanico alrededor del circulito en el suelo; en total nueve grandiosas piedras.

Surgió entonces un nuevo haz de luz proveniente de algún punto en el techo que iluminó la piedra del medio y destelló al impactar sobre una pequeña placa incrustada en el centro del monolito. Acerqué mi mano a la lámina lisa y blanca, casi traslúcida, como el mármol con textura interna que le confería un calor propio y una viveza misteriosa. De ella nació una estrellita plateada que voló apenas unos centímetros sobre la piedra, se contrajo en una implosión súbita que precedió a una mustia explosión que al disiparse dejó escrito en el aire:

"Como luz que se extingue, su resplandor embriaga.
Fuerza y energía ardorosa que se esfuma
abandonando en la negrura".

Con un minuto restante y contando, vino a mi mente la respuesta como un rayo.

—Fuego.

Diego

El pozo en el fondo cobró vida y comenzó a emitir poderosas llamaradas de color celeste y cetrino que de pronto alumbraron el lugar y danzaron mientras ascendían haciendo un gran espiral a lo largo y ancho de la cueva.

Andrés, vestido con su androide, apareció trepando a toda prisa escalones arriba. Nos sujetó a todos y nos llevó al último peldaño. El techo abovedado era sólido a pesar de simular ser líquido que reflejaba al fuego ascender con celeridad desde el pozo. No había forma de salir.

Katla abrazó a Andrés que parecía muerto, pero que recobró el ánimo por un instante cuando rodeó a Katla con cariño entre sus brazos. Sin darle mayor importancia busqué a quien mi corazón indicó: Tara, que también me buscaba con ojos relucientes; pero al momento Jessica se abalanzó sobre mí y me sujetó con fuerza. Tara fue capturada por Sofía. Con apenas aire suficiente para respirar y miradas cruzadas, observé el fuego tras ella precipitarse con fuerza iracunda hacia nosotros. Todo alrededor se estremeció y crujió inundando el aire con el potente flameo multicolor de aquellas espirales ígneas. El techo pareció abombarse más; el fuego, que rápidamente nos alcanzó, en vez de incinerarnos nos mojó y un momento después, tras un poderoso estallido, se cernió el silencio.

Ω

Sin saber cómo, estábamos empapados pero vivos y fuera de la cueva. A pesar de ser medio día parecía el atardecer, hermoso y de color rojizo semi despejado con unas cuantas nubes ennegrecidas y pintadas del color del fuego. A lo lejos ya sonaba la alarma, molesta y angustiante, empleada en algunas emergencias como las nucleares que erizaba la piel y alertaba los sentidos. El cielo estaba moteado con las centelleantes luces de los búnkeres que dejaban una estela de humo blanco tras ellos; tal y como La Orden había planeado.

«Justo en este momento millones de personas alrededor del planeta asciende en un éxodo sin igual, con la esperanza de vivir un día más», pensé, nostálgico y apesadumbrado bajo aquel dantesco panorama.

Nos deslizamos por un lado de la agitada piscina como los mares bajo una tormenta escurriendo y chisporroteando agua. Caímos aturdidos por la falta de oxígeno, confundidos al encontrarnos con un nuevo panorama, y tratamos de levantarnos lo más rápido posible; fue inútil. Con las manos se podían contar los segundos que nos restaban para alejarnos. Todo el lugar parecía inflado; se había formado una gran cúpula desde el Lincoln memorial hasta el monumento a Washington.

— ¡Rápido! —gritó Katla. Gateamos desesperados, nos levantamos apenas para avanzar unos pasos y resbalando de nuevo recorrimos el camino lo más rápido que nuestras piernas atolondradas nos dejaron.

— ¡Cinco! —contabilizó Katla el tiempo.

— ¡Cuatro!... ¡Tres!... ¡Dos!... ¡Uno…!

Un gran rugido provino de atrás, el domo se volvió de pronto una gran depresión y tras un momentáneo silencio:

— ¡Al suelo! —gritó Andrés.

Me tiré al piso cubriendo a Jessica al instante en que la cúpula volvía a alzarse haciendo erupción emitiendo una explosión ensordecedora que lanzó pedazos de piedra, efusiones líquidas y llamaradas de fuego por todas partes.

Llovía tierra, agua y pedazos de roca al rojo vivo. Detrás de nosotros una gigantesca columna de humo se combinó con vapor de agua y se elevaron hacia el cielo despejado. Tendidos en el suelo, miramos el espectáculo por un momento: satisfechos, complacidos… felices.

12

CONSPIRACIÓN

ඥ૪෨

El norte del continente americano y varios otros países estaban a salvo. Pero como en todo, siempre damos mayor importancia al lado negativo de lo que nos sucede.

¿Por qué nos cuesta tanto ver, agradecer y disfrutar el lado positivo?

ඥ૪෨

Katla

De vuelta en Roma las cosas estaban tensas; los gobernantes de las naciones conformadoras de La Orden estaban muy inquietos, tanto que incluso parecían estar furiosos, a punto de encender las antorchas y sacar los tridentes.

—Katla ¿dónde estabas? Necesitamos hablar —soltó Varick con gesto inexpresivo al interceptarnos en nuestro camino hacia la habitación.

«Salvando al mundo».

—En ningún lugar —lo ignoré, pero al pasar a su lado me agarró del brazo con firmeza. En su mirada había desconcierto e incertidumbre.

Giré hacia los demás.

—Ustedes vayan... veré qué ocurre —les pedí al equipo. Ellos entraron al ascensor y desaparecieron tras las puertas.

—¿Qué sucede? —agotada, pregunté volviéndome hacia los intranquilos miembros de La Orden.

—¿Sabes dónde están Kara y Roth? —preguntó Xia con altivez.

—No, no los he visto desde hace... —me detuve un momento a hacer memoria.

«Desde que apareció la Señal», recordé.

—... no sé, varios días. A mí no me dijeron a dónde irían.

—¿No te parece extraño que salieran de aquí, sin avisar, poco antes de la aparición de la Señal? ¿Y que ahora ambos, tanto Estados Unidos como Canadá, casualmente sufrieron sólo algunos daños menores? —continuó Xia el interrogatorio, parecía muy molesta.

—Me preguntas como si yo supiera, como si fuera la culpable de algo o como si desearas que ambos hubiesen sido destruidos —le contesté adoptando su mismo tono.

A Diego, a los demás y a mí nos había costado nuestro esfuerzo salvar a esas naciones y parecía que La Orden prefería verlas destruidas. Mi respuesta le sorprendió tanto como a los demás; parecían tan tensos como despistados.

—¿Y tú dónde has estado? —preguntó Carlo, apacible en su voz; los otros me miraron inquisitivos.

—Estuve con los demás. En las afueras de la ciudad practicando con los androides —no se me ocurrió nada más que decir. Aún llevaba las placas puestas, lo que jugaba a favor de mi mentira.

—¿Todo el día, el mismo día de la invasión? —continuó él indagando.

—Si hay algo que quieras decirme, dímelo —lo reté y me acerqué a él con mirada fulminante. Insinuaba, junto con Xia y el resto, que yo tenía que ver con los ataques, que junto con Kara y Roth sabíamos de la invasión y que también sabíamos cuáles naciones eran las siguientes en ser destruidas. Pasamos el día entero arriesgando nuestras vidas para salvar a esos países y en Roma me apuntaban como si hubiera cometido el peor de los crímenes y con ellos como mis cómplices. Hasta cierto punto parecería cierto: yo sabía qué nación sería atacada. Pero ninguno de nosotros sabía dónde estaban esos gobernantes, ni porqué habían desaparecido días atrás.

—Dime, sabías de la invasión… ¿Cierto? —preguntó Varick más calmo. Nunca había sido buena para mentir.

—No —pero esta vez fui convincente.

—Sí sabías —insistió Xia alzando la voz.

Caminé hacia los ascensores y contesté:

—Estuve todo el día practicando con el androide y estoy muy cansada. Me iré a dormir, ustedes pueden seguir con su estúpida paranoia.

෴

No lo sabían, pero ese error les costaría caro a los muchachos. Darle la espalda a La Orden fue lo peor que pudo haber hecho Katla, pues ésta la excluyó de toda información a partir de ese momento.

෴

∞

2:00pm

Katla

Desperté tarde. Me quedé dormida con la ropa del día anterior, algo que nunca hacíamos las chicas ya que dormíamos en la misma habitación que los hombres y el uniforme no deja mucho a la imaginación, decían ellos. Me levanté de mi cama; ahí no había nadie. A lo lejos escuché el murmullo del televisor; algún reportero dando las noticias que seguro tenían que ver con lo ocurrido el día anterior.

En el cuarto central estaba Diego descansando, tendido sobre el sofá con la vista en la pantalla que apagó en cuanto me vio y con una sonrisa tierna dijo:

—Por fin despiertas...

—Uff... es que estaba muy cansada. ¿Y los demás? —pregunté con un bostezo sentándome junto a él.

—Salieron a dar una vuelta por la ciudad.

—¿Y por qué no fuiste con ellos?

—Bueno... además de que no quería dejarte sola... el verte dormir con esa ropa es más entretenido y recreativo de lo que te imaginas —bromeó riendo y se levantó como un resorte para esquivar mis golpes.

—¡Cállate, bobo! —sentí mis mejillas sonrojarse. Me provocó una risita nerviosa; había sacado a flote su ternura combinada con un toque de picardía. Eso me gustaba de él. Desde el día en que llegó me trataba de manera diferente y mucho mejor que a Jessica y Tara, quienes tenían constantes problemas entre sí. La razón de ello era más que obvia y Sofía vino a complicarlo todavía más.

—¿Entonces, qué quieres hacer?… Podemos ir a dar una vuelta por el Coliseo y desayunar… más bien, comer algo. El mundo festeja y la ciudad está tranquila. Al menos por ahora —ofreció tendiéndome su mano.

Captó mi atención que dijera "por ahora", pero no le di mayor importancia.

—Está bien, vamos —tome su mano y me levanté.

∝⊰⊱∾

Dieron un alegre paseo por la ciudad; hablaron, planearon, recordaron, bromearon y rieron como nunca.

Para Katla fue muy tranquilizador y su contento no tenía igual. Al principio ella creía que Diego era como todos los hombres que se había encontrado a lo largo de su vida. La acosaban, le decían majaderías, la encueraban con la vista y también quizás en sus mentes le hacían las cosas más grotescas que pudieran cruzar por sus cabezas. Todo el tiempo y todas las veces fue así, de todos no se hizo ni uno; se acercaban a ella con el único fin de besarla, tocarla y claro llevarla a la cama.

Esa fue la imagen que se forjó y generalizó a todo hombre. «Así son todos» era su lema y desconsuelo, y Andrés, que insistía, no era la excepción. Pero con Diego todo eso era diferente, en verdad a Katla le agradaba su compañía y se sentía segura con él. Nunca antes se había sentido así y nadie la había tratado tan bien como él lo hacía. Era el único que se comportaba como un amigo, como un caballero, como un verdadero hombre con ella, uno que la quería por quien es y no por lo que es, uno que la veía con afectuoso cariño y no simple deseo, uno que la cuidaba, protegía y apoyaba sin esperar algo a cambio.

୯୫୫

Katla

Nos detuvimos a comer en la terraza de un pequeño restaurante cerca del Coliseo Romano donde había poca gente, pero todos disfrutaban muy contentos del bello día nuboso con los relucientes rayos del sol fulgurando entre los finos cortes de las blancas nubes que se agolparon en hermosos haces de luz que iluminaban la ciudad como faros celestiales. Ver a la gente tan calma y serena me provocó una placentera sensación de orgullo que cosquilleó mi estómago; todo había vuelto a la normalidad.

—Creo que hay algunos problemas Katla... sé que sabes —irrumpió Diego mi momento de alegría.

—¿Tú crees? —pregunté distraída, disfrutando la encantadora vista.

—Escuché a los miembros de La Orden hablando: desconfían de ti, sé que creen que tienes que ver o que eres parte de quien está tras los ataques... que sabes más de lo que dices.

—Increíble que piensen eso ¿no? —continué evadiendo y di un sorbo a mi bebida.

—No del todo... yo también creo que sabes más de lo que dices. Quisiera que me dijeras. Sabes que puedes confiar en mí —habló con tal labia y una sonrisa cálida en los labios, inclinándose hacia mí, bajando poco a poco el tono de voz que me conmovió.

Sí, sabía que podía confiar en él.

Diego

—Así es, y por eso es que sabes todo lo que yo sé —aseguró ella, pero no me convencían sus ojos que de inmediato escaparon de los míos. Sin embargo, también yo confiaba en ella: le creí.

Katla

Al parecer no me creyó.

—En fin... —continuó y se estiró—, esa desconfianza que te tienen también nos afecta a los demás. Pero a lo que viene todo esto es... a que esa plática que tuviste con ellos no se quedó ahí.

—¿A qué te refieres? —despertó de pronto mi curiosidad.

— Los cuatro integrantes de La Orden que están aquí en Roma se han encerrado en la Sala de Reuniones y han estado ahí todo el día hablando de no sé qué con otros países. Creo que planean algo contra Estados Unidos, Canadá, Alemania y, por increíble que parezca, también contra México. Estamos todos bajo la mira, aunque a México ya no halla mucho qué hacerle —bromeó y después continuó:

—Han estado en comunicación con unas personas, unos gringos, no sé quiénes; les exigen una explicación sobre cómo es que se salvaron y sobre dónde están Kara y Roth. Pero bueno, a pesar de todo, no los culpo. Tienen miedo y los entiendo. Pero esas personas con las que hablan saben absolutamente nada y no importa cuántas veces digan que no saben, no les creerán —hizo una corta pausa y siguió con aire afligido—. Después de un rato de insistencias las cosas se pusieron intensas:

empezaron a conspirar; amenazaron con ocupar las capitales de ambos países hasta que hablen.

—Eso es estúpido, ¡¿Por qué invadir naciones que se han salvado?!... ¡Más bien, que nosotros salvamos! —grité en voz baja.

—Sí, lo sé, es...

—¡Se han vuelto locos!

La gente alrededor nos miró despectiva. Él acarició mi mano.

—Lo sé, es absurdo, pero lo que quieren es asustarlos para intentar sacarles información, quieren saber cómo salvarse ellos también, pues están seguros de que esto aún no se acaba... Y la amenaza no fue sólo para esos dos países, también para Alemania: te relacionan con los ataques —se detuvo otra vez y tomó aire con pesar para después hablar:

—Parece que se viene una gran guerra en medio del desastre. Aún faltan quién sabe cuántos ataques y La Orden ya empieza a resquebrajarse. Ya no creo que nuestra ayuda sirva de mucho, al contrario, parecería que nosotros provocamos esto... ya sabes... por quedarnos con Meci —musitó con la mirada gacha, pegando su pecho contra la mesa y cruzándose de brazos.

Diego se equivocaba.

—Eso es una estupidez. Nosotros sólo ayudamos a esas naciones, ese es nuestro trabajo; fue lo que el mismo Meci nos pidió hacer y fue lo que hicimos. Que unos cuantos decrépitos estén desesperados por salvarse y estén dispuestos a derramar todavía más sangre por ello es problema suyo —me defendí con voz firme y áspera mientras golpeaba la mesa con ira contenida. Me enfurecía que La Orden quisiera destruir lo que nosotros habíamos rescatado.

—También es problema tuyo: eres parte de La Orden y eres parte de nosotros, y podrías de alguna forma contenerlos. Juegas para ambos "equipos" y sólo tú puedes detener esto —apuntó irguiéndose con mirada furibunda.

—Nadie puede detener a los miembros de La Orden, nadie. Si ellos de verdad creen que soy parte de la destrucción, del plan maestro que busca acabar con ellos, también lo pensarán de Canadá, de Estados Unidos y de Alemania, y una vez que una idea se les mete en la cabeza, sólo Víctor y mi padre juntos son capaces de persuadirlos, y como podrás ver, no están por aquí cerca. No hay nada que yo pueda hacer —contesté molesta.

La decepción en su rostro me golpeó rabiosa como un puñetazo directo en la nariz.

—No puedo, Diego. Que deba hacer algo no significa que pueda lograrlo, no cuando La Orden es la que se interpone —concluí abatida y dudosa.

Diego tomó mis manos con suavidad y, en un elocuente diálogo acompañado con una mirada despectiva, dijo:

—Sabes Katla... creo que el problema con el mundo es que los estúpidos están seguros de sí mismos y los inteligentes están llenos de dudas[2].

Se levantó lentamente sin perder contacto visual, taladró en lo más profundo de mi irritado orgullo y se alejó. Me quedé sola con un sentimiento de vacío, de ira y de impotencia contenida en medio de un aura desafiante.

El planeta comenzaba a creer que yo era la terrorista creadora de la conspiración y mis amigos, sobre todo

---

[2]   Bertrand Russell.

Diego, creían que era una estúpida e inútil; eso me dolía. Pero al mismo tiempo, irónicamente, ambos me necesitaban y exigían mi ayuda. No estaba segura de poder lograrlo.

13

14 de Septiembre. Roma.

PACIENCIA

☙

Las cosas en Estados Unidos no habían sido sencillas, el país menguaba. Había perdido su gobierno de la noche a la mañana y forcejeaba por evitar caer en la anarquía total. Todo miembro de su sistema gubernamental desapareció de forma repentina o fue encontrado muerto en baldíos o ríos sin causa aparente y no había opción más que escoger a alguien casi al azar para poner al mando.

Canadá pintaba el mismo panorama, pero superaron la crisis al aceptar a Henry como ministro mientras reedificaban su sistema político.

☙

Varick

Los miembros de La Orden permanecimos la mayor parte de nuestro tiempo en reuniones donde el tema reinante era La Segunda Invasión Superada; por lo general en busca de saber cómo es que esto había sucedido, pues los días pasaban sin que se lograra avance y las naciones implicadas se rehusaban a dar cualquier información sobre Kara y Roth, quienes desaparecieron el mismo día en que la Señal Global surgió. Era más que evidente que ellos sabían cómo evitar el desastre.

Víctor rara vez se presentaba en el edificio y jamás le dirigía la palabra a nadie; de Katla ni se diga: otro de los temas reinantes junto con su grupito, a quienes, como claros sospechosos de la conspiración, convenía mantener cerca.

Xia parecía fuera de sí. Amenazaba con "hacer lo necesario" para sacarle la verdad a los sucesores de Kara y Roth, hasta que éstos un día se ofrecieron a venir para compartir lo que sabían y podríamos entonces tener una chispa de luz que nos guiara. En lo particular, yo tenía fe en que así sería.

C8ЄO

Xia pareció satisfecha con la promesa de tener a personas que hablaran directo con ellos y no por medio de transmisiones. Eso la tranquilizó un poco, pero por desgracia, lo que nadie sabía, era que Xia tenía otro plan para conseguir a toda costa la salvación de su nación.

C8ЄO

∞

Diego

Nos sentíamos en plena confianza después de haber logrado detener la invasión a lo que quedaba del continente americano. Desde que regresamos nos dedicamos a descansar, a relajarnos y a practicar unas cuantas tardes el control de los androides. Casi nunca nos quitábamos las placas de la cabeza. Incluso algunas veces olvidaba que las traía puestas; se volvieron algo cotidiano.

A pesar de sentimientos, ideas e intereses encontrados el grupo permanecía unido tras la victoria en Washington. Sin embargo, aún había pequeños roces entre Tara, Jessica y se incluyó también Sofía a sus pleitos, a quienes ahora Andrés y yo entendíamos, pues nuestra amistad se había cuarteado. Katla pocas veces hablaba, se limitaba a mirarnos y de vez en cuando decir algún comentario insulso. Cabe mencionar que de pronto empezó a pasar mucho tiempo con Andrés. Supuse que pensativa, preocupada y ofendida por lo que habíamos platicado el otro día en el restaurante se había alejado de mí y entonces, sin olvidar el beso en la pirámide, terminó por refugiarse en Andrés.

«Quizá fui demasiado duro con ella…».

Pero ver que nunca hacía nada para ayudar, ni a nosotros ni a La Orden como la representante de Alemania, me obligó a decírselo.

Lo único que hacía era sentarse a meditar y darnos órdenes. Jamás había luchado y nunca había usado su androide por más de cinco minutos continuos. A ella que la veíamos tan fuerte y sólida, tan firme y poderosa como a una hermosa líder, no era más que una delicada y frágil niña cada vez más inútil.

Por otra parte, las cosas entre los miembros de La Orden cada día se ponían más tensas. Víctor estaba desaparecido y hacía semanas que no lo veíamos. Sabíamos por medio de Katla que La Orden provocaba a los Estados Unidos, a Canadá y a ella misma para hacer algo, algo que les diera a los demás miembros una razón, por más mínima que fuera, para ser excluidos de la poderosa organización. Si los echaban tendrían la libertad absoluta para atacar esas naciones con el fin absurdo de sacarles la "verdad", verdad que ninguno de ellos conocía. La Orden, al caer presa de su propio poder, desplegó amenazas, repartió culpas a diestra y siniestra y empezó a perder control sobre sí misma. Al poco tiempo el brillo de la más grande y magnífica organización humana fue opacado, generándose paulatinamente más enemigos. Éste era el segundo peligro más inquietante, desafiante y grave al que se enfrentaba el planeta. Pero claro, si esto ocurría… bueno, ya no tendríamos que preocuparnos por las invasiones.

Finalmente, representantes de Estados Unidos y Canadá serían enviados en un par de semanas para dialogar con La Orden. Esta vez ella, Katla, no había sido invitada, ni siquiera tomada en cuenta y nos confesó que se había vuelto un fantasma para La Orden. Como dije antes: cada vez más inútil.

∞

1 de Octubre, Roma.
8:00am

Diego

En la habitación estábamos todos esperando que algo ocurriera. Había transcurrido un mes y era casi seguro que este día aparecería una nueva y estaríamos otra vez contrarreloj, en peligro. Pero aún no se había detectado la Señal y Meci permanecía dormida.

Un par de horas más tarde, Meci cobró vida e hizo su elegante y perfecto ritual de ensamblaje con el zigzagueante humo dorado que se elevó de nuevo sobre él. Todos, que permanecimos en silencio alrededor de la mesa, dimos un súbito respingo al verla reaccionar; tan emocionados como temerosos, listos para leer el nuevo código y poner en marcha nuestras cabezas, nos aproximamos.

Aparecieron las letras rojas entre el humo:

"Disculpen"

—No hay cuidado —absolvió Jessica con voz dulce. Parecía tranquila y segura de que descifraríamos el código tan fácil como la primera vez.

"La Señal ya corrió por el planeta, sin embargo, ha sido modificada"

— ¿Y eso qué significa...? —preguntó Katla con clara preocupación en su mirar. Las palabras se disolvieron para formar a toda velocidad una nueva oración:

"No me es posible descifrarla"

Ω

Diego

Los siguientes días nos dedicamos a entrenar con el androide, lo que se volvió monótono y hasta cierto punto aburrido. Ya del todo acostumbrados a ellos podíamos armarlo y desarmarlo bastante rápido y manejarlos con facilidad. Meci aún no nos daba el código, y sin embargo el día de la invasión se acercaba.

Los días siguieron su marcha asidua y árida, sin novedades.

Todavía no sabíamos dónde era el siguiente ataque; ni siquiera sabíamos el código. La desesperación, angustia e impotencia nos consumió a todos, poco a poco, a cada segundo un poco más.

∞

7 de Octubre. Roma.
11:00am

Diego

El día llegó.

La desesperación e incertidumbre a lo largo de vanos días de espera a todos nos desgastó terriblemente. Nadie pudo dormir aquella noche, ni la anterior, ni la previa, excepto Andrés.

Reunidos en la habitación central nos apoltronamos en los sillones, extenuados en lo físico y en lo mental, pero sin poder relajarnos en absoluto; arruinados y exasperados, sin conciliar el descanso, con la inseguridad tormentosa del futuro cernido sobre nosotros, nos consumió desde dentro la irresolución inmarcesible del presente a la expectativa, con el deseo de que la pirámide, que había permanecido ociosa tanto tiempo, se encendiera y nos diera algo que hacer. Nunca imaginamos que no ver el hermoso humo dorado danzando y las elegantes oraciones rojizas nos afectaría tanto.

—¡¿Cómo puede estar durmiendo?! —gruñó Sofía de pronto, enfurecida al escuchar los plácidos ronquidos de Andrés que indicaban el disfrute de un sueño pacífico.

—Maldita sea, alguien despiértelo —pidió Tara inexpresiva a voz apagada escondida tras un cojincillo al que abrazaba casi sin fuerzas.

—Es un idiota —declaró Jessica, ojerosa.

—El que nada sabe nada teme[3] —bromeé en un vano intento por amenizar un poco.

De pronto, tan repentino como el cruce de una estrella fugaz por el cielo nocturno, esa mañana Meci revivió, y con ella, nosotros.

"Tienen poco tiempo"

Fueron sus primeras palabras.

«No me digas…».

Nadie habló. Aunque queríamos saber la razón de la tardanza, no hubo pregunta alguna. Esperábamos el código con urgencia.

"La señal tenía grandes modificaciones en
sus datos que me impedían leerla"
"Debía encontrar su significado y crear el
código de acuerdo con su localización"

Ahora sabíamos el porqué de la demora, que generó otras preguntas: ¿Por qué y cómo es que la Señal mutó?

"Finalmente logré descifrarla"

Sin más, nos dio el tan ansiado código:

"La tierra que vista desde arriba y abajo resguarda
la pierna y el pie; este día de mala suerte es un
conocido tan cercano como desconocido"

---

[3] Sócrates.

—¡Esto es una estupidez! ¡Estás viendo que no hay tiempo y tú vienes con tus pinches juegos! ¡¿Por qué chingados no nos dices en dónde y ya?!... mierda —protestó Sofía gimoteando y agitando los brazos desesperada. Nadie la contradijo, el código por sí mismo era una sandez.

—"La tierra que vista desde arriba y abajo resguarda la pierna y el pie; este día de mala suerte es un conocido tan cercano como desconocido" —repitió Katla en un murmullo para sí, parada frente a la mesa de cristal. —¿Alguien tiene alguna idea, por mínima o ridícula que ésta sea? —preguntó como implorando que alguien rompiera el mutismo. Debíamos apresurarnos, teníamos menos de una hora para desactivar el mecanismo.

—¿Andrés...? —éste, que ya había despertado, se encogió de hombros guardando silencio por primera vez.

—¿Sofía...? —negó furiosa con la cabeza y dio la espalda a Meci.

—¿Tara? ¿Diego...? —ambos respondimos en una mueca como diciendo *"lo siento"*, con las palmas hacia arriba.

—Jessica... tú siempre tienes buenas ideas. ¿Qué piensas?

Jessica concentró su mirada en el código y pareció desmenuzar algo escondido en él. Lo leyó con aire resuelto, ya tenía la respuesta:

—No, no sé... podría ser... ¿Un país donde se cuiden los pies? —dijo con una sonrisa leve, encogida de hombros y cabeza ladeada.

Las placas en sus sienes resplandecieron de pronto al mover su cabeza. Sólo ella y Katla las tenían puestas.

«Estamos perdidos», suspiré derrotado. No había *búnker* para nosotros y quién sabe si los androides aguantaran semejante azote.

—Yo… yo pienso que puede ser algún país Africano… —opinó Katla recargada en la mesa mirando hacia el suelo a través del cristal.

— ¿Por qué? —preguntó Jessica.

—Meci nos da los acertijos según dónde estamos y según quienes somos. Si es así, África queda cerca y creo que, aunque sabemos su nombre y ubicación y todo eso, en realidad nadie lo conocemos bien.

—Eso completa la parte de "… conocido tan cercano como desconocido", pero qué hay de lo demás— preguntó Andrés, usando la razón por primera vez en un destello de atención en la situación. Todos le dedicamos un gesto de sorpresa.

—No lo sé.

— ¿Y si le preguntamos a Meci? Quizá nos pueda dar pistas —continuó Tara. Las palabras se esfumaron en el humo, como si hubiera escuchado y ahora esperara preguntas. La idea me parecía buena.

—Bien… emmm… ¿Qué preguntamos? —vaciló Jessica mientras se levantaba de su sillón acercándose a la mesa.

—Veamos qué nos puede responder… Meci: El país… ¿está cerca de aquí? —preguntó Katla. Al instante en el humo se dibujó:

"*Sí*"

Ver una respuesta concreta de Meci fue en verdad muy reconfortante.

— ¿Nos puedes dar otra pista? —preguntó Jessica.

"*No*"

—De acuerdo… —continuó Katla— ¿Está al sur de nosotros? —preguntó con su teoría en mente de que podría ser África.

"*Sí*"

—Ahí está, les dije —espetó con un dejo de conformidad.

—Pero todavía no sabemos dónde —continuó Jessica.
—Debe ser la capital —dijo Sofía— ¿lo es? —
preguntó a la pirámide.

"Sí… es una capital"

Esa respuesta parecía venir aderezada con burla y
desesperación por parte de la pequeña pirámide, una
insinuación a sus descifradores de ser unos idiotas.

—¿Aun así, a dónde deberíamos ir? Yo no conozco
nada sobre África —comentó Tara al levantarse y dejar su
preciado cojín a un lado.

—Bueno, pero ya sabemos a dónde ir —dijo
Andrés tranquilo y cómodo para conciliar el sueño de
nuevo. Jessica le propinó un fuerte manotazo al verlo
acurrucarse.

—Me parece bien —comenté recostándome con calma
en el sofá.

Un silencio frío se apoderó de la habitación. Teníamos
nuestro destino, pero el cual no nos convenció del todo.
Sabíamos que si íbamos a ciegas, podríamos estar rumbo
a una nación equivocada y que, a pesar de que no fuera
el lugar donde estuviera el mecanismo que detuviera el
ataque, sí podría ser uno de los atacados.

— No… no creo que eso sea. No tiene sentido, no
concuerda con el código —cedió Katla luego de un
rato. Parecía más concentrada de lo normal, pero al
contradecirse y dudar de sí misma, mostró otra vez gran
confusión.

Las respuestas de Meci indicaban que tenía que ser
la capital africana, o en todo caso Palermo en Sicilia al
sur de Italia. Pero el código no concordaba del todo con
ninguno.

De pronto, tocaron a la puerta.

14

MOMENTO

Varick

Llegaron cuatro jóvenes por la mañana: Kim y Scarlett Bender y Mike y John Nix, hijas de Kara e hijos de Roth respectivamente.

Xia estaba impaciente, muy exasperada. No se anduvo con rodeos y deseaba hablar de inmediato con ellos, por lo que trajeron a los cuatro jóvenes al encuentro con los miembros de La Orden en una reunión cerca del medio día. Esta vez Víctor estaría presente.

A pesar de ser los cuatro tan jóvenes, se mostraron tranquilos y sin una pizca de angustia. Kim era idéntica a su madre, una pequeña de apenas unos catorce años. John también era de esa edad. Sus hermanos, Scarlett y Mike, eran mayores, quizá de la edad de Katla.

Xia, que quería que la reunión se llevara a cabo en el anfiteatro, nos asignó asientos a cada uno en el anillo más céntrico con la intensión de intimidar a los muchachos. Días atrás inició con ciertas actitudes muy arrogantes y soberbias con las que parece querer tomar el control de La Orden ahora que Víctor desaparecía al igual que Hahn (padre de Katla), quienes asistirían a esta reunión en secreto.

Ambos, con la promesa de todavía no decir nada a nadie, me revelaron alguna información sobre lo que sucedía, cosas nuevas de las que no todos estábamos enterados, algunos posibles planes que tenían en mente y en lo que sus hijas estaban metidas. Me sentí reconfortado y aliviado de tanta incertidumbre, de tanta impotencia e ignorancia que habían calcinado mis nervios durante todo un mes. Por alguna razón sólo en mí habían confiado y estaba deseoso de saber el porvenir de todos nosotros.

Los jóvenes americanos se detuvieron en el centro del auditorio, nos observaron a cada uno de nosotros con firmeza y caras inexpresivas. Xia, sin levantarse, habló:

—Hagamos esto rápido. Sólo digan lo que saben con respecto a las invasiones a sus países y la desaparición de sus padres.

—Sabemos tanto como ustedes —musitó Scarlett impertérrita, quien tomó la iniciativa con rapidez y sin titubear.

—No creo que sepan que… de lo que digan justo ahora, en esta reunión, en este preciso instante… —enfatizó Xia la última parte— … depende el futuro de ustedes y de sus naciones. Será mejor que nos digan todo y tal vez así los deje ir.

—No venimos a negociar sobre la soberanía de nuestros países ni tampoco sobre nuestra libertad —aclaró Mike con firmeza y clavó una mirada impasible en Xia, que resopló burlona:

—¡¡Entonces a qué han venido!?

—A tratar de ayudar a resolver esta situación —contestó Mike.

—¿Y cómo pueden cuatro mocosos ayudarnos a *"resolver la situación"*? —continuó Xia con aire socarrón y despectivo. Nunca la había visto actuar así. —Si no está dispuesta a dialogar como seres civilizados, hemos venido en vano —atacó Kim. Al escuchar a la pequeña decir esas palabras con tal frialdad me di cuenta de que sabían muy bien a lo que se enfrentaban al venir y que no se dejarían intimidar por un montón de viejos asustados. Víctor, Hahn y el resto de nosotros nos habíamos equivocado con respecto a aquellos chicos.

—Te pido que trates a nuestros invitados con mayor cortesía, Xia —habló detrás de mí desde la tarima más alta, resonando entre las sombras, una voz grave y sólida de acento alemán.

—¿Hahn? —preguntó ella, exaltada y preocupada cambió su semblante autoritario a uno sumiso cual pequeño cachorrillo. Lo buscó entre la oscuridad con ojos sobresaltados y temerosos, al igual que los demás miembros—. No tienes derecho a opinar… —continuó Xia, trémula, pero tratando de recuperar su tono déspota cuando Hahn la interrumpió.

—… ¡¿a opinar?! ¡Si hubieras sabido que yo vendría me habrías colocado al centro del matadero del mismo modo que a estos chicos en un intento fútil de intimidarme! Te recuerdo además que soy miembro de La Orden tanto como lo eres tú y tengo el mismo derecho de opinar y decidir.

Los ojos de Xia viajaron por el rostro de los miembros y al dar conmigo se encontró con el único gesto calmo a diferencia de los otros, sorprendidos y confundidos. Me lanzó una mirada furibunda y acusadora estrujando sus puños con fuerza sobre la mesa al intuir de inmediato que yo sabía sobre la presencia de ellos, que fui yo quien los metió en secreto a su conferencia.

—Parece que la ausencia de Víctor y la mía han causado que el objetivo de La Orden mengüe... —continúo Hahn levantándose de su lugar al mismo tiempo que lo hacía Víctor a su lado— ... es por eso por lo que hemos venido ambos esta mañana para hablar lo más claro posible con todos, incluidas estas hermosas chicas y apuestos jóvenes, para decidir el rumbo que tomaremos: todos en conjunto o cada quién por su propio camino —Víctor y Hahn, el germano cojeando como siempre, bajaron mientras el retumbar de sus palabras penetraban los oídos de los asistentes apesadumbrados.

Ambos emitían una esencia de gran autoridad, de gran poder; provocaban en el resto admiración y respeto. Los asientos rechinaron nerviosos al roce entre las telas de las butacas y sus ocupantes que inquietos rectificaban su posición, especialmente Xia.

Víctor y Hahn se detuvieron en el centro junto a los muchachos.

—Comprendo que algunos de ustedes, de los ausentes y también de los que no pertenecen a La Orden, han tomado ya sus respectivas decisiones —declamó Hahn alzando la mirada hacia el techo.

Las pantallas del auditorio se encendieron una a una de manera gradual hasta que pronto estuvieron todas disponibles e iluminaron exiguas el ambiente lóbrego. Eran decenas y decenas de hologramas en los que surgieron inscritos los nombres y nacionalidades de los personajes que en cada uno aparecía. Pude reconocer a los gobernantes de Brasil, Venezuela, Colombia, entre otros americanos cuyos países ya habían sido destruidos; a algunos gobernantes de países africanos; además al de España, Dinamarca, Suiza, Holanda, Polonia, Turquía, Irak e Israel, la India, Japón, ambas Coreas, Rusia y muchísimos otros que no conocía. Keters, presidentes, ministros, Realeza, etcétera, todos reunidos en un mismo lugar.

—Este día… este día decidiremos el porvenir del mundo, de la raza humana. Cada uno tiene una propia percepción de la realidad. Aún se desconoce sobre los responsables de los ataques globales y, probablemente, no se sabrá de ellos. Sólo podemos suponer que éstos continuarán, pues es bien sabido que otra Señal se ha propagado… —comenzó a hablar Víctor frente a todos con gran fiereza—. En lo personal creo es ilógico pensar que dos o tres naciones sean las responsables de lo que ocurre en el planeta. Pero estamos hoy todos aquí, todos bajo las mismas circunstancias, todos bajo la misma presión y todos bajo la misma angustia.

»Creo que deberíamos unirnos en uno solo para combatir esto y superarlo, dejar a un lado nuestras diferencias, superar nuestros conflictos personales para en conjunto salir adelante como siempre hemos hecho, de lo contrario, todos colapsaremos por igual.

Se sintió un extraño ambiente en el auditorio y las palabras de Víctor, que golpearon a la audiencia como corpulentas olas al acantilado, me reanimaron el espíritu.

Me inspiró a ser parte de ese grupo, del grupo que acabaría con los que amenazaban la estabilidad y la paz logradas antaño por La Orden, que pusieron a todos en contra de todos, que extinguieron el diálogo y encendieron las armas, responsables de que la humanidad estuviera al borde del cataclismo una vez más. Por mi mente cruzó un sentimiento hermoso de alivio y un gran sosiego al vislumbrar un momento decisivo en que toda la humanidad podría unificarse por fin en una sola, sin divisiones raciales, sociales, económicas, territoriales, militares ni religiosas.

«¿Será posible?».

Me sentía como un niño a punto de abrir una enorme caja de regalos.

—Les pido a todos que en este momento hagan saber su decisión, de la cual depende el futuro de todos —pidió Hahn con firmeza.

La oportunidad del planeta se manifiesta en este preciso instante. Sin importar dónde estás, qué estés haciendo o con quién estés, las decisiones que cambian al mundo se presentan a cada instante.

El momento había llegado, un escalofrío recorrió todo mi cuerpo y contuve el fuerte impulso de hacer saber mi decisión de inmediato.

—Hahn, de Alemania y yo, de México, continuaremos adelante con La Orden de las Siete Naciones. Hasta el final —. Víctor aseguró con vehemencia al dar un paso hacia adelante junto con Hahn. En las pantallas los mandatarios confusos e indecisos asintieron, otros negaron y otros permanecieron inexpresivos.

Al instante todos los miembros de La Orden tomamos nuestra elección, nos mantuvimos dentro de la misma al elegir la única opción que representaba una verdadera forma de salir adelante, todos excepto Xia:

—La Orden ha perdido… cómo decirlo… sus valores y principios; es un caos irremediable —habló ella con menosprecio—. Retiraré mi servicio del mando de La Orden y me prepararé para hacer lo que sea necesario para que los traidores hablen —espetó con una frialdad que ahogó el lugar bajo un silencio desquiciante. Después siguió con aire petulante:

—Verán. Los grandes problemas de esta época no se resuelven con discursos o votaciones mayoritaristas, sino a sangre y acero… —se levantó lentamente, sublevándose, y dio la espalda al mundo al mismo tiempo en que vomitaba una mirada fulminante contra Víctor y Hahn.

—¿Dices que quieres una guerra? —preguntó Hahn en tono pacífico.

—Si es necesario, sí —contestó beligerante.

—Una guerra necesita de una razón que continúe siendo válida aun después de que la guerra haya concluido[4] —contraatacó Víctor de manera magistral. De pronto pensé en que si se desataba esta guerra, no quedaría ningún *después*. Pero sin importar esto:

—Estoy con ella —interrumpió el ruso enseguida. Basta que una célula se enferme para esparcir el cáncer por todo el cuerpo:

—Y yo...

Como un virus que se multiplica comenzaron a unirse a Xia los de las pantallas restantes. Aterido por la frustración, mis esperanzas se resquebrajaron en un santiamén, mi espíritu desmoralizado por completo cedió su lugar a un temor extenuante que destrozó el ímpetu: la humanidad estaba dividida, por ende condenada, aún más ahora que la reconciliación consigo misma acuciaba, pues resulta que cuando más necesita de sí, es ella la que se convierte en ejecutora de su propio abandono.

—Explícate, a qué te refieres con "me prepararé" —pidió Víctor inmutable.

—Pronto... —habló la mujer—, un ataque se llevara acabo de nuevo —declaró en voz seria, casi condenadora, y con un movimiento de su mano hizo correr un video en una pantalla frente a ella que se transmitió también al resto de los espectadores:

El video tenía fecha del 1 de Septiembre, día en que apareció la segunda Señal Global; 8:55 horas, pocos minutos antes de que ésta emergiera. Una nave de La Orden despegó y salió del terreno del Edificio donde nos encontrábamos con dirección suroeste (México).

---

[4]   Karl Heinrich Marx, filósofo, intelectual y militante comunista alemán de origen judío.

La imagen se cortó y en la siguiente toma, del 2 de Septiembre en la madrugada, 01:28 horas, la misma aeronave regresaba aquí.

De nuevo cambió, en la siguiente escena se vio, fechada el 7 de Septiembre, el día del ataque por la mañana, misma en la que el caza militar salió de nuevo del emplazamiento cede de la Orden, esta vez hacia el oeste (Norteamérica). En la siguiente secuencia a las 06:25 horas observamos al avión aterrizar en una zona boscosa de Washington en Estados Unidos y seis personas salir de él que corrieron hacia la capital norteamericana. Cuatro mujeres y dos hombres; no se distinguía bien quiénes eran.

La proyección corrió en cámara rápida durante unos segundos y luego se detuvo a las 12:35 horas del mismo día, después de que Estados Unidos y Canadá dieran a conocer la noticia del ataque inmune, de los daños materiales menores y de que el informe recorriera el mundo entero. Los mismos seis volvieron a la nave que despegó rumbo al este (Europa). La cámara cambió de nuevo: a las 06:55 de la mañana del 8 de Septiembre aterrizaron en el terreno del Edificio.

—Supongo que se preguntan: ¿Quiénes son ellos? ¿Quiénes son esas personas que, por lo que podemos ver, son autoras del acto terrorista? —narró Xia fingiendo voz de suspenso mientras el ángulo de la filmación se modificaba.

Esta vez era la perspectiva de una cámara de vigilancia en el centro de la ciudad de Washington, una que apuntaba hacia la piscina entre el Lincoln Memorial y el Monumento a Washington. La hora era las 12:02, medio día: las mismas seis personas que bajaron de la nave en el bosque, salieron volando de entre las agitadas aguas de la piscina, se levantaron, corrieron y volvieron a lanzarse al suelo justo en el momento en que los jardines frente al obelisco, al Capitolio y a la Casa Blanca se elevaron, se arquearon en un enorme domo y en una poderosa explosión escupieron una gran llamarada de fuego que cegó el video. Al recuperarse de nuevo, ésta dejó ver el enorme cráter que quedó tras el estallido. La grabación, haciendo interferencia, giró hacia donde estaban las personas que habían salido del monumento e hizo un acercamiento hacia éstas, que se levantaron con pesadez y se alejaron. Antes de desaparecer del rango visual de la cámara, la imagen se congeló.

«¡Oh… por… Dios!», exclamé para mis adentros con la boca abierta.

La sala se abatió en un tumulto de murmullos violentos, confusos y angustiados que cargaron el aire con un maremágnum de duda e incertidumbre, de desasosiego y resentimiento. La gente se batió en silenciosos duelos verbales por la razón y premios de consolación autocomplacientes durante unos segundos de expectación profunda, sin que nadie supiera realmente qué decir.

— ¡Lo sabía! —logré escuchar decir a más de uno de entre los que se sugerían conocedores de la verdad. La piel se me enchinó. Sin dar crédito a lo que veía, desvié la mirada y cerré los ojos, desconcertado, desconsolado al ver en la pantalla a dos jóvenes mujeres que identifiqué de inmediato. La imagen no era muy clara, pero indiscutiblemente eran Tara y Katla.

15

7 de Octubre. Roma.

11:40am

INCULPADOS

Tara

«No hay tiempo. ¡Hay que salir de aquí ya!», despotriqué en mi mente.

Aunque descifráramos el incoherente y estúpido código, no alcanzaríamos a llegar al lugar a tiempo para desactivar el ataque.

Alguien tocó a la puerta.

— ¿Quién es? —preguntó Katla.

Nadie contestó.

Nos miramos unos a otros, asustados y agitados. Ninguno se movió. Tocaron de nueva cuenta, esta vez con mayor empeño.

— ¿¡Quién es!? —volvió ella a preguntar acercándose con precaución hacia la puerta. Giró la manija, apenas un poco. De pronto con un golpe se abrió de par en par aventándola hacia atrás y ella tambaleó a punto de caer. Un enorme hombre de cabeza calva con traje estaba frente a la puerta.

—Vengo para llevarlas al anfiteatro —anunció con aire frío, seco y mecánico. Inexpresivo tras sus lentes oscuros cubriendo sus ojos entró en la habitación.

«¡Meci!».

Alarmada giré de inmediato hacia la mesa de cristal: la pirámide ya no estaba. Andrés la había tomado y escabullido en el bano con gran diligencia.

«Muy inteligente y oportuno para ser él», pensé asombrada.

—No tenemos tiempo para eso —le afirmé al tipo.

—Son órdenes directas de La Orden —replicó mientras dos hombres más aparecían a sus espaldas y entraron con la misma actitud prepotente mecanicista. Se acercaron a una velocidad contrastante con su gran tamaño y sin darnos tiempo a reaccionar ni decir nada más, nos agarraron del brazo a Katla, Jessica y a mí y nos obligaron a salir. Subimos forzadas por ellos y entramos en el aula.

El intenso barullo se silenció al instante en que aparecimos. La escena medievalezca que había dentro hizo que mi corazón se acelerara y con el alma en un hilo tragué saliva en el intento de deshacer el nudo que enmarañaba mi garganta.

El padre de Katla y el mío estaban de pie en el centro junto con otros cuatro muchachos, desconocidos, todos calmos e inexpresivos. Alrededor de nosotras, en la primera tarima, estaban sentados los miembros de La Orden; el resto del auditorio se encontraba cubierto por muchísimas pantallas en las que se veía en cada una el rostro de alguna persona, la mayoría con miradas febriles que con asco pulverizaron y reprobaron nuestra presencia.

Parecía que entrabamos a un tribunal de ejecución con nosotras como las acusadas y el juez estaba a punto de dar su veredicto; ella, nuestro verdugo asiático vestida de rojo, permaneció de pie con su típico semblante arrogante y de brazos cruzados.

Nos detuvimos en el centro de la cámara cerca de nuestros padres, quienes no mostraron ni la más mínima señal de preocupación y nunca parecieron tener intensión de voltearnos a ver.

Jamás en mi vida había estado tan nerviosa. Me sentía en otra dimensión o como si estuviera inconsciente y mi cuerpo respirara, mi pecho agitado latiera y mis piernas inseguras caminaran con movimientos automáticos mientras mi mente permanecía dispersa en otro universo.

—Mira eso —susurró Katla entre dientes; Jessica también lo veía.

Entorné los ojos. No había notado la pantalla en el centro, por arriba de Víctor y Hahn, que proyectaba una imagen congelada en la que aparecíamos Katla, Jessica y yo.

«¡No puede ser!».

Un intenso pánico sacudió mis entrañas y al instante se propagó hasta mis extremidades que incontrolables comenzaron a temblar.

—Por favor: Katla, Tara y… tú, como te llames, ¿pueden explicarnos eso que estamos viendo? —escuché que preguntaba Xia con ímpetu.

De inmediato y sin pensar abrí un poco la boca para responder, pero no pude hablar, no generé ningún sonido; tenía la boca seca y arenosa como un desierto.

—Estábamos en el lugar y momento equivocados —aseveró Katla con tanta seguridad que noté cómo todos, sobre todo Xia, se sorprendieron con tal respuesta—. Fuimos de visita. Pero cuando notamos algo raro en el suelo corrimos, y eso es lo que están viendo, nada más —continuó ella la explicación segura de sí, inexpresiva, con sus ojos clavados en los de la mujer de rojo. Incluso pareció convencer a algunos.

—Por supuesto… porque lo más correcto y normal es usar una de las naves militares más poderosas del planeta para ir de paseo —se mofó Xía. Algunos de los presentes dejaron escapar una risa contenida.

—Mi padre y mi país han dado mucho a La Orden, al mundo entero, y como miembro activo de la misma, tengo el derecho a usar las instalaciones y el equipo que considere convenientes —rebatió, pero, aunque tenía razón, hasta yo pensaba que no había sido muy buena idea andar por ahí en un poderoso avión militar.

—Está bien, supongamos que así es. Fueron a pasear, pero… ¿Justo el día del atentado? —preguntó la mandataria china recargada con ambas manos sobre la mesa y una mirada sospechosa que saltaba de Jessica a Katla, una y otra vez.

«¡Las placas!».

Se cortó mi respiración y mi corazón latió tan atropellado y fuerte que pude escucharlo retemblar en mis oídos.

—Ya habíamos detectado la Señal y queríamos conocer esa capital antes de que pudiera desaparecer. Además, toda atracción turística estaría libre. Era el día perfecto… —devolvió el sarcasmo. Nuevas risitas disimuladas se escucharon a lo lejos.

—¡Estás diciendo que América sería atacada! ¡Esto claramente indica que tú sabías bien que Estados Unidos sería el objetivo! ¡Lo que nos lleva a la única conclusión: son ustedes las autoras de estos bestiales actos! —estalló Xia en un enérgico berrinche, golpeó la mesa y luego nos inculpó con el índice apuntado hacia nosotras como si fuese un arma a punto de ser disparada.

—¡El "objetivo" podía ser cualquiera! —Katla desesperó— ¡¿Cómo sugieres que seamos nosotras las mentes maestras detrás de todo esto?! ¡Te has vuelto loca!

De varias partes del auditorio llegaron tenues abucheos y quejidos incrédulos: en verdad nos creían responsables.

—¡Tenemos las evidencias niña...! —exclamó la gobernante de china iracunda haciendo referencia a la grabación.

—¡Que no muestran más que nuestra inofensiva presencia en el lugar! ¡Y al contrario! ¡Más bien demuestran tu ineptitud para pertenecer a esta Orden al presentar este video engañoso sobre una supuesta conspiración de la que buscas inculparnos! —Katla la frenó de inmediato con el mismo aire furioso en los ojos y logró hundir las miradas de todos en una atmósfera de desconcierto. Tras un breve momento de incertidumbre:

—Resulta muy conveniente que seas parte de "esta" Orden, lo que te da acceso a todo tipo y cantidad de información que desees, suficiente para que... —rebatió la asiática al respirar profundo con un cambio súbito en el gesto, ahora apacible; pero la intervino la alemana, tajante y despectiva:

—Suficiente para saber pensar y actuar de acuerdo con los hechos en vez de acusar y confabular tras bambalinas en un acto desesperado de cobardía ante la impotencia que ahora te consume por dentro.

El jurado pareció empezar a cambiar de opinión. Pero nadie dijo nada por un largo minuto. Mi padre, y sobre todo Hahn, pintaron una sonrisa sutil en los labios. Todos la teníamos al ver a Katla derrotar por completo a la oriental pretenciosa.

Eran las 11:50 de la mañana. La sirena comenzó a sonar a la distancia.

—Bien, déjenlas ir —ordenó Xia, alterada por la falta de argumentos y por el sonido.

«¡Uuufff! ¡Nos salvó la campana!» grité aliviada en mi mente.

Por primera vez escuchar esa endemoniada sirena me alegró. Teníamos que regresar con los demás y decidir qué hacer. El tiempo corría, no teníamos respuesta a la clave y el ataque ya estaba en camino.

♌

Diego

Tara, Jessica y Katla salieron de la habitación y los hombres cerraron la puerta tras ellas.

—¿Qué hacemos ahora? —preguntó Sofía intranquila.

—Pues qué más... salir de aquí —afirmó Andrés al salir del baño. Había estado muy vivo y pensando con claridad desde que cumplimos la primer misión, desde que Katla lo besó.

—Sí, tienes razón, debemos movernos, salir de aquí cuanto antes —convino mi hermana.

—No vamos a dejarlas —contesté.

—El tiempo se nos acabó, ya no hay nada que podamos hacer. Dentro de muy poco caerá el infierno sobre la tierra otra vez y debemos alejarnos lo más que podamos de la ciudad. ¿O quieres esperar aquí y probar suerte? ¿Quieres volver a vivirlo güey? —inquirió Andrés.

Sofía negó en un gesto gracioso con las manos entrelazadas al pecho y con cara como de muerto. Yo no contesté. En el fondo sabía que era un caso perdido discutir con él.

Pasamos un largo rato en silencio. Andrés iba y venía alistándose para partir, en contraste con Sofía que permaneció estática en su lugar siguiendo los movimientos apresurados de él con la mirada. Después, desde afuera, un irritante sonido invadió el Edificio y estremeció nuestros sentidos: la alarma resonó a lo lejos.

—De todas formas tenemos que esperarlas —declaré exaltado, pero para intentar mantener la calma, me recosté en el sofá.

Sofía se sentó junto a mí, trémula, con ambas manos en su barbilla, ojos puestos en la puerta con profunda angustia y con agitación expresada en su pierna bamboleante. Andrés interrumpió sus tareas y se hundió en un sillón.

«Espero que no tarden mucho o…», mi imaginación voló con las posibles consecuencias de permanecer inactivos.

Esperamos unos interminables minutos sin siquiera movernos, el eco de la sirena aullando desde el fondo se alió con el agobiante silencio en la habitación para conjuntar una mezcla insoportable de tensión y temor.

«Meci nos da los códigos según donde estamos…», intenté distraerme de aquel maldito ruido.

—¡Ese pinche sonido me pone muy, muy, muuuy nerviosa! —soltó Sofía poniéndose de pie con violencia y comenzó un vaivén de un lado al otro de la habitación con sus tics multiplicados, a cada segundo más acrecentados.

«"La tierra que vista desde arriba y abajo resguarda la pierna y el pie; este día de mala suerte es un conocido tan cercano como desconocido"» repasé en mi cabeza.

«Qué idiotez. ¿Cómo puedo ver la tierra desde abajo?».

Veía el techo con ojos distraídos. Mi pensamiento estaba concentrado en la frase y se esforzaba en ignorar la sirena.

—¡Diego, por favor, larguémonos ya! —gritó Sofía crispada.

«La bota en el techo», noté de pronto al parpadear.

Comencé a divagar con la vista perdida en la "bota" que había visto el día que llegamos. De pronto: «¡No mames!». Un fuerte sentimiento de claridad recorrió mi espalda. Me levanté como un resorte y observé más de cerca la figura en la techumbre. «¡Es tierra! ¡La maldita textura del techo es áspera, parece tierra vista desde abajo"! ¡Y la bota! ¡La cosa sobresaliente tiene forma de bota! "Tierra que resguarda la pierna y el pie" ¡Es una bota! ¡Una pinche bota!». Conforme mis nociones aceleradas y mal expresadas se acumulaban y encajaban en su lugar, como piezas de rompecabezas, y mis abstractas concepciones corrían a toda velocidad hilando la respuesta del mugroso acertijo, me llegó un súbito embate de aflicción y terror.

«"Este-día 13"… Día 13, día de mala suerte… conocemos que existe ese lugar, pero jamás hemos entrado: "tan cercano como desconocido"… ¡Está aquí!», intuí perturbado y desganado.

Recordé ese mismo día en que me percaté del techado cuando Víctor bajó a ese sótano. Aparte, cada que bajábamos por el elevador, siempre veíamos sin observar el botón en el ascensor.

«Puta madre… ¡¿Significa que…?!», mis ojos se ensancharon pavorosos.

De repente se abrió la puerta de par en par. Las tres musas habían regresado.

—¡Todos tomen sus placas y vámonos de aquí, ya, ya! —ordené en un grito y todos me miraron sorprendidos e incrédulos; Sofía, aliviada.

—Carajo —nadie movió un músculo— ¡Ahora! —agarré a Katla de la mano, jalé de ella hacia la puerta y salimos de la habitación apenas unos pasos por el pasillo.

—¿Qué te pasa? —me preguntó con desdén, soltándose de un tirón.

—"La tierra que resguarda la pierna y el pie, visto desde arriba", es una porción de tierra en forma de bota: Italia —todos escucharon admirados e impresionados bajo el dintel, pero de inmediato noté en sus ojos a la excitación desaparecer sustituida por un pánico que invadió todas sus expresiones.

—¡Es aquí, quizás aún podamos lograrlo! —soltó Jessica temerosa pero un tanto optimista mientras los demás, excepto ella y Katla que ya traían sus placas, volvían a la habitación por las suyas.

—"… este día de mala suerte es un conocido tan cercano como desconocido"… "Este-día 13" ¡Es el segundo sótano! ¡Vamos! ¡La máquina está en el segundo sótano, está aquí! —la apresuré de nuevo y avanzamos.

—Al "*sur*" de nosotros… —susurró Katla al recordar con decepción su pregunta.

—Podemos desactivarla —aclamó Jessica.

—No hay tiempo, debemos irnos —rebatí, pero ella, testaruda como siempre, no se convenció.

—El ataque ya empezó, las bombas ya deben estar en camino. Aunque el mecanismo esté cerca ya no hay forma de resolver más acertijos y desactivarlo. Ya es tarde; el plazo se acabó. Debemos irnos —Katla terminó de convencerla mientras corríamos hacia el ascensor.

Desde ahí podíamos ver toda la ciudad. Parecía el atardecer a pesar de ser casi medio día. Unos instantes después, el cielo se llenó con trémulos destellos que al ascender dejaban detrás una estela luminosa de humo blanco. El recuerdo de Washington, cuando brotamos de la piscina, pareció revivir a su vez a la lluvia asesina en México, pronta a iniciar la masacre.

El piso vibró con fuerza y retumbó en el aire un fuerte sonido motriz.

—Son los refugios... la gente escapa —suspiró Tara con tristeza apenas audible, con la cara y las manos pegadas al cristal. En silencio contemplamos el desconsolador panorama: un nuevo éxodo, una nueva huida, que taladró en nuestra cabeza una simple frase: habíamos fallado.

—Y ahí va el de aquí —anunció Andrés, con Meci metida en una mochila que traía colgada al hombro. La única aeronave disponible con el fin de huir del ataque se elevó a un costado del mismo con su poderoso rugir repiqueteando en muros y cristales, creando un temblor, provocando un gran escándalo.

Consternados vimos al cohete alejarse en el cielo seguido por su columna, creciente y humeante.

— ¿Ahora cómo escaparemos? —preguntó Sofía con la preocupación a tope.

—Corriendo. Usemos los androides y alejémonos lo más que podamos —ideó Katla. Pulsó el botón de la planta baja y comenzamos a movernos.

Salimos a la elegante recepción color carmín y la atravesamos a toda prisa a la vez que nos colocamos las placas. La puerta de cristal se abrió en automático, precipitados salimos al jardín y activamos los androides sin detenernos. Unos segundos después, con los enormes androides ya completos, emprendimos carrera a toda marcha.

— ¿A dónde vamos? —pregunté.

—A las montañas —contestó Katla.

16

7 de Octubre. Roma.
Medio día.

HUIDA

Diego

Corrimos por la calle desolada hacia el puente frente al castillo de Sant'Angelo. Cruzábamos aprisa cuando a la mitad Katla, que iba al frente, se detuvo en seco.

—Miren... —alzó la vista. Las alturas se llenaron de lejanos centelleos con estelas blancas a sus espaldas extendiéndose como una cortina a lo largo y ancho del cielo medio nublado que de pronto se tornó de un extraño color rojizo turbio. Las nubes que se deslizaban con el viento formaron singulares ondulaciones escalonadas, reflejaron el tono dorado de los rayos opacados del sol y, en un movimiento lento hacia donde estaba el mecanismo, se aglutinaron sobre el Edificio en un denso y ennegrecido nubarrón. La alarma se apagó.

—Doce en punto —declaró Jessica en voz baja.

Las tenues luces titilantes se multiplicaron en un brusco cambio de entorno: los hilos negros de la ruina se acercaban.

—Debemos apurarnos —dijo Katla y comenzó a caminar a paso veloz. La seguimos y terminamos de atravesar el puente custodiado por las estoicas estatuas sobre los balaustrados a ambos lados. El viento dejó de soplar y algunos destellos relumbraron en los alrededores, examiné la atmósfera sin detenerme y distinguí su origen: la colisión entre algunas de las luces en el cielo, como un choque entre estrellas, causaban instantáneos e intensos fogonazos de luz y fuego; segundos después, los potentes rugidos cimbraron la tierra.

—Tendremos que ahorrar tiempo —escuché decir a Katla que dio un pequeño salto para subirse al techo de una construcción cercana—. Iremos sobre los edificios.

Ella echó a correr saltando de edificio en edificio seguida por nosotros, apresurados, que intentábamos mantenerle el paso. La ciudad parecía interminable y los misiles estaban ya muy cercanos, los resplandores llovían cada vez más fuertes, cada vez más frecuentes y cada vez más próximos. Unos momentos después, frente a nosotros, explotó el primero.

La precipitación belicosa sobrevoló, atravesó y estremeció las tierras itálicas en múltiples estallidos perversos, tal como hicieron en México. Corrimos a toda velocidad sobre las edificaciones al avanzar de salto en salto mientras esquivábamos infinidad de misiles, de estallidos y de centenares de inmuebles, calles, monumentos y de naves alcanzadas por algún proyectil en lo alto fulminando su esperanza de sobrevivir, convertidos en escombros despedidos como un aguacero incandescente.

Agobiado por las explosiones y los bramidos humanos tan cercanos que retumbaban incansables en mis oídos, aporreado por infinidad de sonidos provocados por la muerte y la catástrofe, avancé renqueante a toda prisa con la pantalla del androide, que en realidad eran mis propios ojos de rango visual muy aumentado, atestada de anuncios que indicaban la localización de los proyectiles. Calculaba su trayectoria en un sinfín de líneas, círculos, barras y parpadeos que iban y venían por todas partes ante mí cuya intensidad luminosa repiqueteaba más fuerte y más rápido conforme se acercaba la bomba y anunciaba el punto exacto del lugar, la forma de impacto y la magnitud de la descarga que provocaría. Veía los androides de los demás transparentados detrás de las estructuras, de explosiones y de cortinas de humo y polvo; podía ver la elevación de las construcciones, su tamaño y su forma antes y después de su destrucción; veía los autos, cabinas telefónicas, árboles y cables en su movimiento regresivo; reconocía las rutas de escape y maniobras sugeridas para esquivar los bombazos y la estampida de enormes restos materiales; advertía el ritmo de mi corazón y la frecuencia de mi respiración; percibía todo, todo tan rápido y acelerado que apenas podía notarlo.

El fuerte estruendo de los estallidos inundaba mis oídos y cegaba por momentos el visor convulsivo. Edificios, casas, monumentos, calles, naves, todo tipo de obras humanas y algunas zonas verdes, todo, desaparecía de un momento a otro después del destello instantáneo que producían las detonaciones y tan sólo el constante y agudo crujir de la piedra con el metal quedaba tras ellos. Mi alma se condolía cuando luego de esos intensos crepitados se alcanzaba a escuchar un lejano grito compungido, una milésima de segundo antes de apagarse súbitamente estrangulado por una muerte violenta.

Una densa humareda de tierra y polvo se levantaba con cada colisión que alcanzaba de pronto a bloquear mi visión. Y entonces, tras uno de esos breves lapsos, me vi abrumado e impresionado al ver que uno de los misiles caía directo sobre Katla, frente a mí, quien se limitó a levantar enseguida su brazo, lo agarró por el cuerpo con la mano justo antes de tocarla y lo lanzó hacia un costado con gran fuerza y precisión contra otro que se dirigía hacia Sofía.

A pesar de tener coordenadas, distancias, rutas, sugerencias, atajos y todo lo que necesitara en el visor, estaba por completo desorientado.

Con miedo y con la adrenalina a tope fluyendo por mis venas, cruzamos unas vías ferroviarias, salteamos más edificios y al final llegamos al campo que era azotado por igual.

Sin disminuir mi andar apresurado quise voltear un poco y ver la capital, pero apareció una pantalla dividida que mostró un retrovisor: a la ciudad, envuelta de principio a fin por ráfagas luminosas de estallidos sordos, la cubría una fina capa de partículas polvosas y hollín que se acrecentaba, los incendios ardían por doquier, sus remanentes eran lanzados por el aire a grandes distancias y el azote de pequeños proyectiles impactaba sobre ella como un diluvio interminable.

Continuamos con nuestro avance y unos minutos después nos adentramos en la frondosidad boscosa de las montañas, donde el bombardeo se convirtió en lejanos y grumosos retumbos. Desarmamos los androides al llegar a un bello lugar: un gran claro en medio del bosque junto a un lago apacible que era llenado por una cascada cercana cuyas aguas discurrían serenas y cristalinas desde lo alto de las colinas. Incrustada en la pendiente, una vieja cabaña de buena vista, hecha de piedra y madera escondida entre unos gruesos árboles, construida sobre unas rocas a orillas del cuerpo acuoso, hizo aparición ante nuestros ojos.

Dentro, la cabañuela estaba recubierta por una fina capa de polvo, era muy espaciosa, de forma octagonal y acogedora de dos pisos. Los muebles estaban cobijados con viejos sudarios; hacía años que nadie venía aquí. Una grandiosa, enorme y extraña chimenea rústica lucía como pilar seccionado en el centro del lugar, de traza vieja y antigua, permanecía suspendida adosada al techo. A la izquierda un par de sofás ocupaban el ancho de las paredes, a la derecha, en una esquina, estaban las escaleras hacia el segundo piso junto a una cocina llamativa con un ventanal al fondo que daba una hermosa vista hacia el muelle y el lago. Esa parte de la cabaña estaba construida sobre el agua que chapaleaba debajo.

—Adelante —nos invitó Katla— aquí nos quedaremos —dijo al quitar las telas del mobiliario.

—Es precioso —exclamó Jessica, asombrada, mirando por todos lados— es… —decía mientras entrábamos todos.

—De mi madre —intervino la alemana con las sábanas en una mano mientras con la otra nos invitaba a tomar asiento—. Ella pasaba aquí casi todo el tiempo, aunque no me consta. Mi padre y yo viajábamos a todos lados, pero ella nunca nos acompañó. Nunca supe porqué ni si en verdad se quedaba siempre aquí —empezó a contar y nosotros nos sentamos en los elegantes sofás que ya pintaban sus años—. Era muy tierna conmigo y con mi papá, pero a él no le gustaba venir aquí, se ponía nervioso.

—Tu mamá debió ser una linda persona —intervino Jessica que trató de ser cortés.

—Decían que estaba loca —aclaró Katla mientras metía las fundas blancas en un armario bajo la escalera. Desconcertados nos quedamos callados.

—Ahm, yo… —Jessica, apenada y sonrojada, se vio interrumpida por ella.

—Un día que venimos a visitarla, la casa estaba vacía —se acercó a nosotros sin tomar en cuenta las palabras de mi amiga—. Buscamos en todas partes, pero nunca la encontramos —tras una breve pausa continuó—. Sospecho que él sabe y siempre ha sabido dónde está pero no quiere decirme… y en realidad no me importa —terminó de decir con voz firme. De nuevo el silencio sobrevino en la cabaña.

—Y ¿por qué decían que estaba loca? —preguntó Andrés con la menor sensibilidad posible.

—¡Cállate idiota! —susurró y lo golpeó Jessica con un fuerte codazo disimulado.

—¿Quieren ver por qué? —preguntó Katla indiferente. Todos teníamos curiosidad, pero nadie se atrevió a aceptar.

—Vengan.

Como un resorte los cinco nos pusimos de pie.

Subimos por la escalera, arriba estaba muy oscuro. Katla corrió la única cortina que había en el lugar y que cubría una amplia ventana con vista hacia el lago. Había algunas mesas repletas de papeles viejos y empolvados que llamaron la atención de todos.

«¡No mames! ¿¡Hojas de verdad!?», exclamé admirado en mi mente.

Jessica de inmediato deslizó sus dedos sobre ellas y cogió una con gran asombro. Aparte de los papeles, sobre el escritorio había un único objeto tapado por un lienzo que Katla descubrió: era un impresionante telescopio apuntado hacia el agua en lugar de hacia el cielo, como si observara hacia adentro de la tierra, a través del espejo líquido. Parecía muy avanzado y tan contemporáneo que daba apariencia de ser futurista, muy futurista incluso para nosotros. ¿Cómo podría una persona de hace muchos años tener un objeto tan moderno? No quiero decir que la mamá de Katla esté vieja, pero no es una niña, y ese aparato luce imposible.

—Diario, tanto en el día como en la noche, observaba a todas horas, o mejor dicho vigilaba, y nunca nos dejó acercarnos a su telescopio ni habló de ello; al menos no conmigo. De hecho, es la primera vez que estoy tan cerca de él —contaba mientras examinaba con curiosidad y detenimiento aquel artefacto, inclinada con ambas manos apoyadas en sus rodillas—. Siempre me pregunté qué era lo que examinaba con tanto recelo —decía entrecortada con los ojos puestos en una pequeña pantalla del aparato—. No sé ni cómo prenderlo —suspiró resignada.

El artilugio había captado toda nuestra atención, pero cuando Katla se rindió giré hacia el resto del lugar. La columna de la gran chimenea en la parte media conectaba el piso con el techo y lo atravesaba de abajo arriba. Por lo demás, había tan solo algunas camas adheridas a las paredes desnudas y sosas.

—Recuerdo que ella a veces decía cosas que no tenían sentido, las repetía una y otra vez y mi papá me pedía que las ignorara.

—¿Qué clase de cosas? —pregunté con la curiosidad en aumento.

—No las recuerdo bien, eran varias. Así como… —hizo una pequeña pausa, suspiró y miró al techo haciendo memoria—, "Eres luz del sol, tierra, agua y aire, sin principio aparente y fin desconocido" —recitó con fluidez.

«¿No que no recordabas bien?», me causó gracia su inesperada elocuencia.

Parecía uno de los desdichados códigos de Meci.

—¿Eso qué significa? —preguntó Tara.

—No tengo ni la menor idea —contestó Katla con una sonrisa nostálgica en los labios—. Ella citaba mucho a viejos personajes. Por ejemplo a Aristóteles:

»"Considero más valiente al que conquista sus deseos que al que conquista a sus enemigos, ya que la victoria más dura es la victoria sobre uno mismo".

»"No se puede desatar un nudo sin saber cómo está hecho".

»"El hombre solitario es una bestia o un dios".

»"Si el espíritu es un atributo divino, una existencia conforme al espíritu será verdaderamente divina". —citó sin titubeos. Después continuó:

—A Shakespeare:

»"En nuestros locos intentos, renunciamos a lo que somos por lo que esperamos ser"… —sin razón alguna, esa frase llegó a mi mente como una bofetada al rostro.

—… "Fuertes razones, hacen fuertes acciones"…

Jessica

Sentí esa frase llenar cada parte de mi corazón; era mi frase, mi lema. Mis ojos involuntarios se entornaron hacia Diego.

—… "La conciencia es la voz del alma; las pasiones, la del cuerpo".

»A Da Vinci:

»"Así como una jornada bien empleada produce un dulce sueño, así una vida bien usada causa una dulce muerte"… —y esa trajo a mi memoria como un relámpago la imagen de los gigantes en Palenque al apuntarme con su arma lista para acabar conmigo. No tuve miedo, no entonces, pero ahora la simple idea de perder a cierta persona me aterraba.

Diego

—… "No se puede poseer mayor gobierno, ni menor, que el de uno mismo".

»A Talleyrand:

»"La palabra se ha dado al hombre para que pueda encubrir su pensamiento".

»A Einstein:

»"Todos somos muy ignorantes. Lo que ocurre es que no todos ignoramos las mismas cosas".

»"Hay una fuerza motriz más poderosa que el vapor, la electricidad y la energía atómica: la voluntad".

Tara

— …"Vivimos en el mundo cuando amamos. Sólo una vida vivida para los demás merece la pena ser vivida"… —. Sentí una aguda punzada en mi pecho. Yo nunca había amado a nadie. A pesar de eso, dudosa, en un reflejo mis ojos viajaron hacia Diego. Katla, abstraída, hizo una pausa.

Katla

Nunca antes había tenido problema con aquella palabra: amor; pero ahora, con la mirada perdida en el piso, recordar esa última frase inquietó mi corazón desesperanzado, ingenuo y furioso. Deseaba tanto encontrar a ese alguien con quien compartir, con quien convivir, alguien en quien confiar, a quien querer, a quien soñar, a quien pensar, a quien extrañar, a quien mi alma entregar: alguien que me hiciera sentir viva.

Entonces, de pronto y sin razón, desde mi estómago una cálida y animosa sensación subió por mi espalda a través de mi pecho agitado hasta mi cabeza, donde mis atormentados pensamientos encontraron un animoso ritmo de alegría. Con ojos risueños en mi mente se vislumbró de pronto un posible candidato.

Diego

Algo andaba bien. Tal vez me había vuelto loco, pero en el aire sentí una vigorizante extrañeza cuando Katla hizo una corta pausa. Un momento después continuó con Einstein:

Sofía

—… "Cada día sabemos más y entendemos menos".

»"Dios no juega a los dados".

»"Estoy satisfecho con el misterio de la eternidad de la vida y con el conocimiento, el sentido, de la maravillosa estructura de la existencia. Con el humilde intento de comprender aunque más no sea una porción diminuta de la Razón que se manifiesta en la naturaleza" —se detuvo un poco—. Hmm… quién más… ¡Ah! A Gandhi:

»"Puesto que yo soy imperfecto y necesito la tolerancia y la bondad de los demás, también he de tolerar los defectos del mundo hasta que pueda encontrar el secreto que me permita ponerles remedio".

»"Nuestra recompensa se encuentra en el esfuerzo y no en el resultado. Un esfuerzo total es una victoria completa"… —eso nos quedaba como anillo al dedo: Meci lo había dicho. Y aunque nuestro último resultado con ella fue el de fallar y millones habían muerto, según Gandhi y la pirámide, nuestro esfuerzo es nuestra recompensa y no dinero y fama como Andrés quería. Gandhi, Meci y la mamá de Katla pensaban igual.

Diego

—… "La voz interior me dice que siga combatiendo contra el mundo entero, aunque me encuentre solo. Me dice que no tema a este mundo sino que avance llevando en mí nada más que el temor a Dios". Por último, a Hitler: »"Las grandes masas sucumbirán más fácilmente a una gran mentira que a una pequeña".

»"La Naturaleza no conoce fronteras políticas: sitúa nuevos seres sobre el globo terrestre y contempla el libre juego de las fuerzas que obran sobre ellos".

»"Al que entonces se sobrepone por su esfuerzo y carácter, le concede el supremo derecho a la existencia".

»"Cuando se inicia y desencadena una guerra lo que importa no es tener la razón sino conseguir la victoria".

Concluyó y de nuevo la afonía en el lugar acaeció perenne.

—Y decías que no te acordabas bien —bromeó Andrés, con gracia. Todos reímos, incluso Katla que parecía sorprendida de sí misma: el androide le había ayudado a recordar todo al pie de la letra.

Ella, la hermosa alemana, miró por la ventana, taciturna.

—¿Cómo se llamaba tu madre? —preguntó Jessica poniendo su mano en el hombro de ella con amistosa calidez.

De pronto, un repentino y lejano estallido se filtró en la habitación. Corrimos fuera de la cabaña y armamos nuestros robots. El misterio sobre la madre de Katla y su cabaña nos había hecho olvidar que, apenas unas horas atrás, Roma y el resto de Italia habían sido destruidas y, muy probablemente, también algunas otras naciones.

Con los androides podíamos ver sobre los árboles del espeso bosque: hacia el oeste, una gran cantidad de columnas de humo se elevaba hacia el rarificado entorno, rojizo como la sangre, y pequeños puntos blancos descendían: las naves volvían a tierra.

—Quizá debamos ir —sugirió Jessica.

—¿Ir a qué? —reprochó Sofía.

—Pues a ayudar, a qué más —contestó Jess, obviando.

—No hay nada que podamos hacer —opinó Katla con frialdad.

—Si no quieres ir, está bien. Pero Jessica y yo iremos —me uní a ella. Tara, mi hermana y Andrés también lo hicieron.

—No debemos ir —defendió ella su postura.

Sin tomarla en cuenta nos dimos vuelta y corrimos rumbo a la ciudad. A lo lejos espesos nubarrones de humo se izaban en lo alto del cielo moteado por las esferas relucientes de las escasas astronaves sobrevivientes, éstas se precipitaban con sobriedad.

Llegamos al puente por donde habíamos cruzado antes, aún en pie.

Por toda la capital la gente salía de las pocas naves que lograron volver. Aterrizaron en calles y cráteres, entre escombros y páramos desolados. El panorama de Ciudad de México se repetía con la diferencia de que aquí era de noche y las grandes linternas de las aeronaves iluminaban con potencia la penetrante oscuridad.

El edificio donde vivimos el mes anterior había desaparecido. En su lugar había un enorme y muy profundo agujero sin siquiera rastro de escombros; no quedó nada de él.

—¡Son ellos! ¡Todos a ellos! ¡Ahora! —la voz clara y desmedida de Xia provino de un enorme navío espacial a nuestro lado, en el río. Nos apuntó con su ensayada arrogancia, acompañada de una gran cantidad de soldados fuertemente armados que, siguiendo las órdenes de la tirana, de inmediato empezaron a dispararnos.

17

7 de Octubre. Roma.
8:06pm

FUGITIVOS

Andrés

Tras la ráfaga el puente se desplomó y, bajo las ruinas, perdí de vista a Xia. Los soldados siguieron adelante con el fusilamiento. La increíble resistencia del androide soportó sin problema la gran cantidad de plomazos, no se sentía nada, y hasta las bazucas eran inútiles.

Rápidamente empezaron a rodearnos entre los escombros. Los militares estaban por todas partes: en todo el río, arriba en la calle, sobre los restos de los edificios y dentro de la nave con Xia y su horrible vestido rojo. Nosotros, amontonados, no supimos qué hacer; la sorpresa y el miedo nos paralizaron.

Entonces de buenas a primeras dejaron de disparar. Apenas unos metros por arriba de nosotros atravesaron a toda velocidad poderosas naves militares y varios helicópteros que nos apuntaron con sus linternas y gigantescas ametralladoras, a la espera de la orden.

—¡Ríndanse, o acabaremos con ustedes! —amenazó a lo lejos uno de los soldados con su amplificador en mano.

—No-nosotros no hemos hecho na... nada — Diego tartamudeó. Las naves cruzaron de nuevo y estremecieron el piso, el agua, el aire.

—¡Tienen cinco segundos para salir de esas máquinas! ¡Cinco...!

—Desarmémoslos —Sofía urgió.

—Nah, ni lo pienses, seguro nos chingan —opine.

—¡... cuatro...!

—Cállate idiota, no es momento para tus gloriosos comentarios —Jessica me regañó como siempre.

—¡... tres...!

—¡¿Qué hacemos?! —Diego preguntó desesperado.

—¡Desarmémoslos ya! —gritó Sofía.

—¡Ni loca, seguro nos matan! —Jessica contestó.

—¿¡No que no dijera eso pinche vieja!?

—¡Sí! ¡Ya! —Diego jadeó.

—¡Ni lo pienses! —Tara refunfuñó.

—¡... dos...!

—¡¿Entonces qué?! —Diego preguntó aún más alterado.

—¿¡Qué hacemos!?

—¡... uno...! —el eco del chasquido de incontables armas alistándose para descargar toda su furia sobre nosotros me puso los pelos de punta.

—¡Ya!

—¡Qué esperan!

—¡Hagámoslo ya!

—¡Qué no!

—¡Silencio!

—¡Cállate! ¡Quién te crees para darnos ordenes!

—¡No mamen!

—Todos moriremos.

—¡Dios, ayúdanos!

—¡AAHH!

—¡No hay tiempo!

—¡Ya valió madres!

—¡Cállense todos!

—¡Oh por Dios! ¡Oh por Dios!

—¡Vamos a morir!

—Ahora sí nos van a chingar.

—¡Corran! —esa última palabra fue clara y precisa: era la voz de Katla, y todos obedecimos al instante, justo cuando los cientos de armas liberaron su poder y los aviones nos bombardearon con gran fuerza.

Todos huimos hacia el puente de al lado y pasamos sobre el ejército a lo largo del río; tal vez pisamos a algunos sujetos sin querer.

Katla salió de atrás de los soldados y de un salto cayó junto a nosotros. La explosión la alcanzó y salió volando apenas por encima de mi cabeza; su androide como un títere se estrelló contra el otro viaducto. Sin tardarse mucho se levantó de inmediato de entre las ruinas con un movimiento súbito que arrojó piedras como un volcán en erupción; salimos del canal y corrimos otra vez por arriba de lo que quedaba de los edificios con las aeronaves en persecución de nosotros que no pararon de disparar su arsenal. Nos dirigimos todos hacia el sureste con Katla como guía a toda velocidad a través de la ciudad en ruinas mientras los tiros zumbaban en nuestros oídos; pocos eran los que acertaban en darnos.

Estaba muy oscuro y adelante se encontraba la estatua de Marco Minghetti entre las construcciones a modo de un hueco que, por vigilar a nuestros perseguidores, nadie vimos o ignoramos por la premura y, con mucha gracia, caímos todos en él, excepto Katla.

—Sepárense —ordenó ella sin detenerse mucho, y claro, así lo hicimos.

Levanté la mirada y vi a todos correr hacia diferentes direcciones, yo hice lo mismo con ruta hacia el suroeste tras cruzar el río y continué mi avance sobre las ruinas. Los aeroplanos también se dividieron e iban tras de todos.

—Aléjense lo más que puedan. Nos vemos en la cabaña. Asegúrense de que nadie los siga —escuché a Katla a pesar de que ya estaba muy lejos.

«Ojalá pudiera correr más rápido y deshacerme de esas malditas cosas», pensé, y entonces apareció en mi pantalla una sugerencia: *"¿Activar propulsores?"*.

—Sí claro, actívalos, actívalos ya —ordené. A los costados de las piernas salieron una especie de turbinas. Aceleré de un momento a otro y unos segundos después mis cazadores quedaron atrás.

«¡Esto es increíble!», corría a una velocidad impresionante.

Pero había olvidado que esas naves eran igual de increíbles que los androides, que eran muy rápidas, y poco después me alcanzaron. Pero tan pronto comenzaron a atacarme se detuvieron. Escuché raros sonidos eléctricos y enseguida dos naves cayeron al suelo con un potente estrépito, rodaron destartalados y luego explotaron en miles de pedazos a ambos lados de mí; sus turbinas y motores, rebotando por todas partes todavía en movimiento, eran ensordecedores.

Giré a ver qué sucedía: dos helicópteros cayeron como rocas; al contacto con la tierra, en un corto estallido, se encendieron en llamas, se elevaron unos metros como antorchas enormes y se aproximaron de tumbo en tumbo hacia mí. Sin tiempo para reaccionar, sus hélices, aún en acelerado movimiento, golpearon mi cabeza. Éstas, sin hacerme nada, se doblaron al tocarme con un aparatoso escándalo chirriante y un par de metros adelante volaron en millones de pedazos, envolviéndome en llamas.

Tara

—Sepárense todos —dijo Katla. Me levanté y me marché sin pensarlo dos veces. Tres naves me venían siguiendo.

Luego de correr una buena distancia estaban por alcanzarme cuando de pronto tras un sonido electrocutante dejaron de disparar, cayeron justo sobre mí y reventaron con gran fuerza. El impulso me sacó volando por el aire, como si fuera un muñeco, y me estrellé contra un grueso muro de concreto.

El golpe me sacudió demasiado y el vigoroso impacto en la cabeza me mareó, perdí control del androide y éste se desarmó en un pestañeo. Tendida entre los escombros perdí el conocimiento.

∞

9:50pm

Tara

Desperté de un brinco. El cielo estaba oscuro. Me senté con la cabeza entre mis manos, recargada contra la pared, quebrada y medio hundida por el golpazo: un gran dolor palpitaba por todo mi cuerpo que agudizaba en mi cabeza. Con el ambiente silencioso, salvo por el crujir de las llamas y los ocasionales golpeteos entre rocas de edificios lejanos al desmoronarse, me levanté y salí de entre las ruinas, armé mi androide y corrí hacia la cabaña.

Al cruzar por lo alto de una pequeña colina, disminuí la velocidad y me detuve en la cima para intentar distinguir algo desde ahí. A mis espaldas la fantasmagórica capital Romana estaba destrozada y un gigantesco vórtice, dorado como el oro, iluminaba el violáceo anochecer y crecía sobre la ciudad girando como un tornado sobre ella; a su alrededor decenas de relámpagos color rojo aparecían y desaparecían esporádicos que lo recorrían de arriba abajo.

A lo largo y ancho del firmamento relámpagos en forma de "Y" sacudían la tierra y se sumergían dentro de la nata neblinosa que crecía más y más sobre ella, la cubría y ascendía lentamente entre los restos de la metrópoli; momentos después, unas pequeñas y relucientes esferas aparecieron de entre las nubes que techaron la ciudad, descendieron con tranquilidad y se perdieron entre la niebla.

Todo se sumió en un silencio sospechoso, tenebrosamente iluminado por el resplandor relampagueante del torbellino. Un minuto después, incontables destellos aparecieron de repente por todas partes en la urbe que radiaron el cielo atenuados por la espesa neblina y al poco rato de nuevo enmudeció el ambiente bajo una paz inquietante.

«¿Qué rayos está pasando allá?».

Aterrada por la escena, di media vuelta y corrí deprisa.

—Tara ¿dónde estás? —de pronto escuché preguntar a Katla dentro del androide.

—Ya voy… no creerán lo que vi.

❖

9:55pm

Tara

La puerta estaba abierta. Entré y vi a todos temerosos y mortificados sentados en los sillones con las miradas fijas en algún punto más allá del horizonte. Diego se levantó de inmediato, se acercó a mí con diligencia y me envolvió suave y firme entre sus brazos.

—Me alegra que estés bien —me susurró al oído en una expresión súbita de cariño.

Mi corazón dio un vuelco. Su forma de darme la bienvenida me sorprendió, me hizo sentir única, querida, poderosa... deseada. Recordé aquel precioso momento en la pirámide cuando fuimos los enamorados que jamás se tocarían. Por sobre su hombro vi a Jessica y Andrés recelosos.

—Estoy bien, gracias —correspondí el efusivo gesto.

Jessica desvió la mirada y Andrés frunció el ceño. No me importó, jamás me había sentido tan bien, nunca antes me habían abrazado. Podía quedarme así para siempre.

—¿Por qué tardaste tanto? —me preguntó en un seductor murmullo. De verdad estaba preocupado. ¿Podía ser que él me quisiera?—. Estaba tan preocupado por ti —musitó, más cerca, más suave, más dulce.

«¡¡AAAHHH!!», mi corazón y mi alma gritaron ahogados, exaltados por el contento. Las piernas se me hicieron de polvo y creí flotar en el aire, mi cuello se desvaneció por la docilidad de su tacto, mi nariz se regocijó con el suave aroma de su piel y mi cuerpo cedió plácido atraído por el suyo. Descansé mi cabeza en su hombro y me abandoné al gozo que conquistó cada rincón de mi ser con mis dedos enganchados en su torso que respiraba cálido y lleno de vida.

—Bien basta ya. Dinos lo que viste —irrumpió Katla. Para alivio de Jessica y Andrés, Diego y yo nos separamos. Por otro lado, Sofía parecía contenta con una sonrisa de oreja a oreja en los labios.

—Ahh... ahm... es que tuve un problemita con las naves que me perseguían. Me desmayé y cuando desperté corrí hacia acá pero me detuve en una montaña por un rato y... —conté así lo que había visto.

Todos estaban sorprendidos.

—Increíble —susurró Diego poniendo su mano sobre la mía.

Jessica se levantó y caminó hacia la puerta.

—Desde aquí no se alcanza a ver —le advertí—. Lo intenté cuando llegué. Ya está todo oscuro.

Cruzados los brazos, se quedó recargada sobre la jamba con la vista hacia fuera. Nadie más dijo nada. Sólo se escuchaba el crepitar de la madera en la chimenea.

—¿Por qué nos han atacado de esa forma? —preguntó Sofía después de un rato.

—Estamos jodidos —continuó Andrés.

—Somos fugitivos... ¿verdad? —preguntó Jessica en tono dudoso girándose hacia dentro. Katla quiso tranquilizarnos:

—Cálmense. No hay razón para sobresaltarnos ni...

—Sabes que así es —la interrumpió Diego, tajante—. ¿Cómo puedes decir que no hay razón para inquietarnos si somos los más buscados del planeta?

—Vendrán por nosotros —temió Sofía con las manos en la boca, preocupada, con algunas lágrimas en sus ojos.

—Nos van a encontrar, nos van a chingar y nos van a... —aseguró Andrés sin concluir su frase.

—Están buscándonos, puedo sentirlo; y cuando nos encuentren... —decía Jessica— ... nos volarán en mil pedazos —terminó Andrés.

—¡Muy bien, ya párenle, todos cálmense de una buena vez! —atajó Katla—. De acuerdo. Lo que pasa es que Xia cree que somos responsables de los atentados y por eso nos atacó. Nada más —habló con firmeza.

—¡Qué pendeja! —se levantó Andrés gritando— ¡somos nosotros los que tratamos de salvar sus putas vidas!

—Ella no lo ve así. Tiene grabaciones del día en que estuvimos en Washington. Y si tomamos en cuenta lo que pasó hace rato en el auditorio... —dijo Jessica al sentarse de nuevo.

—Tienes razón, a decir verdad nos hizo quedar como los culpables ante todos a cada oportunidad que tuvo — dije al recordar la expresión sañuda de los gobernantes en sus pantallas y el momento en que los soldados nos atacaron sin titubear. Todos nos odiaban— ¿No es así? — le pregunté a Katla que se sentó con la vista puesta en el techo.

—¿Katla?... ¡Oye!

Movió sus ojos hacia mí.

—Veamos — sacó un control remoto de uno de los brazos del sillón y apuntó hacia arriba, cerca de la chimenea. La pequeña esferita pegada en el techo se encendió y emitió muchos rayos luminosos que al agitarse en el aire conformaron la pantalla holográfica digitalizada frente a la chimenea. Ella de inmediato cambió de canal, donde la reportera titular del noticiero hablaba:

—*"... Italia, como todos sabemos, fue atacada hace unas horas y en estos momentos..."*

—No jodas, ¿ya están transmitiendo eso? Qué rápido se les pasó el pinche susto —espetó Andrés.

—¿Sólo Italia? —preguntó Diego.

—Parece que sí —contesté.

—Shhht esperen —pidió Katla y subió el volumen.

—"... *datos hasta ahora indican que esta vez no hubo sobrevivientes. Esta información está por ser confirmada ya que ha sido imposible ingresar al país, el cual parece estar envuelto por una especie de red electromagnética que inhabilita todo aparato que se le aproxima...*"

«La Cabaña funciona», advertí.

La periodista mostró un video en vivo, a unos cientos de metros al fondo, una densa nube oscurecida por la noche cubría el cielo y debajo de ella una espesa bruma bermeja se mantenía inmóvil como un gran muro impenetrable; ambas aglomeraciones estaban iluminadas por potentes faros del ejército que permanecía a distancia, bien armado y equipado, pero simplemente observando. Los helicópteros iban y venían como escoltas, pero mantenían el perímetro, lejos del murallón.

—"*... Se cree que el ataque esta vez tuvo mayor sentido ya que en esos momentos Roma era la sede en la que se congregaban los miembros de La Orden de las Siete Naciones; de los cuales no se tiene noticia hasta el momento...*".

Esas últimas palabras quebraron mi corazón. Con mi alma destrozada hice acopio de valor para contener el llanto.

—"*... salvo de un único miembro:...*"

Un pequeño rayo de esperanza iluminó mi vida...

—"*... Xia Kai-shek de China...*"

... Arrebatado.

—"*... quien se dirige a su país y con quien nos enlazaremos en este momento.*" —luego de una breve pausa para que la comunicación se estableciera y la imagen se dividiera, a un lado la reportera y al otro la traidora, continuó— "*Xia... sí... Xia ¿me escuchas?*".

—"*Fuerte y claro Sara, buenas noches*".

«¡¡Y qué tienen de buenas!?».

—"*Buenas... buenas noches*" —la periodista pareció desconcertada por la tranquilidad que Xia mostró en su voz —. *"¿Qué... qué puedes decirnos sobre lo ocurrido?"* —trató de retomar su profesionalismo.

— *"El atentado contra Italia, una estimada nación amiga, ha sido devastador. Yo misma lo presencié y afortunadamente salí con vida. Desearía que el resto de mis amigos de La Orden hubiera tenido la misma suerte que yo. Sin embargo, se me informa que, por desgracia, no ha sido así..."*.

—¡Maldita... maldita desgraciada... perra infeliz! — gruñí con la mandíbula tensa al despotricar llena de ira y tristeza.

— *"... ¿Cómo fue que lograste salir de ahí a tiempo? La gente ya te conoce como "La Iluminada" y te compara con el fénix puesto que, literalmente, surgiste de entre las cenizas. ¿Qué piensas al respecto?"* —preguntó la periodista. La bruja pintó una sonrisa tan amplia que apenas le cabía en el rostro despampanante de orgullo.

— *"Sí... bueno... gracias, gracias, es todo un honor, pero el crédito no es todo mío. Estoy aquí gracias al esfuerzo y dedicación de mis valerosas tropas que me acompañaron en esos momentos difíciles y al trabajo en conjunto con ellos. Les debo la vida..."*

—Pues si güey, mientras ellos nos chingaban tú te largabas como la perra maricona que eres —declaró Andrés molesto.

— *"... Ahora con todo lo que ha sucedido... ¿Para ti qué es lo que sigue?"* —indagó la informadora.

Era algo que todos deseábamos escuchar. Xia puso cara seria.

— *"Mira, Sara. Te hablaré directo y sin rodeos. No descansaré hasta impartir justicia a los responsables de esta barbarie. Dentro de una hora daré una conferencia de prensa que se transmitirá en cadena internacional en la que revelaré los resultados de mis últimas investigaciones. Por el momento no puedo hablar más de eso. Únicamente puedo decirte que no estamos solos y que lucharemos contra esta anarquía... aún hay esperanza"*.

—Esta vieja ni sabe lo que dice —bufó Diego.

—"Ah… eh… *Gracias, Xia. Esperamos ansiosos tu informe. Hasta luego.*" —la cara de la corresponsal expresó una evidente angustia, pesar y, sobre todo, temor.

—Esperemos una hora —indicó Katla inmutable, se levantó y caminó hacia la cocina. La noticia de la muerte de su padre y de toda La Orden no pareció haberle afectado en lo más mínimo.

—Estaremos bien, no te preocupes —me aseguró Diego al oído en un nuevo y cálido mimo. Me reconfortó, con él a mi lado me sentía mucho mejor.

—¿Alguien quiere comer algo? —preguntó Katla desde la cocina abriendo y cerrando alacenas con agitación.

◆

11:07pm

Tara

Todos comíamos de mala gana en la sala a la espera del momento en que *La Iluminada* hablara. En la tele se anunció la sucesión de poderes al mismo tiempo en que se realizaban los preparativos funerarios de los funcionarios fallecidos. Personajes vacíos y casi desconocidos fueron seleccionados para recibir el cargo en lo que se elegía nuevo candidato a gobernante en los diferentes países que habían perdido a sus respectivos líderes: éstos eran los nuevos dirigentes de la perecedera y enflaquecida Orden.

Pasaba un aburrido comercial de teléfonos cuando éste fue interrumpido a la mitad por el noticiero. Esta vez no era el típico escritorio enorme con la periodista tras él con su tableta digital en mano. Ella se encontraba parada, frente a una gran manta blanca donde se proyectaba un cuadrado azul que decía *"Sin señal"*. La periodista indiferente daba la espalda a la cámara. Miró su reloj, una y otra vez cada pocos segundos.

La toma enfocó la manta. Por un tiempo todo fue azul, todo fue *Sin Señal*, todo fue temor e incertidumbre; la calma antes de la tormenta. De pronto apareció en la proyección una periodista oriental. Nos levantamos en un parpadeo, expectantes, con los ojos pegados a la pantalla.

La transmisión comenzó:

— *"Como se informó con anterioridad, hace aproximadamente una hora Xia Kai-shek, la gobernadora de China, anunció la publicación de un informe en cadena global donde revelaría lo que ella llamó "Información Vital".*

»Estamos aquí para escuchar las palabras de la única sobreviviente de La Orden de las Siete Naciones, de La Iluminada. No se tiene información clara sobre el contenido de este comunicado y los expertos se han reservado sus opiniones, por lo que no se han formulado suposiciones ni especulaciones al respecto. El planeta entero se ha paralizado ante tal anuncio. La audiencia permanece en silencio absoluto...." — la nerviosa periodista temblaba. Sus palabras, mezcla del temor y la admiración evidente que tenía por Xia, salieron en tartamudeos intermitentes bien disimulados.

Al fondo había una tarima, sobre ella un elegante atril de madera escoltado por dos banderas, la de China y la de La Orden, y entre éstas un lienzo en blanco— *"...¿y ahora qué?"* —. Sin importarle más la cámara frente a ella, se giró hacia el estrado. Una multitud absorta de periodistas y personas trajeadas aguardaba la aparición de Xia. Permanecieron apretujados pero callados, con los ojos bien abiertos y sus instrumentos camarógrafos listos para captar todo detalle.

Unos segundos después Xia hizo aparición y caminó a paso firme hasta su atril. El alud de *flashazos* que prorrumpió iluminaron aún más el podio pero nadie emitió ni el más mínimo susurro, tan solo permaneció la intermitencia de los clics fotográficos que tintinearon como gotas de lluvia sobre un cristal. Las luces menguaron y los destellos mermaron a la señal que hizo ella con la mano. Luego de un instante, habló:

—"*Esta noche revelaré la información que he reunido y analizado durante meses. Pero antes me gustaría comenzar por pedirles que guardemos un minuto de silencio por los difuntos miembros de La Orden…*"—la muy embustera se atrevió a pedir luto y expresar sus condolencias públicamente. La sangre me hervía.

Al poco rato interrumpió el solemne acto al iniciar un aplauso; los presentes se unieron de inmediato sin percatarse de que el sobrio tributo había durado menos del tiempo justo, menos del tiempo que los grandes dirigentes de La Orden merecían. Luego continuó:

—"*… Gracias, gracias… Hablaré sin rodeos*" —se acomodó y se irguió—. "*Primer punto: anuncio que lamentablemente me veo forzada a retirarme de La Orden de las Siete Naciones, una organización que fue de sumo valor para mí y para el mundo; las razones las explicaré a continuación:*".

«Maldita perra hipócrita».

—"*… Tenemos evidencia de que Estados Unidos de América, Canadá y Francia, miembros directos de La Orden, son los gobiernos involucrados en los innumerables atentados contra la humanidad, como la movilización y el empleo masivo de tropas y armamento, así como la ocupación de territorios extranjeros como la Federación Rusa, la recién destruida Italia y también China, mi amada nación, entre muchas otras, sin explicación alguna; transgresiones a las que ahora se agrega el principal de sus crímenes: los recientes atentados a nivel internacional*".

»"*Por tales motivos me es necesario romper todo tipo de relaciones con dichas naciones y sus aliados…*".

Xia mostraba imágenes en el tapiz a sus espaldas de las tropas invadiendo territorios extranjeros, de los enormes y bien equipados ejércitos en marcha e imponentes armamentos que jamás había visto, acompañados por robustos tanques, helicópteros, naves, artillería, submarinos, buques y un sinfín de vehículos militares temibles; todos con el emblema de La Orden estampado en alguna parte visible. La multitud explotó en alaridos alborotados al ver tan sugestivas imágenes.

«¡Puta mentirosa, son falsas!».

—"… *Esto evidencia que La Orden de las Siete Naciones está vinculada con los responsables de dichas agresiones. Lo que me lleva al segundo punto: tengo identificados a los miembros del grupo terrorista, a estos canallas culpables de los trágicos ataques que, como ya he mencionado, trabajan en conjunto con La Orden y son los encargados de llevar a cabo estos actos sanguinarios, ejecutores directos de semejantes atrocidades".*

»*Son un grupo pequeño de personas muy jóvenes guerrilleras que, a pesar de su corta edad, están muy bien entrenados y capacitados. Se relacionan además con mucha gente y organizaciones tan influyentes como poderosas que en conjunto representan una gran fuerza diabólica, suficiente para generar el caos que a todos nos aqueja.*

»*Al concluir mi mensaje se hará el anuncio que dará a conocer los nombres de estas personas. Sepan que no descansaré hasta verlos derrotados, capturados y saldando cuentas ante la justicia, de ser necesario, con sus propias vidas."* —hizo una pausa, la multitud irritada levantó un desconcertado barullo acompañado por algunos chispazos periodísticos.

—"*¡El tercer y último punto!* —gritó para hacerse escuchar— *¡Luego de múltiples intentos infructuosos por la vía pacífica de lograr un acuerdo, el embajador chino en Berlín entregó un mensaje final en el que, consecuencia de su reticencia en acceder a mis largos empeños por lograr la paz, mi país,*

*en alianza con las naciones orientales unidas, al no encontrar
alternativa que dé solución a este conflicto y en cumplimiento
de nuestras obligaciones, declara el estado de guerra contra
estos opresores y miembros de La Orden de las Siete Naciones.
Tenemos la conciencia tranquila y, en virtud de la defensa del
derecho, un objetivo claro: poner fin a los intolerables actos que
violentan la soberanía internacional, hallar la verdad y abolir la
ignorancia…!"* —golpeaba una y otra vez el atril con su
puño.

Un repentino escalofrío recorrió mi cuerpo entero.

—*"… ¡Éste! ¡Éste es el principio y el fin!"*.

Xia desapareció.

La multitud permaneció pasiva y, atónita, se precipitó
en un silencio profundo; no hubo más fotos ni reproches,
comentarios ni opiniones. El terror entumeció al planeta:
La Tercera Guerra Mundial había sido declarada.

Luego de unos eternos minutos la reportera con cara
de muerto habló:

—*"Que Dios nos ampare"*.

—¡Es una pinche farsante, hipócrita pendeja! —
Andrés refunfuñó con brazos agitados, hinchado de ira.

—¡Tienes razón! ¡Tenemos que… lo que tenemos
que hacer es…! —protestó Jessica con ferocidad cuando
Katla la frenó:

—Nada. No hay nada que podamos hacer; no ahora,
no contra ella. Actuar es lo que ella quiere que hagamos
—la pantalla se quedó en blanco de nuevo—. Seguiremos
con el plan inicial: detener cuantos ataques podamos con
ayuda de Meci.

—Pero… nos perseguirán ¿o no? Creen que somos
los terroristas —preguntó Sofía que temblaba tan
temerosa como un cachorro abandonado.

Segundos después, la tele recuperó la señal. Esta vez
mostraba seis fotografías con subtítulos que describían:

"Lista de terroristas. Publicados por Xia Kai-shek: Andrés García, 17 años de edad; Jessica Haro, 17 años de edad; Diego Ku, 17 años de edad; Sofía Ku, 14 años de edad; Tara Quirarte, 16 años de edad y Katla Von Unger, 19 años de edad. Cualquier información será bien remunerada. Recompensa de 700 millones por cada uno, vivo o muerto".

18

PAZ

☙❦☙

Los siguientes días fueron difíciles. El planeta al que intentaban salvar iba en busca de sus cabezas, a las que pusieron un precio muy alto.
Tara se notaba afectada. Katla no mostraba ni una pizca de congoja.

El grupo se recluyó en la cabaña como el ermitaño en su caverna, sin hablar siquiera entre ellos, y relegaron la importancia de todo a un segundo plano: a Meci, las placas, la misión, al mundo. Sólo Jessica permaneció con sus placas siempre puestas y Sofía las portaba con discontinuidad.

La única crónica de la que se hablaba era la titulada: "La Guerra Final". Al poco tiempo los noticieros se clausuraron y en su lugar pusieron anuncios esporádicos, notas insulsas que llegaban a las pantallas y celulares, tales como:

"El nuevo gobernante de los Estados Unidos invita al gobierno chino y aliados a reflexionar".

"La Orden: ¿El villano fantasma? Su sombra es su única reminiscencia".

"Último grito de la economía: Fusión entre empresas de telefonía celular y mecatrónica liberan al mercado una nueva generación de celulares: los interesantes modelos, el increíble y revolucionario modo de operar; la innovadora red global y la ilimitada funcionalidad de éstos, de tecnología muy avanzada, causa sensación alrededor del mundo. Agotados en todas partes".

෨෨෨

Sofía

Esa última fue la interesante en largo tiempo. Esos aparatos tenían la misma forma que las placas. Y eso eran, unas láminas de muchos colores diferentes adheribles a las sienes y controlados del mismo modo pero que, en lugar de engendrar un magnífico y poderoso robot, desplegaban un holograma frente al ojo a modo de visor y toda señal, función, aplicación, llamada, mensaje, correo, video, imagen, etcétera, iba interconectado a ese eficiente aparato.

Con ellos el internet quedó atrás pues, al ser controlado con la mente, la nueva red, gratuita y global, funcionaba con base en un núcleo llamado "Neuro", soportado en potentes y organizados motores que conectaban en directo la información de una red neural, una persona, con la otra, para dar origen a la "Neuronet". Muy bellos y en verdad muy avanzados. ¿Lo imaginan? Bueno pues nosotros teníamos algo mucho mejor: ¡Androides!

෨෨෨

"La 'Guerra Final' ha comenzado: El planeta se cimbra ante las actividades bélicas entre China,

la Federación Rusa, Japón, India e Israel contra Estados Unidos, Canadá, Gran Bretaña y Alemania. Hasta el momento sólo se han registrado movimientos militares en ambos bandos, se prevé den inicio los enfrentamientos armados en las próximas horas".

"Xia: —Pronto todo terminará— asegura la líder del eje VeJus (Verdad y Justicia) quien afirma en repetidas ocasiones con ímpetu que no habrá más atentados; no más Señal Global".

"Se da el primer asalto: Oriente contra Occidente, en las primeras horas deja ya millones de muertos e incuantificables pérdidas materiales".

"Sin información de los terroristas: continúan desaparecidos. El gobierno chino asegura que La Orden los protege".

"La Orden responde a ataques de Xia: 'Has elegido la guerra. Sucederá lo que tenga que suceder; y qué es lo que ello habrá de ser no lo podemos saber; sólo Dios lo sabe[5]. Finem Omnia Adventum'".

CB⚬

Sofía

Que traducido significa: El fin de todas las cosas se avecina. Si el tormento y el terror que cundían en el orbe no eran suficientes, ese último mensaje se encargó de que así lo fuera.

---

[5]   Genghis Khan.

❀

Tras unos días preferimos dejar de leerlos; excepto por Tara que parecía esperar noticias de Víctor. Pero los días pasaron sin que hubiera alguna pista que la reanimara.

—Está bien, tranquila. Un día, cuando menos te lo esperes, lo volveremos a ver —trató mi hermano de consolarla una tarde mientras comíamos.

Él amaba a Tara desde siempre. Era muy hermosa e inteligente y además la hija de Víctor. Toda una princesa, como de la realeza. No como esa Jessica estúpida y engreída que no dejaba nunca en paz a Diego y siempre se interponía entre ellos. Tara y Diego hacían una pareja perfecta y desde la noche del ataque a Italia habían estado más cercanos entre sí que nunca, eso me alegraba mucho. Pero Andrés y Jessica no se habían dado por vencidos y continuaron estorbando, todo el tiempo separándolos.

Como fuera, ambas parejas estaban más unidas que nunca y a pesar de eso Jessica, aunque muy feliz, estaba siempre distraída, con cara de pocos amigos y parecía siempre distante y pensativa.

Andrés no hacía más que dormir. Katla, por increíble que parezca, estaba muy contenta.

—Por fin se le hizo a tu hermano ¿eh? —bromeó un día que los vimos sentados en el muelle platicando bastante animados.

—¡Sí! ¡Estoy tan feliz por ellos! —le contesté.

Me animaba y a la vez me daba envidia ver como todas ellas, las tres, querían tanto a alguien: Tara y Jessica a mi hermano y Katla a Andrés quienes, desde que se besaron en la pirámide, ambos lucían enamorados; por algo ella estaba tan contenta a pesar de todo. Y en fin, a como van las cosas, yo no tendría ya la oportunidad de conocer a nadie.

Los días avanzaron, la monotonía nos dominó por completo y yo ya estaba muy aburrida.

—Tenemos que conseguir ropa nueva ¿no crees? Además, ya empieza a hacer mucho frío —le sugerí a Katla un día al examinar mi ropaje que, aunque permanecía casi impecable, sólo con algunas manchas, los agujeritos de las conexiones con los androides crecían poco a poco. Me fastidiaba usar siempre la misma ropa. No nos habíamos cambiado en días y tampoco había forma de darnos un buen baño, excepto por el lago helado al cual nos metíamos sólo algunas veces y por unos minutos, antes de que corriéramos fuera, palidecidos por el frío.

—Tienes razón. Consigamos algo nuevo. Aunque también me gustaría más como ésta, pero nueva… —se refirió al uniforme para los androides. Yo la ataqué con ojos despectivos.

—¿Qué? ¡Me gusta, es muy cómoda! —se defendió.

—Bueno sí, en eso tienes razón. Además de que es muy útil —cedí.

—Pues no se diga más, vamos…

—¿A dónde? —preguntó Tara riendo muy alegre al entrar junto con Diego por la puerta que daba hacia el muelle.

—Por ropa. ¿Vienes? —la invité contagiada por su buen ánimo.

—¡Claro! Necesito alejarme de aquí aunque sea un rato. Ver algo diferente, ya sabes…

—Deberíamos decirle a Jess —le susurré a Katla con tono sugestivo para que fuera ella quien le dijera.

—De acueeerdo, yo iré —sonrió y ladeó la cabeza mientras subía la escalera. Segundos después bajaron. Salimos de la cabaña, armamos los androides por primera vez en largo rato y nos fuimos.

—Vayamos a Roma, es el último lugar donde nos buscarán. Recuerden: si algo sale mal, huyan de nuevo y nos veremos de vuelta en la cabaña —acordó Katla mientras avanzábamos a toda velocidad.

Después de una larga caminata vimos la ciudad a lo lejos en absoluta tranquilidad. Cuando llegamos al borde observamos la magnitud de los daños. Todo parecía seco, deshidratado literalmente, a excepción de los árboles y plantas sobrevivientes que ya predominaban. Edificios, automóviles, casas, monumentos, caminos, todo parecía marchito como una flor arrancada de raíz luego de varios días.

—Qué demonios... —exclamó Tara tan sorprendida como yo.

—Vamos rápido, a lo que venimos —Katla echó a correr ciudad adentro entre las calles. Poco después se detuvo frente a una enorme construcción reseca y medio destruida: la plaza comercial donde solíamos pasear semanas atrás. De una patada destrozó la puerta de entrada, desarmamos los androides y entramos.

—Más vale que la zona de ropa esté aún en pie —bromeó ella, nuestra líder.

—De lo contrario, *"no descansaré hasta verlos derrotados, capturados y saldando cuentas ante la justicia, de ser necesario, con sus propias vidas"* a quien sea que la haya destruido —se le unió Jessica con una graciosa imitación de las palabras de Xia.

—Más vale que el edificio entero se mantenga en pie, o de verdad pagaremos con nuestras vidas... —agregó Tara a la mofa.

Caminamos aprisa en dirección a la "zona de damas" que en efecto permanecía intacta, repleta de todo aquello que una mujer pueda desear. Mi éxtasis voló con la fuerza de una bomba nuclear. Cada una tomamos montones y montones de cosas a toda prisa: blusas, playeras, pantalones, faldas, vestidos, abrigos, todo tipo de zapatos, botas, botines, tenis y también muchas mudas del conjunto deportivo que traíamos puesto.

Tomamos de los elegantes broches para el cabello, pulseras, aretes, anillos, collares, relojes, sombreros, bufandas, bolsos, carteras y hasta lentes de sol; cantidad inmensa de caprichos sin sentido que, aunque no lo sabíamos entonces, jamás utilizaríamos. Sería hasta el final del día que nos percataríamos de que nos habíamos olvidado del agua y la comida.

Las cuatro nos reanimamos con la lluvia interminable de cosas, yendo y viniendo a placer dentro de nuestro paraíso. Noté que, aunque ella no me agradara, Jessica tenía muy buenos gustos; los vestidos que había agarrado eran muy bonitos.

—¿No es esto algo así como... robar? —ironizó ella.

—Claro que no —decretó Tara— sólo estamos tomando prestado, y la verdad es que todo esto no le es útil a nadie.

Un repentino ruido a lo lejos nos sobresaltó y al momento nos escondimos. Acto seguido, un intenso crujido resonó por todo el edificio: una sección del mismo se había desplomado; el centro comercial estaba por caerse.

—Tiempo de irnos chicas —indicó Katla.

Me sentí muy triste por dentro. Habría podido pasar el día entero, más bien la vida entera, entre prendas y todo tipo de cosas ahí dentro. ¿Cómo no se me había ocurrido venir antes?

Agarramos nuestras cosas y las envolvimos en cortinas enormes. Salimos de ahí y armamos los robots, cargados con los inmensos costales. Detrás de nosotras, lo que quedaba de aquel sitio, se desbarató.

Esa fue la primera vez que hicimos algo entre mujeres, un gusto que todas compartimos.

—Me pregunto dónde pondremos todo esto en la cabaña... —inquirió Jessica con sarcasmo. Las demás reímos.

—Deberíamos volver a hacer esto —comentó Katla, alegre.

—¿Salir entre chicas? O tomar cosas prestadas — preguntó Tara con regocijo.

De regreso a nuestra guarida, Andrés y Diego estaban echados en el sofá viendo la tele. En ella aparecía Xia hablando otra vez:

— "... *tratamos de dialogar con ellos y se volvieron sordos, intentamos mostrarles el camino y se volvieron ciegos, nos dispusimos a escucharlos y se volvieron mudos. Los miembros de La Orden no están dispuestos a colaborar con el resto del mundo. Al contrario, esconden y apoyan a los jóvenes terroristas...*".

—Me da risa cómo habla esta vieja —dijo Andrés.

—Así que somos los "jóvenes terroristas" ¿¡eh!?... — preguntó Tara con una sonrisa pícara.

—Qué nombre tan horrible —opiné.

—La verdad sí. Si vamos a ser un grupo de terroristas, el más conocido y buscado... ¿Por qué no al menos nos ponen un buen nombre? —coincidió Jessica conmigo.

—¿Y por qué no lo hacemos nosotros mismos? — pensó Katla.

—Como cuál

—Que tal... *Iniefin* —ideó Tara.

—¿Qué significa?

—Principio y fin. En los medallones dice *Initium et Finis*, sólo junté las primeras letras: *Iniefin*.

—¡Es perfecto! —exclamó Katla.

—¡Está chingón!

—¡Muy bien!

—¡Así será!

Un gran momento de alegría nos invadió, una vez más inspirados para continuar con nuestra gran tarea.

—Juntos somos el principio y el fin —subrayó Katla que caminó y se detuvo con una sonrisa de suma confianza entre los muchachos y nosotras en medio de la estancia, mirando a uno y otro lado.

—*Initium et Finis* —añadió Iara estrechandola.

Jessica pasó su brazo sobre mis hombros y nos acercamos a ellas. Andrés y Diego también se unieron al equipo. Sumidos los seis permanecimos juntos en un profundo abrazo pues, más que amigos, éramos ahora una familia.

Durante las dos semanas siguientes nos dedicamos a darnos a conocer bajo nuestro nuevo nombre. Mandamos mensajes anónimos a diferentes periódicos, a programas, a noticieros moribundos que resucitaron, correos en la Neuronet y cadenas escritas a los celulares con información falsa sobre ataques o posibles ubicaciones del grupo e inclusive lanzamos amenazas vanas a gobernantes; esto de inmediato alteraba los ánimos, sobre todo los de Xia que se movilizaba muy emocionada por la pista falsa.

Otras veces nos dividimos y aparecimos simultáneamente en pequeñas poblaciones en lugares distintos y lejanos entre sí pero sin causar daños, tomábamos cosas *prestadas* como comida y agua; también pequeños lujos de vez en cuando. Y luego de ese par de semanas, todo el mundo hablaba de nuestro grupo ya con nuestro deseado apodo. Xia desesperaba más y más al no poder dar con nosotros.

—Lo que esa bruja no sabe es que quien habla, está a merced de quien escucha... y ella siempre está hablando

—sentenció Katla orgullosa por el trabajo hecho hasta entonces una tarde nublada mientras comíamos en la sala y veíamos las noticias renovadas; les habíamos dado algo interesante de qué hablar.

— *"…Xia pierde el control. Todo se le va entre los dedos…"* —opinó una periodista con malicia.

— *"… tres semanas y no ha logrado nada en cuanto a La Orden, a la que ella misma juzgó como 'débil' y no tiene ni el más mínimo rastro de los Iniefin, que continúan generando disturbios en varias partes del…"*.

—¡Ja! ¡¿Disturbios?! —se burló Tara.

—¡Qué va! Si solamente *tomamos prestadas* algunas cosas… —agregó Jessica.

Para entonces, la cabaña y sus alrededores estaban llenos de una inmensa cantidad de cosas traídas como botín de nuestros asaltos. Supongo que de no ser por la protección que en secreto tuvimos por parte de unos guardianes ocultos, nos habrían encontrado de inmediato. Nosotros no lo sabíamos, pero ellos trabajaban día y noche para cubrir nuestras huellas y descuidos.

—Aunque tal vez ya debamos dejar de hacerlo. Ya generamos suficiente mala fama ¿no? —añadió Tara de pronto con tono sosegado.

—Sí… tal vez debamos —coincidió Katla sin prestar mucha atención, se levantó y salió hacia el muelle.

1 de Noviembre. La Cabaña, en algún lugar, Italia.
7:00 am

ೞೲ

— *"… Los celulares de nueva generación son una maravilla, por su diseño, accesibilidad, interactividad y tecnología, entre muchas otras cosas. Se desconoce quién o quiénes son sus verdaderos creadores, que permanecen en el anonimato, pero han dado cierto balance, junto con la guerra, a la economía mundial que lucha por mantenerse a flote luego de los bruscos tambaleos que ha recibido en los últimos…" —de repente la imagen fue interrumpida. Una especie de estática cuarteó el sonido e interfirió el video por unos instantes— "… Ah, mmh… acabamos de sufrir un ligero desperfecto… no sabemos qué está pasando…".*

El titular del noticiero giró la cabeza con tenebrosa parsimonia, sus ojos recorrieron el foro a media luz y se detuvo por fin en su ordenador digital. Lo miró, un par de segundos tan sólo y conforme éstos corrieron su gesto terció, poco a poco deformado, a una espantosa cara atroz, aterrado en su totalidad— "… ti… ti… tienen que ver esto" —el periodista, horrorizado y preso del tormento, proyectó la imagen de su computadora a la cámara. En ella se leía un mensaje refulgente en macabros parpadeos: "Interferencia General Desconocida". El mismo mensaje había aparecido tras la emisión de las Señales Globales anteriores. Él, con cara pálida y contrita, balbució—. "Esto… esto sólo puede significar que… que una Señal Global ha…".

Se levantó y abandonó el lugar.

Al amanecer en la cabaña, todavía a oscuras, en la mesita de la sala se encontraba Meci que, olvidada, cubierta por botellas, envolturas, latas torcidas y restos podridos de comida, comenzó a moverse e inició con su maravilloso ritual de ensamblaje que la liberó de los deshechos y despidió ese humo áureo con su esplendorosa danza al viento. El lugar, calmo como un cementerio, relució con sobriedad lúgubre.

Poco después con su rítmico fragor dejó a la vista un mensaje en letras carmesí:

"Sobre el viejo amorfo e indomable emerge; surcada por la renovación constante se erige prominente por encima de sus súbditos dominados; donde el pasado, el presente y el futuro se funden"

Una pequeña adolescente dormía acurrucada sobre las piernas de su amiga y aunque acariciadas por el resplandor del mensaje y con la nube ocre susurrando en el aire, ellas permanecieron inmóviles.

El resto de los jóvenes descansaban serenos en la planta superior, donde un aparato semejante a un telescopio se mantenía con vida en todo momento, siempre atento mirando a través del cristal, en espera de cualquier señal. Su pequeña pantalla de pronto se encendió: ha detectado algo…

ॐ

19

1 de Noviembre. La Cabaña, Italia.
10:01 am

HOY

༺༒༻

—¡¡Pero por qué?! —preguntó Diego desesperado, confuso y muy molesto bajando las escaleras.

—¿Y yo cómo chingados voy a saberlo? ¡Es tu pinche novia, tú dímelo! —le contestó Andrés, también desconcertado pero con orgullo y satisfacción marcados en el gesto.

La discusión aumentó de tono.

—¡Tranquilos! —intervino Tara tras ellos, perturbada y asustada.

—¡¿Qué significa eso?! —Diego enfureció tanto que el rostro se le enrojeció.

—Calma, tranquilos ¡ya basta! —los controló Katla que despertó por el alboroto, se levantó en un respiro y se interpuso justo cuando parecía que Diego golpearía a Andrés. Furioso, Diego la miró con expresión amenazante como si fuera a pegarle a ella.

—¿A mí me vas a pegar? —inquirió Katla con suavidad retadora.

*En los ojos de Diego se vislumbraba un intenso
fuego, un fuego que ardía alimentado por la ira, la
tristeza, la ofuscación y una sensación nueva y muy
aguda, inesperada, enigmática de deseo por ella,
tan súbita e intensa cuyo poder crecía vertiginoso e
imparable al mirarla.*

*Él, despacio, bajó el puño y se tranquilizó al
abrazar a Katla con firmeza quien, por el espontáneo
gesto, se agitó por dentro y conmocionada el pulso se le
aceleró.*

*—¿Qué les pasa? —preguntó Sofía sobre el sofá,
tallándose un ojo en un bostezo.*

*—Jessica no está —contestó el chico en tono
afligido y apagado.*

*—¿Cómo que no está? —continuó la pequeña con
el interrogatorio, a lo que Andrés respondió:*

—Se fue.

 প্রচ্ছ

Poco más tarde

Tara

La mañana estaba nublada, pero la espesa capa que
tapaba el cielo se dejaba atravesar por algunos rayos
diáfanos que se reflejaban en el adormecido lago para
ofrecer un hermoso paisaje.

El nuevo código estaba sobre la mesa. Lo leímos, pero
no empezamos a idear nada.

—Es más complicado que los anteriores… —espetó
Diego molesto— … seguro ella tendría buenas ideas,
siempre las tiene —decaído por la ausencia de ella, se dejó
caer sobre los asientos.

—Estábamos advertidos. Meci dijo que podrían aumentar de dificultad —recordó Sofía.

Sabíamos que Diego tenía razón; ella siempre era la que empezaba a dar ideas y de ahí partíamos los demás.

—Vamos… sólo concéntrense —pidió Katla dando vueltas por la sala.

Pasamos unos minutos callados.

—Es inútil —musitó Diego y derrotado se hundió en el sillón.

Katla se acercó a él.

—Ven… ven… vamos ven conmigo —con un pujido lo tomó de ambas manos y lo levantó como pudo. Diego pareció reaccionar a su contacto.

Caminaron por el muelle hasta su borde.

෬෯

La noche anterior el afligido joven soñó de manera confusa y borrosa; era uno de esos que no se recuerdan bien al despertar y, sin embargo, queda la sensación, ya sea agradable o desagradable, a la mañana siguiente. La de él era agradable. Pero su placer se vio diezmado por… ya saben qué.

෬෯

Diego

—Siéntate, anda, sólo un momento —me invitó Katla. Con un fuerte dolor de cabeza y mareado, cedí desganado y por un instante en mi mente pasó la posibilidad de aventarme al lago, pero ni para eso tenía ganas—. Cuéntame, ¿qué sucedió? —instó ella con suavidad y se sentó a mi lado. Su cariño incondicional y preocupación por los demás era algo que la caracterizaba y a mí eso me encantaba.

—No lo sé... yo... no se... ella no... yo sólo... — ella me miró con atención mientras me ahogaba en mis palabras. Confundido, me sentí de alguna manera culpable por la partida de Jessica.

—No es tu culpa— afirmó ella como si me leyera la mente, con sus lindos ojos almendrados fijos y cariñosos en los míos.

—¿¡Y cómo lo sabes...!? —hablé con voz más fuerte de lo que esperaba. Ante mi reacción dio un respingo, pero no dijo nada y esperó a que continuara con mi relato— ... dejó solamente un maldito mensaje —ella asintió y la curiosidad brotó en su expresión como la sangre de una herida profunda—. Decía: "Eres para mí un delicioso tormento[6]".

—Y cuál es el problema. Te ama —dedujo.

—... se lo dejó a Andrés.

Katla

En mi mente aparecieron una infinidad de suposiciones combinadas entre la admiración y la interrogación. Estaba en verdad muy confundida. ¿Por qué Jessica se había ido y dejado tal mensaje a Andrés en lugar de a Diego?

«¿Acaso lo engañaba? ¿A ambos? ¿Sería ella capaz...? ¡Tan inocente que se veía!».

No, era imposible. Andrés andaba siempre conmigo y hasta donde yo sabía la rivalidad entre Tara y ella era por Diego. Ella por fin lo había ganado y además se veía

---

[6]   Ralph Waldo Emerson.

siempre muy contenta al lado de él, no tenía motivo para mentir. Además, ella y Andrés no son amigos, ni siquiera se soportan entre sí, son completamente diferentes y también en alguna ocasión Diego había mencionado que había llegado a sospechar que a Andrés le gustaba Tara, no ella. O quizás… ¿Los opuestos se atraen?

«¿Se habrá equivocado al dejar el mensaje? No… ella es muy inteligente. Es absurdo que se equivocara de esa manera. Tal vez en la oscuridad y en la premura se confundió…».

«¿Habrá ido a buscar a alguien de La Orden para hablarles sobre Meci? Esa fue siempre su idea, pero… Imposible, se la habría llevado además de que La Orden ya no es la misma de antes, ha perdido fuerza… ya de nada serviría y ella lo sabe».

Me perdí en mis pensamientos. Diego miraba cabizbajo hacia el hermoso y pacífico lago que como un espejo reflejaba el cielo azul. Un rayo de luz al traspasar las nubes traslucía en el agua como un camino radiante que cruzaba desde el otro lado sobre la superficie.

—La encontraremos —le aseguré, pero pareció no importarle.

—Últimamente me había portado muy indiferente con ella. Confieso que empezaba a aburrirme de ella, de estar todo el tiempo con ella. Me sentía mejor junto a Tara. ¿Me entiendes?

«Claro que no».

—Sí claro —no quise contradecirlo por ahora, se deprimiría más. O eso pensé.

—Estoy… es-estaba muy confundido… después de todo lo que hemos pasado, no sabía a quién… —continuó entre lamentos enmarañados.

—Debiste decidirte por ella a tiempo —le dije tajante.

«¡Hombres…!».

Él siguió sin escucharme:

—... est... estaba muy desorientado, confundido porque mi corazón le pertenece a otra persona —sus ojos giraron hacia los míos mientras que su mano conquistó con lentitud y suavidad la mía en un roce tierno y cálido.

«Ay Dios...».

Entendí su indirecta de inmediato. Mi corazón dio un fuerte vuelco, latió a mil por hora con tal ímpetu que entrecortaba mis respiraciones y el rubor en mis mejillas fue inevitable.

—¿Qué dices, de qué estás hablando...? Insinúas que... que...

—Que estoy enamorado de ti... —me apresó con encantadora suavidad entre sus manos que al tacto provocó a mi piel erizarse, me envolvió con esos cautivantes ojos y hechizantes brazos fornidos en una exquisita red de caricias. De pronto me atrajo con delicadeza hacia sus tiernos labios que se me antojaron deliciosos. Fascinada por el hermoso paisaje, su firme y sensual gesto, su atractiva esencia y por completo seducida, cerré mis ojos.

Tara

Se nos había ocurrido una idea para resolver el código y alegre salí para consultarlos. Miré sobre el muelle. De golpe se detuvo el tiempo, mi respirar, mi corazón: a lo lejos vi sus sombras entrelazadas acercándose lentamente entre sí.

No soportaría ver ese b..., eso que... aquello como se llame. Reaccioné, di media vuelta de inmediato y regresé adentro. Un sentimiento quemante, ardoroso e hiriente recorrió mi cuerpo de pies a cabeza. Dolía demasiado en mi pecho; una y otra vez lo atravesaba, se acumulaba y explotaba; me devastaba y devoraba por dentro. Mis ojos se ahogaron en incontenibles lágrimas tristes; quería correr, gritar, no sé, hacer algo que apagara este maldito tormento.

Sabía que a partir de ese momento no soportaría ver a Katla; me había robado lo único que deseaba en el mundo, lo último que me daba fuerzas.

—¿Qué sucede? —pregunto Sofía al verme entrar tan rápido.

—Ya vienen —solté la mentira y aturdida me aproximé a la sala.

—Bien. De todas formas creo que tu idea es buena —continuó la pequeña cuya voz indistinta habló a mis oídos sordos. Me tragué el sentimiento y presioné los párpados para evitar llorar; no podía, no debía.

Un minuto después entró Katla por la puerta seguida por Diego. Disimulé no saber lo que había pasado entre ellos e intenté desviar la atención que atrajeron.

—El código… —comencé a decir con voz sofocada en un fugaz y torpe señalamiento hacia la pequeña pirámide sobre la mesita de la sala— … creo que trata sobre… más bien que es… es una… una especie de metáfora… —las emociones que me recorrían me desconcentraban más de lo que podía soportar; la mezcla de celos, envidia, desesperación, odio y dolor consumían mi cuerpo y alma desde dentro.

«¿Se habrán besado?», dudé.

—Así es… —coincidió Diego. Tal coincidencia entre mis pensamientos y su *respuesta* fue como un gancho al hígado que casi acaba conmigo.

«Hay cosas que es mejor no saber… ¿Será?».

—Pero más bien, es alegoría —corrigió Katla rascándose la barbilla— son ideas puestas en sentido figurado —completó. El desconcierto y la aflicción nadaban en el aire.

—Y… ¿entonces, qué pasó? —preguntó Sofía y llenó el abismo silencioso que transgredió las barreras de lo imposible con una pregunta que todos nos hacíamos, cada quién con una connotación propia.

«¡Eso quisiera saber!».

Andrés también malinterpretó la pregunta sumido en sus propios ensueños y contestó:

—Tal vez estaba enamorada de mí en secreto y por eso dejó esa nota —ese tono confianzudo hizo que su frase pareciera más una confesión que una respuesta al aire. A Diego ya no pareció molestarle.

«Pues claro, como ya tiene a su nueva noviecita… qué le va a importar», gruñí en mi mente, mirándola con recelo.

Nadie más habló y aproveché el espacio mudo para tranquilizarme aunque fuera un poco, pero era tan difícil y el rencor despiadado en combinación con el sufrimiento me dominaron.

De pronto, mientras el torbellino de ideas daba vueltas en mi cabeza, una sensación inesperada de desilusión e intriga creciente reemplazó a la implacable mezcla anterior. La duda en aumento se conjuntó con mi pesar, que también se relacionaba con una pareja, pero una diferente: Andrés y yo.

«¿Podría ella estar enamorada de Andrés? Y si lo estuviera en secreto… ¿Qué habría visto ella en él que yo no? Lo conozco mucho mejor que ella, estoy segura… aunque ya no tanto. ¡Maldición!¡¿Qué me está pasando?!».

Repentina e inexplicablemente Andrés cobró mucha importancia para mí. No podía creer que ella lo quisiera, o que él a ella en lugar de a mí. Busqué alguna pista en los fugaces recuerdos que cruzaron mi mente con premura y aplastante celeridad, no podía creer que se hubieran querido en secreto durante todo este tiempo, no podía ser, era imposible; Andrés era mío, siempre lo había sido. Él me perseguía, él me deseaba a mí y a nadie más. El miedo de perderlo aumentó cuando aquel beso con Katla en la pirámide vino a mis recuerdos y la nota que Jessica le dedicó se sumó a ello. ¿Por qué ambas se empeñaban tanto en quitarme lo que era mío, en entrometerse con mis cosas, de interferir con mis deseos, de arruinarme la vida?

Me perdí en mis dolorosas e infinitas especulaciones; mi vista encontró a Andrés.

«Ahora que me fijo bien, creo que sí está un poco guapo. Es valiente, fuerte y audaz, aunque un poco torpe y mamón, pero eso le da un poco de gracia. A muchas chicas de la escuela les gustaba... ¿Quizá a mí...? No, no, no».

Me hice la fuerte y traje a mi memoria la infinidad de veces que lo rechacé mientras otras morían por él.

«¡Soy La Chica Misteriosa, soy yo quien tiene el control sobre él, nadie más! ¡En el colegio todos me deseaban, todos me admiraban, todos...!».

Mi juicio dio un vuelco súbito.

«Por Dios, ahora que lo pienso, ¿cuántas veces no desearon todos que la escuela se quemara o derrumbara, o simplemente desapareciera? Qué extraña sensación ahora que eso *se les cumplió* y no sobrevivieron para contarlo».

«Pero... la escuela era el lugar que me ayudaba a escapar de mi otra vida, de ésta vida, de la desolada existencia como la hija de Víctor. Allá era donde todas me envidiaban, donde todos me deseaban, donde conocí a Diego... Yo nunca quise que se quemara... ¡Nunca quise que nada de esto pasara!», lamenté con amargura.

—¡Una isla! —exclamó Katla, cuyo grito me sacó de mi turbulento delirio.

—¿De qué hablas? —pregunté aturdida, devuelta a la realidad.

—El código... "... *viejo amorfo e indomable*...", quiere decir agua, o sea, un mar o un océano. "*Sobre el viejo amorfo e indomable emerge*" se refiere a una isla sobre el mar —explicó con gran facilidad y fluidez en sus ideas.

«¡Maldición Katla, apágate! ¡Deja de ser un cerebrito, cállate y déjanos pensar aunque sea por un maldito instante!... Espera, espera... tranquila, respira... concéntrate... no es más lista que tú; y tampoco ella», me referí a Jessica.

—Una isla... "... *surcada por la renovación constante*...": surcada por un río, sobre una isla, ¡una ciudad surcada por un río! —completé su idea.

∞

4 de Noviembre. La Cabaña, Italia.
8:08pm

Katla

—Oye... ¿alguna vez tú has matado a alguien? —me preguntó Sofía esa noche mientras veíamos la nieve caer con sosegada apacibilidad sobre el lago congelado y los alrededores. La Luna llena iluminaba gran parte del gélido panorama seminublado. Esa niña hermosa con el cabello lacio, corto, estilizado y pelirrojo brillante entonado con ese flequillo a los bordes de sus finos rasgos faciales, comenzaba a cambiar.

—No —le contesté con la misma firmeza con la que me había preguntado.

—*"… Xia ha triplicado el valor de la recompensa por la captura y entrega de cualquiera de los Iniefin, vivo o muerto. Además de asegurar protección total…"* —se escuchó el murmullo del televisor; permanecía encendido casi todo el tiempo. Sofía, que se percató del anuncio, continuó:

—¿Lo harías?

—¿Por qué preguntas? —su inquietud me inquietaba.

—Pues… —se quitó el pelo de la cara y lo acomodó por detrás de su oreja— nuestras cabezas valen el triple ahora y además protección. El planeta entero nos busca, nos asecha como un águila a su presa. ¿Te imaginas? Esa cantidad de dinero es tanta que casi casi puede financiarse la guerra y chance hasta sobra. Y ahora no podemos confiar en nadie aparte de nosotros, cualquier otro nos engañaría y traicionaría por esa cantidad. Estoy segura de que llegará el momento en que tengamos que defendernos y si no estamos listos… —se detuvo, con mirada gacha, pensativa—. Ellos sí están listos y muy dispuestos a matarnos —concluyó. Vino a mi mente el día en que Xia los tenía acorralados y los atacó con toda su fuerza sin pensárselo dos veces. Ellos ni se defendieron. A pesar de tener las máquinas más poderosas que existían, no había mucho que pudiéramos hacer si no estábamos decididos a emplearlas.

—Si el momento llega, y llegará… tendremos que actuar rápido —le aseguré.

—Pero no somos quiénes para tomar las vidas de otros con nuestras manos, ni para juzgar a los demás —afirmó.

—Pero sí somos quiénes para con nuestras manos nuestras propias vidas salvar, sin importar cómo los demás nos puedan juzgar. Y más cuando le han puesto a nuestra cabeza más valor del que cualquier persona puede soportar.

∞

Andrés

—¿Qué tienes? —le pregunté a Tara que parecía ensimismada.

—¿Qué hacemos aquí? —preguntó intranquila y melancólica mientras me acariciaba por primera vez en la historia y hablábamos frente a frente, recostados sobre la cama. No entendí muy bien su pregunta.

—"...*Xia ha triplicado el valor de la recompensa por la captura y entrega de cualquiera de los Iniefin, vivo o muerto. Además de asegurar protección marcial total"* —masculló la tele desde abajo.

Intenté contestar algo:

—Mmmh... estamos aquí escondiéndonos porque el planeta entero nos quiere mat... —pero fría y seca interrumpió.

—No. Me refiero a: ¿Cómo es que llegamos aquí? ¿Por qué nosotros? —de pronto creí escuchar que su tono de voz flaqueaba, como cuando uno tiene ganas de llorar.

—No sé, tal vez para darle significado a nuestras vidas —contesté.

—En ese caso estoy fuera de lugar. No le encuentro sentido a mi vida, ni antes ni ahora... me siento taaaan... tan vacía, tan sola.

Empezó a contagiarme su extraña actitud depresiva.

—El mío... eres tú —le dije en un intento por aliviar su pesar. Me contestó con una sonrisa enternecedora. Al ver que surtía efecto continué:

—Eres lo que me inspira cada que despierto, verte a mi lado me mantiene vivo y firme para seguir aquí, y contigo, pase lo que pase, llegaría hasta el final —con su mano rozando mi cabello, de pronto se acercó y me besó. Por fin, después de tanto tiempo había logrado el tan ansiado, cotizado y siempre negado beso de la Chica Misteriosa. La fusión de sus labios dulces con los míos duró una eternidad. Al separarse y agachar la mirada, una lágrima perlada inundó sus ojos.

— ¿Por qué lloras? —le pregunté. Ella se apartó, me dio la espalda y se acomodó amoldando su cuerpo al mío.

—Estoy tan perdida.

Diego

Tras la partida de ella, quedamos cinco en el grupo: un número impar. Al quedarme solo, contemplar por horas aquel lago que me invitaba a reflexionar era lo que me quedaba. Sin embargo, no pensaba en mucho, me limitaba a percibir el bello paisaje y dejar que éste llenara el vacío que dejó ella. Creía que tras besarme en la jardinera, bajo la lluvia cenicienta el día que destruyeron México, ella me quería en realidad. Lo sentía en sus labios al besarme, lo sentía al rozarme con sus manos suaves y lo sentía en su enigmática mirada al observarme. Fue entonces cuando creí saber que me había querido desde el primer día en que nos conocimos; hace tanto de eso. Ahora todo era borroso e inseguro.

Pero durante ese atardecer pensé en Tara durante horas. La imagen de aquella hermosa mujer, la Chica Misteriosa de la escuela, conquistó mis pensamientos. Recordar la calidez de su cuerpo seductor al contacto con el mío, el suave deslizar de su piel tersa, el cautivador aroma de su cabello que saturaba mi nariz, el adorable sonido de su voz en mis oídos y la mirada profunda en la pirámide con esos impresionantes ojos resplandecientes me tranquilizó, me alivió y disminuyó la nostalgia en la que había caído. Ella se volvió mi razón, el significado de mi vida, la motivación de mi palpitación.

Agotado de no hacer nada regresé al anochecer a la cabaña, dispuesto a hablar con ella de frente, hacerle saber lo que sentía de una vez por todas. Sofía y Katla en el sofá se limitaron a seguir mi recorrido con gesto raro cuando pase frente a ellas, que hablaban en voz baja. Subí las escaleras a paso decidido pero sigiloso como siempre y entonces los vi: iluminados por la luz de la Luna filtrada por la ventana, Andrés y Tara estaban recostados sobre una cama. Ella lo acariciaba, se acercó más y fundió sus labios con los de él. Mi respiración se cortó y mi emoción exaltada se derrumbó, el tiempo de pronto se detuvo.

CB8D

¿Qué es lo que uno hace cuando se entera de que "vivió engañado y desperdiciando su tiempo" con esa persona que uno juraba amar y por la misma ser amado?

Se hunde en el dolor y se asfixia en el sufrimiento. Va y se refugia en la mala compañía, pero siempre fiel, de la soledad. Se cubre con una pesada manta de culpabilidad y vergüenza. Se desploma rendido y abandonado ante el terreno desolado de la infelicidad que queda tras la pérdida del amor. Se ahoga en un pozo de depresión que se llena con las lágrimas de uno mismo y se hace cada vez más profundo con cada lamento. Se convence de que no hay más, de que todo ha terminado.

¿Y si luego su punto de apoyo, quien le ofrecía un rayo de esperanza, se esfuma en la oscuridad?

Le es arrebatado el último esbozo de voluntad y felicidad.

Eso es lo que uno hace, lo que casi todos hacemos, pero… ¿Qué es lo que tendría que hacerse para evitar caer preso de la nostalgia?

Sumergirse en aguas heladas para despertar a la realidad y darnos cuenta de que convertir a alguien en la razón de nuestra existencia es nuestra inminente condena a muerte, de que el amor y la felicidad juegan juntos pero son independientes el uno de la otra, de que el amor está ligado a la libertad y la locura, y no a la dependencia y a la cordura, de que nuestra felicidad depende única y exclusivamente de nosotros mismos.

CʒꙄꙄ

Demolido por dentro, retrocedí unos escalones a pasos temerosos y tambaleantes, los perdí de vista y escuché en medio del desolador silencio irrumpir el sonido chasqueante de sus labios al separarse y, después, a Andrés al decirle:

—¿Te amo, sabes?

Ella contestó:

—Estoy tan enamorada.

20

5 de Noviembre. La Cabaña, Italia.
9:00 am

PLAN

Diego

—Llegó una carta —anunció Sofía al entrar por la puerta del muelle.

—¿De quién es, qué dice, para quién es? —la calló Andrés y bajó por la escalera muy contento como si fuera para él.

—No sé, no dice nada —contestó Sofía dándole vueltas al sobre para inspeccionarlo.

—¿Puedo verla? —Katla se levantó del sillón y tendió la mano.

—Claro… ten.

El sobre hecho con un material de imitación de papel, color café claro y textura áspera parecida a un viejo pergamino, venía en blanco y sellado.

—¿Cómo se abre eso? —pregunté, pero al momento Katla deslizó su dedo por uno de los bordes: la carta se desdobló y brotaron letras en el centro de la hoja como lo hacían las de Meci en el humo:

"No están solos"

—Vaya… muy explícito —ironizó Andrés, seguido por un espacio de silencio.

—Podría haberla mandado la misma persona que nos mandó por Meci… que controla a Meci —sugerí al sentir lo mismo que cuando conseguimos la pirámide: esa extraña aura de cosas inexplicables que siempre nos pasaban.

—Podría ser —concordó Katla.

—Pero volvemos a lo mismo: ¿Quién? —atinó Tara.

Quienes enviaran ese mensaje podrían ser tanto los buenos como los malos, no lo sabíamos. Tal vez el propósito del mensaje era hacernos sentir cómodos y apoyados, o vigilados y desesperados. De todas formas: ¿Qué saben ellos de la soledad?

Un momento eterno de pesada calma y miradas furtivas irrumpió en el lugar.

—De todas formas… la carta no dice nada: de quién viene, cómo puede esto ayudar, cuál es el propósito. Qué importancia tiene… nada, ninguna —habló Sofía.

—Su importancia viene implícita, no escrita —la contradije.

—Explícate güey —ordenó Andrés. Lo fulminé con la mirada; no tenía ya la más mínima intención de hablar con él jamás.

—Por favor —pidió Tara. Entonces hablé:

—Que saben quiénes somos en realidad, que probablemente también saben lo que hacemos y que, sin duda, saben en dónde estamos.

Razonaron un poco mis suposiciones.

—Estamos completamente solos —aseguró Katla taciturna, contradiciendo lo que la nota decía.

Sus palabras enmudecieron la sala. Mis ojos llenos de decepción y tristeza se entornaron con inevitabilidad hacia Tara.

«Así es… solos».

—Entonces… no debemos dejar que nos encuentren. Este lugar ya no es seguro: debemos irnos —sentenció la hermosa chica.

Miré luego a Katla, joven y bella alemana cuyas decisiones seguíamos sin pensarlo dos veces, sentada de nuevo en el sillón, muy distraída… o muy concentrada.

—¿Qué hacer cuando el planeta se interpone? —preguntó al viento.

∽∾

Durante la noche, la guerra llegó a Polonia y Alemania. Varsovia cayó y al ser demolida por las fuerzas del eje VeJus la nación polaca se rindió.

Luego las tropas avanzaron hacia tierras Germanas. Entraron por el sur, tomaron Dresde, luego Sajonia, y al poco tiempo también Leipzig y Brandemburgo. Su siguiente parada era Berlín a la cual tenían rodeada, sitiada, y sería alcanzada en cuestión de horas. Si caía, significaría la derrota de La Orden; por consiguiente la de los Iniefin.

Noviembre 6

El acertijo se complicó bastante para los muchachos debido a la súbita marea de desconcierto y lío que los arrastró lejos de la concentración e interés por resolverlo. Pero tras el paso de la noche el equipo amaneció un poco más espabilado. Jessica ya no estaba, pero Katla y Tara eran suficientes, y aunque tardaron para resolverlo…

∽∾

—¡Londres! —exclamó Sofía emocionada preparándose para partir.

—Mmhm —asintió Andrés con desgane tumbado en los divanes. Él no estaba conforme con llegar al siguiente punto de invasión un día antes.

—¿Y cómo llegaremos? —preguntó ella ignorando a Andrés.

—Iremos a París y ahí tomaremos el tren hacia Londres —le contestó Tara.

—Es buena idea, a mí me parece un buen plan. ¿Será seguro? No sabemos cómo va la guerra —comentó mi hermana, apurada, curioseando mucho, hasta el último detalle del plan como un pequeño niño explorador y descubridor del mundo.

α

París, Francia.
6:00pm
Estación ferroviaria "Gare du Nord, Eurostar"

Diego

Llegamos al atardecer a la vieja estación que tenía una vistosa fachada con grandes piedras en arcos, decorada con estatuas y un reloj al centro. Noté que a lo largo del recorrido dentro de París no encontramos gente en las calles, ni siquiera perros, y la central de trenes no era la excepción. Abandonada por completo, entramos y nos acercamos a las desérticas vías.

—No manchen. ¿Cómo no pensamos en que no habría nadie? —dijo Sofía agitando la cabeza.

—Sí, qué pendejos —añadió Andrés de la misma forma.

—Tendremos que caminar a lo largo de las vías hasta Londres —sugirió Tara.

"Plop".

Bastó un segundo para que detrás de nosotros apareciera la gran élite militar de Xia, equipada y armada hasta las uñas. De todas partes más de esos soldados se acercaron y nos apuntaron con las más sofisticadas armas de fuego. Por encima, a través de los ventanales, pude ver decenas de helicópteros y naves sobrevolando el área: un ejército entero nos rodeaba.

Pecho tierra, hincados y de pie la milicia formó un círculo a nuestro alrededor perfectamente escalonados. Sus cañones, de gran calibre pero diseño sencillo, emanaban una aterradora luz rojiza que me era conocida; era obvio que no disparaban municiones comunes. Por instinto levanté un poco los brazos en un intento por proteger a la persona atrás de mí: Katla.

—Así es como todo termina —susurró Andrés que no desaprovechó la oportunidad para deleitarnos con uno de sus comentarios.

Pasmados al borde del precipicio, por un instante creí que volarían el lugar entero. Permanecimos quietos, esperando lo inevitable. De un momento a otro miles de proyectiles nos atravesarían y acabarían con nosotros en un abrir y cerrar de ojos.

—No dispararán —aseguró Tara. La interconexión entre androides funcionó de maravilla, aun sin estar dentro de ellos, cuyos usos mejoraban cada vez más.

—¿Cómo lo sabes? —pregunté sorprendido, pues lo único que faltaba era que jalaran del gatillo.

—Porque están en círculo. Se matarían unos a otros. Sólo quieren acorralarnos.

—Pues *creo* que lo lograron… —intervino Andrés sarcástico.

— ¿¡Cómo puedes bromear en este momento!? —lo reprendió Sofía.

— ¿Armamos los androides? —pregunté.

— No creo que tengamos suficiente tiempo —contestó Katla.

— No tenemos opción, hay que hacerlo... —ordenó Tara tomando el liderazgo por primera vez—... cuando diga "ya"... ¿Listos?

— Lista —contestaron al unísono Sofía y Katla.

— Listo —aseguré. Las manos me temblaban.

— Vamos a morir... demonios... está loca si cree que esto va a funcionar —Andrés olvidó por un momento que podíamos escucharlo—, es decir... no... perdón, no quise decir... —al recordarlo trató de componer en vano.

— Esperen mi señal —instó Tara sin inmutarse.

La demora a su indicación se hizo eterna.

— ¿¡Qué esperas!? —preguntó Katla impaciente. Los soldados se mantenían quietos como estatuas.

— ¿¡Cuándo vas a dar la maldita señal!? —pregunté molesto y con los nervios destrozados.

— Cuando se distraigan, ustedes estén siempre atentos.

De pronto los soldados abrieron paso y de entre la multitud un elegante y reluciente vestido rojo apareció: Xia.

Avanzó un par de pasos hacia nosotros y, orgullosa, con ambas manos a la cintura y cadera ladeada, mostró una sonrisa petulante que nos acuchilló con ojos fríos, negros como la noche.

Al verla en persona el miedo hizo presa de mí y me envolvió en un mar de emociones que me entumecieron por completo. Sin saber qué hacer, decir o pensar de pronto la intensidad de la realidad me golpeó y me detuvo en seco ante una simple duda:

«¿Xia en Francia? ¿En París? Pero... eso significaría que La Orden...».

—¿Cómo diablos llegó ella aquí? —se preguntó Katla lo mismo, desconcertada.

—Al parecer la distracción fue para nosotros — ironizó Andrés, pues Tara olvidó la señal y bajó la guardia, como decaída, en franca seña de la confianza perdida con la que hacía unos momentos había comandado.

Que la líder de VeJus pisara territorio capital de La Orden con tanta libertad implicaba que ésta había sido derrotada. Eso, a su vez, significaba la desesperanza de todos nosotros y, eso a su vez, la del planeta.

—Listos... —susurró Tara con suavidad; no se dio por vencida. Esperamos durante un momento la palabra que podría significar nuestra muerte.

—¡Ya! —escuché su voz firme.

Al instante todas las cuerdas me cubrían, me envolvió la maya, corrió el líquido lavoso y se formó la última capa que moldeó mi androide apenas unos segundos después y me encontraba a la espera de los cientos de soldados y máquinas descargando su arsenal, pero no fue así. Nos quedamos de pie, listos para pelear contra el ejército que permaneció inmutable.

En mi visor aparecieron decenas de pequeñas imágenes e ideas para la "Autodefensa", del conteo de soldados, la ubicación de aeronaves, la estructura de la estación, rutas de escape y un sinfín de datos útiles en agitadas convulsiones destellantes. Sorprendido noté opciones de armamento que ni siquiera reconocía, sin saber qué eran; pero un momento después todo desapareció y quedó tan solo una opción intermitente y agitada: *Huir*.

Abajo vi a Xia con expresión impávida, ni un indicio de sorpresa, desconcierto o temor.

El asombro de ver que la situación no había cambiado ni un pelo era compartida con los demás:

—¿Y ahora qué? ¿Por qué no huyen...? ¿Por qué no huimos nosotros? —preguntó Andrés.

Luego de un rato Xia por fin habló:

—Déjenmelos a mí muchachos —ordenó confiada y en un pestañeo su milicia se replegó; ella se agarró las muñecas y se colocó una especie de brazaletes con aspecto muy parecido al de nuestras placas.

—¿De dónde chingados sacó esas cosas? —exclamó Andrés sorprendido que a estas alturas no podía callarse.

—Sabía que ustedes tenían estas máquinas... — terminó de equiparse Xia con altivez —... las vi el día en el que Italia, y su adorada Orden, murieron. Desde entonces he querido saber por qué les concedieron tan peculiares artefactos a ustedes, insignificantes mocosos. Sin embargo, cada vez, por alguna razón, se salvaban... pero esta vez no huirán.

Observamos atónitos: de los brazaletes brotaron cuerdas rojas que destellaron por todo su cuerpo, la malla la cubrió, emergieron los grandes troncos y un pestañeo después frente a nosotros un gigantesco robot de forma humanoide con unas luces bermejas por ojos estaba frente a nosotros; sólo le faltaba el turbante maltrecho.

La conmoción de lo sucedido nos hizo retroceder unos pasos. La asiática permaneció inmóvil frente a nosotros con su acostumbrada postura engreída impresa en su androide.

—Qué sucede jóvenes... ¿Perdieron sus agallas?

Su voz robótica era más tenebrosa que la real, pero su tono burlón permanecía y crecía.

Consternado, asombrado y sin una mínima idea de qué era lo que vendría después, en mi visor parpadeó con urgencia: *Huir, Huir.*

Los soldados habían desaparecido.

—Espero que no me decepcionen... —se puso en guardia—. Que comience la función.

Xia alzó ambos brazos al mismo tiempo en que se convertían en gigantescos cañones dobles de los que brotó una deslumbrante luz carmesí. Dentro de dos de los cuatro morteros creció un escandaloso rayo y de los otros dos chorreó lo que parecía metal al rojo vivo como si fueran un par de látigos.

Disparó de inmediato y los relámpagos impactaron el pecho de Andrés. Tras una poderosa explosión que bañó la escena en polvo y destellos escarlatas, salió despedido contra el muro del fondo que al contacto cedió sin resistencia alguna.

Tara creó una ola de viento, se dispersó el polvo y descubrí a mi lado uno de los látigos luminosos envuelto en llamas que cruzaba la estación con Andrés sujetado a su extremo. Un segundo después, su androide, envuelto por aquel flagelo acuoso que se contrajo como una liga, fue lanzado hacia arriba a través del techo y hacia atrás de Xia quebrando todo a su paso, como si fuera de arena, y con impactante sadismo lo estrelló contra el pavimento varias veces para después levantar su cuerpo mecánico inerte en el aire y aventarlo contra un edificio cercano que cayó derrumbado sobre Andrés; él quedó inmóvil, enterrado bajo los escombros.

Mientras, con el otro brazo disparó a los demás aquellos proyectiles de fuego. Tara y Katla saltaron hacia ambos lados y lograron esquivarlos. Yo, paralizado por el terror, me cubrí con los brazos que nada lograron y chocaron en mi cabeza. Mis pies se despegaron del piso e impulsado por el golpe volé hacia atrás igual que Andrés, pero la fuerza que infundió el potente impacto fue absorbida al vuelo por la cuerda líquida que lo acompañaba y de inmediato me encontré atado de los brazos.

Me alzó y me agitó en círculos sobre el lugar dibujando órbitas que me estrellaron contra todo pilar y muro, contra toda la estación una y otra vez que, destrozada, se desplomaba como en un intenso terremoto. El atroz chirrido provocado ensordeció mi universo y mi visión aturdida captaba estremecidos vaivenes de materiales de construcción emborronados. Comencé a sentir ligeros golpes y quemaduras en todo el cuerpo con cada colisión, como si fuera yo quien percibiera directamente el daño causado a mi androide.

Tenía que zafarme de aquella cadena.

En mi visor aparecieron al momento algunas ideas, sin pensarlo mucho elegí la que decía *Imitar*; al momento mis brazos atados parecieron derretirse y configurar el mismo material fluido que el látigo de Xia pero del tono plata azulado de mis ojos robóticos y se fundieron con los llameantes bermejos de ella. Giré sobre mí mismo para retomar el control, caí de rodillas y de inmediato jalé de aquella atadura resplandeciente para tratar de hacerla caer, pero lo único que recibí fue un nuevo azote en la cabeza, a la que sujetó y estrelló contra la tierra varias veces con siniestra crueldad.

Aterrado y con un fuerte dolor de cabeza quedé inerte casi al instante; mis ojos ya no marcaban nada pero subsistieron lo suficiente para dejarme ver un último hilo del ardiente metal licuado aproximarse que, tras un cegador fulgor, dio paso a la penumbra.

Tara

Xia saltó hacia atrás al momento de impactar con dos poderosos relámpagos a Diego que lo dejaron inmóvil. El edificio de trenes se vino abajo, me agaché alzando los brazos para protegerme de las rocas que llovían y ambos fuimos sepultadas bajo las ruinas.

«Qué tonta… ¿De qué me cubro?», razoné; dentro del androide no me pasaría nada.

Me levanté con el golpeteo de las rocas deslizándose por mi cuerpo y, a lo lejos, más explosiones retumbaron a través de los restos de la estación. Saqué la cabeza y miré hacia un lado: Xia estaba de pie en la calle, avanzaba a paso firme y disparaba cientos de radiaciones contra Katla que se cubría con un par de automóviles, inclinada hacia enfrente para soportar la fuerza de los impactos que la hacían retroceder a rastras y destrozar el piso bajo sus pies.

Lanzó uno de los autos, con el puño libre golpeó el suelo que al sumirse generó un boquete y provocó una poderosa onda expansiva que corrió por la tierra bajo su improvisado escudo, levantó y rompió el pavimento que crujió con estrépito y, al llegar a donde estaba Xia, explotó con gran furor y sacudió su cuerpo envuelto por un impetuoso torbellino de tierra y piedra.

Salí de mi tumba temporal y con mi visor infestado por ideas de ataque corrí en dirección a la batalla según el plan trazado por mi androide.

Xia, que estaba oculta tras una cortina de humo y polvo, disparaba grandes esferas de energía incandescente del tono de su vestido contra Katla que con agilidad sorprendente las evitaba y en un salto que la impulsó en el cielo más allá de los edificios contiguos transformó de pronto sus brazos y contraatacó disparando desde el aire; me quedé paralizada, asombrada por su repentina modificación. No podía quedarme atrás, Katla no era mejor que yo y tenía que demostrarlo.

Katla

Las aeronaves permanecieron sobrevolando el área, pero no intervinieron y de los soldados no había rastro alguno.

Desde arriba, vaciando mis cañones en el dosel de polvo que cubría a Xia, noté de reojo que algo a lo lejos se movía a gran velocidad por la ciudad. Al instante parpadeó un letrero: *Movimiento*, y señaló con un punto azulado y titilante hacía donde detectó la actividad humanoide.

En cuanto presté atención aquel objeto se detuvo y se perdió tras las edificaciones. Luego, de regreso en tierra, la inscripción cambió por una rueda que dirigió mis ojos hacia la escena de la batalla, cuyas rodajas intermitentes se expandieron a lo largo y a lo ancho, como un sonar que barre las superficies: Diego y Andrés aparecían inertes bajo las piedras, Tara salió de los escombros con rapidez y avanzó hacia Xia adentrándose en el nubarrón mezcla de humo y polvo.

«¡Espera! ¡¿Qué haces?!» le grité, pero fue inútil.

Eché a correr tras ella cuando algo dentro del velo crepitó y crujió estrepitosamente. Me detuve, el piso se estremeció y un segundo después Tara salió disparada como un rayo, atada con el látigo, envuelta e inmovilizada, directo hacia mí. Sin tiempo para reaccionar me golpeó y salimos proyectadas hacia atrás rebotando contra el suelo como piedras sobre el agua por largos metros destruyendo todo a nuestro paso.

Al recuperarme, sin perder un segundo, giré sobre mí misma y transformé un brazo en cañón, expectante, muy atenta a cualquier movimiento y lista para contraatacar. El sonar no detectaba al enemigo. Con una rodilla en el piso junto a Tara, cuidando los alrededores, la desaté lo más rápido que pude, pero no se movió. Los ojos de su máquina se apagaron y comenzó a desmantelarse, se partió por la mitad, se replegó hacia la espalda y regresó a las placas de Tara quien quedó tendida en el suelo, inconsciente.

«¿¡Cómo…!?».

—Qué pasa niña… ¿sorprendida? —Xia se acercó lentamente— Descuida, sólo están desmayados, ya despertarán luego —fanfarroneó.

Siempre había creído imposible que dentro del androide se pudiera sufrir algún daño directo del exterior. Escuché a la mujer prepararse para atacarme y me dispuse para luchar. Podía imaginarme su sonrisa arrogante.

—He de confesar… que largo tiempo he esperado este momento… Vamos Katla, muéstrame lo que tienes — exclamó retadora en tono soberbio.

— ¿Por qué haces esto? Sabes que no estamos en tu contra —le dije intentando ganar tiempo para pensar qué haría con esos extraños látigos que, de alcanzarme, terminaría como Tara y los demás. Si lograba sujetarlos quizás podría yo también afectarla a ella y desactivar su máquina, sólo tenía que lograr agarrar uno y a la vez evitar ser alcanzada.

— ¡Ja! ¿¡Y todavía lo preguntas!? Obviamente no *están en mi contra* niña, están en contra de todo el planeta, igual que La Orden. Tanto tiempo en el poder la han corrompido y seré yo quien los detenga y nos libere de todos ustedes —bramó.

Cambié mis brazos de nuevo haciéndolos más largos y gruesos. Ella al momento transformó otra vez a sus dobles cañones y comenzó a disparar los relámpagos; su fuerza me hizo retroceder. Desvié algunos de sus disparos con los enormes puños a la espera de que lanzara sus látigos, pero no lo hizo.

Torné entonces mi brazo izquierdo a un arma como las de mi enemiga y contraataqué para provocarla, en respuesta logré que hiciera un escudo que desvió mis tiros. Continué mi ataque ahora con ambos miembros convertidos y con decisión avancé, paso a paso, hacia ella.

Así permaneció un corto tiempo en el que no mostró intenciones de moverse, pero de pronto despidió una enorme onda desde su escudo estremeciendo el entorno, cuya zigzagueante energía me pegó de lleno y me lanzó por el aire emitiendo un horripilante chasquido metálico.

Me recuperé de inmediato, caí al piso y giré al tiempo justo para evitar que uno de esos flagelos radiantes impactara en mi pecho: era mi oportunidad. Enseguida sujeté el filamento con ambas manos intentando apresurar mi plan pero Xia lo liberó, éste cayó al suelo que ardió al contacto, y creó uno nuevo. Mi estrategia no funcionaría.

«Bien… cambio de plan».

Esta vez utilizaría su principal debilidad. Formé unas gigantescas navajas y haciéndolas girar rápidamente se las lancé al mismo tiempo que salté hacia ella, cruzó su brazo donde las navajas rebotaron hacia el suelo y se enterraron como enormes estacas.

La distracción fue suficiente para acercarme y clavarle un tiro a quemarropa en el torso que la aventó y la estrelló en los restos de un edificio. La calma no duró mucho. De entre las rocas emergió con renovado ímpetu manifiesto en sus enormes morteros que disparaban y extendían esas ardorosas cuerdillas.

Una se aproximó, alcancé a desviarla con otra navaja a la vez que transformaba mi brazo dando inicio a un potente bombardeo con ella como objetivo. Para sorpresa mía su robot, al recibir mis disparos, generó un halo oscuro acompañado de un extraño sonido ahogado que absorbió la energía de mis proyectiles y la transformó en electricidad. Un segundo después los despidió en forma de relámpagos serpenteantes que dibujaron trayectorias expansivas sobre el devastado escenario y luego convergieron hacia mí. Con la fuerza de una estampida se precipitaron en mi cuerpo que castigado recibió todos los rayos al mismo tiempo y provocaron una potente explosión. Uno de ellos golpeó mi cabeza.

El impacto me aturdió y tambaleante perdí el control por un instante. Lo siguiente que vi fue un enorme relámpago estallar en mi busto, cuyo impulso me incrustó en el piso a los pies de una construcción. Antes de poder recuperarme Xia estaba sobre mí, descargando sus enormes armamentos en una infinidad de poderosos meteoros que me cegaban y me hundían cada vez más en la tierra y en la estructura de hierro.

En mi pantalla de pronto apareció un aviso parpadeante que escribía *Infiltración* entre destellos acompañado de una imagen en miniatura del androide con el brazo izquierdo remarcado en intermitentes chispazos rojizos. Sentí un frío acuoso recorriendo mi extremidad dentro del androide que fluía y avanzaba con avidez. Xia dejó de disparar y pude ver entonces mi mano cubierta por el líquido moviéndose a la par que la gelidez producida por el mismo. Esperé lo suficiente para que se confiara de haberme vencido.

«Un poco más… sólo un poco más… ¡Ahora!».

Justo antes de que llegara a mi hombro, desarticulé los brazos, hice emerger otros, con éstos la sujeté y la desbalanceé con mis pies, volqué su cuerpo tirando de ella a un lado, rodé con ímpetu y quedé encima de ella con su cuello estrujado entre mis manos y presionando contra el suelo.

—El más mínimo movimiento y te arranco la cabeza— le advertí entre dientes.

Levantó sus manos en señal de rendición.

—Muy bien niña, eres muy buena. Pero te falta más imaginación e inspiración. Dime… ¿ninguno de tus amiguitos te satisface? ¿No te inspiran? ¿No te…?

—¡Silencio! —gruñí apretando más.

—Oye, oye… Has pensado por un momento ¿cómo fue que los encontré? —habló a carcajadas tratando de distraerme. Lo logró.

—¿Cómo? De qué estás habl...— desconcertada aflojé la presión ejercida por un momento y antes de que pudiera reaccionar ella golpeó mi costado y me tumbó contra el piso; al instante un par de enormes cuchillas atravesaron mi robot de lado a lado apenas a unos centímetros de mí, clavándose hasta el piso, y las torció para inmovilizarme.

Incrustó y dobló decenas de cuchillas por todo el androide que empezó a fallar. El acero resquebrajado al ser perforado ensordeció el decaído escenario, el terror me arrebató el juicio y la impotencia me abrumó; luego el dolor apareció.

—¡AAAAHHH! ¡AAAHHH!

Las navajas taladraron mi piel robótica con despiadada crueldad. Una sensación vívida de sangre brotando recorrió mi cuerpo, el visor se apagó y para cuando mi robot se hubo desarmado, de pie con una mano en la cintura, ya fuera de su máquina, Xia se erguía triunfante al borde del cráter.

7:00pm

A lo lejos, mientras palidecía y el sopor me desvanecía, miré entre pesados pestañeos en el cielo un helicóptero con estampado "L-7" en la cola dejando la formación, alejándose. Otros cuantos aterrizaron y el resto permanecieron vigilantes. Unos segundos después decenas de militares, aparecidos de ningún lugar, se acercaron con prontitud. Escarbaron los escombros para desenterrar a los demás, nos levantaron, a jalones nos cargaron, nos arrastraron y nos arrancaron las placas.

—Se acabó —exclamó Xia con arrogancia. Los soldados nos hicieron avanzar hacia una nave cercana. Diego y los otros apenas despertaban.

—Aún no comienza —le aseguré, soñolienta, al pasar a su lado.

Subimos al avión y ella atrás de nosotros. Tras un chasquido de sus dedos los motores aceleraron y la nave despegó.

Ω

*Noviembre 7
1:07 am
China.*

Katla

—La guerra terminó... —el desdén con el que habló la dirigente asiática me convenció de lo que más temía: había derrotado a La Orden.

—Ayer al medio día envié un comunicado a los cabecillas de La Orden para notificarles de su captura — parloteó recargada con sus dos manos sobre un escritorio de espaldas a nosotros; cuatro pares de placas relucieron sobre el mueble. Estábamos en su despacho. Diego, Tara y Andrés estaban cerca, acongojados y todavía débiles—. Esos pobres diablos tardaron poco menos de una milésima de segundo en responder de manera... —volteó hacia mí dibujando círculos con la mano, buscando la palabra adecuada—: abatida, completamente resignados, demolidos, arruinados... Y a que no adivinas quiénes respondieron — rió acercándose e, inclinándose apenas, me encaró.

— ¿Ayer al medio día? —pregunté sin hacerle caso—, pero si nos capturaste al atardecer... —razoné.

—Sí, sí, sí en la tarde... pero habrás notado que yo ya sabía que estarían ahí —presumió sonriente haciendo ademanes con la cabeza.

— ¿Cómo lo…?

— ¿Cómo lo sabía? —completó.

Se incorporó extendiendo uno de sus brazos y giró hacia su escritorio cual presentador televisivo introduciendo a una celebridad. Atrás del escritorio su silla rotó con lentitud reveladora y descubrió a quien nos había entregado: una niña, piel clara, facciones finas de cabello corto y pelirrojo: Sofía.

21

¿VERDAD?

Sofía

Luego que se los llevaran Xia y yo pasamos a la siguiente fase: el cobro del premio.

—Antes de darte la recompensa, tienes que decirme dónde será el siguiente ataque —exigió, ladeé mi cabeza un poco aparentando que lo pensaba, fingiendo que probablemente aceptaría, claro que... no lo haría.

—Si me das lo acordado... *cabe* la posibilidad de que considere decírtelo —contesté con frialdad. Se reclinó en su silla y repuso:

—Muy bien, pequeña avara.

Sacó una tableta electrónica de su escritorio en la que tecleó y movió con sus dedos. Luego la giró y la acercó a mí lo suficiente para ver que en la pantalla parpadeaba: "Transferencia bancaria por dos mil ochocientos millones a: -pulse su pulgar en el panel-".

Oprimí mi dedo y con un pitido se procesó la transacción; el dinero era mío.

—¿Qué piensas hacer con esa cantidad? —preguntó despectiva y gesto repulsivo.

—Es asunto mío.

Encogió los hombros con indiferencia mal enmascarada.

—Si tú lo dices... Ahora dime dónde será el siguiente ataque —soltó en un gruñido al recargarse sobre su escritorio.

—Londres —le dije sin pensar, para hacerla callar; mi mente estaba absorta por el dinero.

—Perfecto —se recostó en su asiento —, ahora largo, niña.

Estaba por levantarme cuando agregó—: Ah, y por cierto, la transferencia fue un engaño, no te daré ni un centavo —entrelazó sus dedos y una siniestra sonrisa delineó sus delgados labios; tenía que borrársela.

Me levanté de golpe volcando el escritorio con ambas manos, al arrojárselo encima fue a caer de espaldas con todo y silla para perderse de vista tras el desastre generado. Al quedar los cajones al descubierto rompí la madera con un par de fuertes jalones y metí las manos en ellos buscando con el tacto a toda prisa.

Atrás de mí aparecieron varios guardias que me sujetaron mientras Xia se levantaba como un resorte con sus manoplas presurosas quitándose el pelo de la cara; despeinada, sudorosa y apenada, recuperó su gesto altivo.

—Sólo quería mi dinero —me hice la inocente con manos en alto.

— ¡Llévensela! —graznó.

∞

Noviembre 7. China.
4:00am

Tara

—*"¡La gran guerra ha terminado: El Eje VeJus vence a La Orden que se rindió ayer por la tarde. Aún se desconocen los verdaderos motivos. Se cree que…!"* —se afanaba con gran emoción la reportera entre la multitud festiva en el televisor de los guardias que, a la distancia, le subieron el volumen para que escucháramos de la derrota:

—*"¡No más muerte!"*

—*"¡Gracias Dios!"*

—*"¡Nos has salvado de nuevo!"*

—*"¡El planeta sobrevive gracias a Xia!"*

Eran algunas exclamaciones distinguidas entre los extasiados hombres que se habían aglomerado para festejar el final de la guerra.

—"No más muerte"… —remedé molesta—: idiotas — la Señal y el embate seguían en pie.

—No hay nada que podamos hacer —atajó Katla recostándose.

—*"Se ha informado que Xia fue la autora directa de la captura de los Iniefin"* —informó la periodista.

Encerrados en una celda, con una docena de militares de élite como guardianes y sin las placas, no había nada que pudiéramos hacer. La Orden luchaba por defendernos pero su debilitamiento se lo impedía y tras que Sofía nos traicionara y entregara, la guerra llegó a su categórico fin.

—*"Representantes de La Orden se dirigen al parlamento chino para discutir los términos, tratados y condiciones de posguerra"* — continuó su nota con entusiasmo la corresponsal.

Por lo menos con la conclusión de la guerra nadie más moriría a causa de la misma y también ahora sabíamos que nuestros padres seguían con vida, lo que me había tranquilizado un poco.

Cambiaron de canal a un noticiero, sentada en su escritorio la informadora anunció:

—*"En otras noticias: La oscuridad sobrevino con rotundo impacto para La Orden, literalmente, ya que un inesperado eclipse solar cubre a toda la región europea. Los expertos no han logrado dar una explicación lógica a este extraordinario suceso pero dicen que…"*

Mi atención se dispersó con mis pensamientos centrados en los supuestos que Xia debía estar alardeando en esos momentos y me hicieron recordar las palabras de un viejo adagio:

«*"Muchas palabras se agotan pronto[7]"*», palabras que mi padre solía repetir.

ɔℨ℞ↄ

A las pocas horas los guardias trasladaron a los Iniefin. Los pusieron a bordo de la nave de la mandataria china y viajaron con dirección oeste, hacia la Europa eclipsada.

ɔℨ℞ↄ

Sin decir una palabra durante el camino, Xia permaneció sentada y tranquila. Cuando el vuelo por fin se detuvo, explicó:

—La Orden no firmará, ni cederá, ni aceptará nada, y tampoco lo hará la opinión pública, hasta que se confirme que ustedes son los causantes de los atentados. De alguna forma los comprendo. Su *amiguita* me dijo que Londres es el siguiente blanco así que decidí venir personalmente

---

[7]   Tao Tê Ching.

con ustedes bajo mi custodia para mostrarle al mundo la verdad.

Mientras hablaba se descorrió tras ella una cortina con un ventanal a lo largo del casco que daba una vista panorámica a la hermosa ciudad de Londres, oscurecida en medio del intempestivo eclipse cuyo final parecía no estar cerca. Allá en el horizonte nubes tormentosas relampagueaban vigorosas cerniéndose sobre la metrópoli.

—Me alegra que al fin quieras enfrentar la realidad —exclamé irritada y enfurecida. La cara de la mujer dejó escapar un leve gesto confuso que intentó disimular—, y más vale que estés lista porque sólo hay una cosa más terrible que la calumnia: la verdad[8] —hendí mis palabras con esmero en sus oídos intranquilos.

A lo lejos comenzaron a sonar las sirenas; ese sonido apabullante que agita el corazón de quien lo escucha y eriza la piel de quien intuye lo que anuncia: el peligro inminente próximo a manifestarse.

Xia giró hacia el ventanal, desconcertada, con el semblante trastornado por la preocupación incipiente que le indujo escuchar los perturbadores silbidos. Segundos después, la lluvia inversa destellante proveniente de los presurosos refugios al desplegar sus estelas de humo blanco en ascenso emergió de la ciudad y sus alrededores, algunos muy cercanos a nosotros. Oleada tras oleada las lucecitas aumentaron, eran tantas y tan próximas que incluso dentro de la aeronave sentíamos retumbar sus propulsores.

Mi respiración se aceleró.

—Lamento que hombres inocentes tengan que morir por el orgullo, desdicha y vanidad —atacó Katla

---

8   Charles-Maurice Talleyrand.

con impasible frialdad, matando a Xia con la mirada al ponerse en pie; Andrés, Diego y yo hicimos lo mismo.

7:00am

Acto seguido emergieron: la negruzca humareda liderada por el reluciente puntilleo cubrió rápidamente la atmósfera eclipsada cuya penumbra intensificó. Miles y miles de proyectiles se abatían furiosos hacia tierra como lluvia negra, aproximándose en su descenso imparable a los cohetes que trataban de salvar gente y cuyas vidas ahora dependían de la suerte de encontrarse o no en la trayectoria de uno de tantos misiles. Las probabilidades de salvarse eran escandalosamente ridículas.

Poco a poco se acercaban en un espeluznante espectáculo como preámbulo a un enfrentamiento sangriento de lucha cuerpo a cuerpo, lentamente, cada vez más cerca. Con ojos desorbitados y anegados en vanos llantos, impotente espectadora de la catástrofe, tragué saliva por efecto de las palabras en favor de las almas desdichadas protagonistas del evento que se negaron a ser pronunciadas.

Un instante después…

☙❧

Momento ideal para hacer una pausa y hablar de ciertos puntos que pueden ser de interés para algunos y que pueden ayudar a interpretar mejor la aventura:

Primer punto: Se preguntarán: son jóvenes, niños prácticamente, ¿por qué les pasa esto? No son chicos malos… ¿Por qué los indujeron a este martirio? ¿Qué hicieron para merecerlo? Todos nos hemos preguntado eso mismo, o nos lo cuestionaremos algún día.

Es como si lamentáramos todo cuanto acontece para entonces tener algo que reclamar y juzgar, pues para ello nos hemos vuelto sorprendentemente hábiles, más incluso que para vivir nuestras propias vidas y dejar de recriminar a los demás por fallos y errores que uno también comete. Es natural batirnos en ello, bueno o malo según el caso o perspectiva determinada, lo hacemos cada vez y seguiremos haciéndolo a perpetuidad, es parte de pertenecer a una sociedad que aparenta un estado civilizado. Para los humanos esto es como retirar la mano del fuego: el Reflejo del Cuestionamiento, aunque rara vez nos contestamos: hemos aprendido a sobrellevar el fuego ardiente de la curiosidad benéfica que motiva al espíritu, suplantado por la cultura del conformismo.

Pero retomando… ¿Por qué tendríamos que lloriquear por el motivo o la razón? Es decir, los muchachos Iniefin por ejemplo, pudieron haber sido como sus compañeros de clase, la maestra de CDM o uno de los tantos millones de personas que murieron en los ataques despiadados y ni siquiera tuvieron opción de luchar por sus propias vidas o las de sus seres amados. Pero no, sobrevivieron, y a ellos como a todos se nos conceden oportunidades innumerables. Deberíamos estar agradecidos porque las cosas sucedan y las podamos hacer suceder, porque nuestras vidas avanzan y cambian para no estancarnos en el aburrimiento, ni en la apatía, ni en el ocio pernicioso, ni en la monotonía ni en la pereza, denigrantes del ingenio humano. Las "cosas pasan por algo": la maravilla del Causa y Efecto.

Segundo punto: ¿Alguna vez han visto un gran bloque de hielo derretirse? Imagínenlo: es extremadamente lento, pero lo interesante es que nunca se detiene. Poco a poco se vuelve líquido, gota a gota aumenta el charco debajo. Es tan tardo que incluso parece oponerse, parece luchar en contra, parece negarse a perder su bella forma sólida, estable y firme, y no quiere volverse maleable, no quiere fluir. ¿Y qué? Pues nosotros, todos, somos ese bloque gélido derritiéndose al paso de cada instante, tratando de no perder la cordura, la vida, el control que en apariencia ejercemos en nuestras existencias; inconscientemente luchamos contra el destino como el hielo contra el calor del sol. Tarde o temprano nos daremos cuenta de que tal batalla ni siquiera existe. Hay que fluir.

Tercer punto: ¿Alguna vez han ido al mar? Te sientas en la orilla, a salvo, miras y escuchas la armonía de su oleaje. Observas a un pequeño grupo de personas más allá de donde se forman las primeras olas riendo, disfrutando, regocijándose con placer y felicidad. Tú quieres entrar, ser como ellos. Parece fácil, el mar te reta. Entonces te decides, vas a "intentarlo"; te levantas, te quitas los zapatos, la playera y el resto de cosas que seguro fastidiarán o impedirán que avances. Preparas músculos, focalizas tu mente y corres a toda velocidad sin ningún problema; de pronto, en cuanto tocas el agua, sientes cómo ésta se resiste. Así que brincoteas zancadas largas mar adentro, el paso se hace cada vez más complejo y el avance requiere mayor esfuerzo conforme progresas. Pero estás inspirado y deseoso de lograrlo.

Luego el primer obstáculo se interpone: una poderosa cresta de agua se avecina, revienta cerca, te aporrea y te impulsa enérgicamente hacia abajo y hacia atrás bloqueando el camino cuando lo que más deseas es seguir tu avance. Ha pasado, resististe más o menos; de pronto el mar se apacigua en un momento de tranquilidad concedida, de paz, de tregua.

Ya estás muy cerca de lograrlo pero te hizo sentir su poder y ahora te permite observar lo grande y lo peligroso que puede ser, lo arduo del trabajo y lo que podrías perder en ruta para llegar a donde quieres; sin embargo estás aún a tiempo para volver a la seguridad de la orilla, donde los mediocres juzgan a tus espaldas. Sus críticas te inducen a recelar, la duda cruza tu mente, lo piensas demasiado pues se ha complicado más de lo que suponías. El tiempo corre, aún no sabes qué hacer pero el mar no se detiene y entonces retrocede. Su corriente te absorbe, tú te opones temeroso, él sigue llamándote con tal vigor que te hundes en el fondo. La fuerza aumenta y mientras tambaleas, la arena asciende a los tobillos hasta tragarse parte de tus piernas. Luego dejas de sentir su flujo, lo has perdido, se ha ido.

Respiras. Pero al momento vuelve, ésta vez con más poder que antes. Estás muy adentro, el nuevo alud es más grande y el anterior te había agotado. Te impacta, pierdes el equilibrio, pierdes tu punto de apoyo y te revuelca sin piedad, golpeas el fondo una y otra vez mientras agitas tus brazos en vano intentando reponerte y emerger a la superficie. Estás agitado, cansado, angustiado, dolorido, desesperanzado y asfixiado.

Lo siguiente que percibes es tu cuerpo tendido en las orillas, solo; los mediocres se han ido con críticas destructivas en sus labios que reprenden tu intento. Ninguno te ayuda a ponerte de pie. Alzas la mirada con dificultad y lanzas al mar un gesto grimoso y desdeñoso.

Qué harás, ¿rendirte? tú decides; ¿lamentarte? sería pueril; ¿esforzarte más la próxima? quizá funcione; o mejor ser agradecido y levantarte, pues has probado la experiencia y ahora eres más sabio;

has aprendido y madurado. Ahora sabes que para entrar al mar tu camino es otro, tu técnica diferente y siempre puedes empezar de nuevo, esta vez haciendo caso omiso de las denostadas confabulaciones mediocres. Te das cuenta de que cada quien es único y los éxitos son personales; consumarlos podría resultar en muchos reveces más. Admites que no hay atajos ni modos sencillos hacia ellos.

Es justo así como las circunstancias, las dificultades, las adversidades, las dudas, los fracasos, los golpes, los logros, las experiencias y las demás personas dejan enseñanzas que, sin excepción, Todo en sí mismo conlleva; nos impulsan a lo largo de nuestras vidas. Habrá quienes se rindan, quienes continúen en el intento, quienes prueben caminos diferentes y quienes se conformen y permanezcan como ganado apacentado. Cada quién responde a su manera ante el reto del mar, el Reto de la Vida.

Cuarto punto: Como el niño que no quiere que se termine su dulce, como el adolescente rebelde que no quiere obedecer, como la mujer enamorada que no quiere que el amor acabe, como el adulto insatisfecho que no quiere envejecer, como el viejo arrepentido que no quiere morir, como el fumador empedernido que no quiere dejar el cigarro, como el río caudaloso que no puede ir cuesta arriba, como el padre orgulloso no puede negarle a su unigénito, como la madre amorosa que no quiere la partida de sus hijos, como el apostador obcecado que no quiere reconocer su pérdida, como el explorador inexperto que no quiere perderse, como el cazador obstinado que no quiere perder pista de su presa, como el avaro terco que no quiere malgastar, como la pluma al viento que no quiere la tierra tocar. Es así como todos nos enfrentamos a la realidad que muchos no queremos aceptar; pero tarde o temprano ésta nos alcanza, nos acorrala.

Quinto punto: Hay una regla que a todos nos es concedida, una de la que todos dependemos. Es una regla agitada, indomable, ávida, inquieta, incomprendida e infinita llamada El Curso de la Vida; y es tan bella, simple y majestuosa que sería una intransigencia divina el perdérnosla o el sufrirla, menester es disfrutarla.

Sexto punto: Espero que la historia sea de su agrado. Recuerden mantener la mente abierta.

Los dejo con Jess:

അ഻ഊ

AGRADECIMIENTOS

Es pues difícil en particular para cada hombre el crear algo, y esta obra nació de grandes esfuerzos propios así como de los de algunas personas que merecen tanto crédito por sus aportaciones como por su inestimable apoyo para conmigo y el nacimiento de este libro. Hágase pues constar mi profundo agradecimiento a: los miembros de mi familia, quienes aportaron ideas, consejos y argumentos que mejoraron algunas partes de la historia y me apoyaron e impulsaron con el cariño incondicional que sólo una verdadera familia sabe ofrecer; a Pamela García Garnica, cuyo amor inspiró una infinidad de emociones que dieron vida a este libro, que dan vida a mi existencia; a Carlos F. Arévalo Lezama por revisar el primer manuscrito, escribir el prólogo de esta obra e iluminarme con sus inmensos conocimientos; a sus hijos, José Carlos y Ricardo Arévalo, y a su esposa Patricia por ser como una segunda familia para mí. A personas que hicieron esto posible: Emanuel Manjarrez, Ana Maldonado, Atzintly Morales, Tania Torres, Emanuel Mejía, Angelina González Castor, José Luis Herrera Carriola, Héctor Guevara, Ernesto Gallardo, Elizabeth Jacobo y a muchos otros que han formado parte indiscutible de la gama de experiencias que me conforman. Finalmente, agradecer a Dios, por guiarme e inspirarme a través del universo de las palabras para dar vida a esta novela.

Printed in the United States
By Bookmasters